Amores, Trens
e outras coisas que saem dos trilhos

JENNIFER E. SMITH
Amores, Trens
e outras coisas que saem dos trilhos

3ª edição

— Galera —

RIO DE JANEIRO

2022

CIP-BRASIL. CATALOGAÇÃO NA PUBLICAÇÃO
SINDICATO NACIONAL DOS EDITORES DE LIVROS, RJ

S646a
3ª ed.

Smith, Jennifer E.
    Amores, trens e outras coisas que saem dos trilhos /
Jennifer E. Smith ; tradução Paula Di Carvalho. – 3ª ed. –
Rio de Janeiro : Galera, 2022.

    Tradução de: Field notes on love
    ISBN 978-85-01-11786-1

    1. Romance americano. I. Carvalho, Paula Di. II. Título.

20-67722

CDD: 813
CDU: 82-31(73)

Meri Gleice Rodrigues de Souza – Bibliotecária – CRB-7/6439

Título original:
Field notes on love

Essa é uma obra de ficção. Nomes, personagens, lugares e acontecimentos são produto da imaginação do autor ou são usados de forma ficcional. Qualquer semelhança com eventos, lugares ou pessoas vivas ou mortas é mera coincidência.

Copyright © 2019 by Jennifer E. Smith
Leitura sensível: Rafaela Miranda de Oliveira

Todos os direitos reservados.
Proibida a reprodução, no todo ou em parte, através de quaisquer meios.
Os direitos morais da autora foram assegurados.

Texto revisado segundo o novo Acordo Ortográfico da Língua Portuguesa.

Direitos exclusivos de publicação em língua portuguesa somente para o Brasil adquiridos pela
EDITORA RECORD LTDA.
Rua Argentina, 171 – Rio de Janeiro, RJ – 20921-380 – Tel.: (21) 2585-2000, que se reserva a propriedade literária desta tradução.

Impresso no Brasil

ISBN 978-85-01-11786-1

Seja um leitor preferencial Record
Cadastre-se no site www.record.com.br
e receba informações sobre nossos
lançamentos e nossas promoções.

Atendimento e venda direta ao leitor
sac@record.com.br

Para Jack, que terá
muitas aventuras pela frente.

Prólogo

Como em todas as manhãs, Mae acorda ao som de um trem. Mesmo antes de abrir os olhos, ela consegue sentir seu estrondo grave pelos dedos dos pés, mas é o apito que rasga, por fim, a fina gaze do sono. Ela se vira para espiar através da persiana. Logo além do seu quintal, uma longa fileira de vagões prateados passa depressa.

Daqui a duas semanas, ela estará no meio da Penn Station, esperando por um trem não muito diferente daquele. No minuto em que embarcar, não será mais um ponto fixo no mapa, como foi a vida toda.

Do outro lado do oceano, um garoto chamado Hugo está segurando as passagens que os farão cruzar o país. Ele está pensando naquele antigo problema de física, no qual dois trens diferentes partem de estações diferentes e avançam em velocidades diferentes.

O objetivo era sempre descobrir onde se encontrariam.

Mas ninguém nunca explicou o que aconteceria quando se encontrassem.

Naquele instante, Mae e Hugo estavam imóveis. Quase cinco mil quilômetros de distância os separavam. Hugo encarava a palavra caprichosamente impressa no rodapé das passagens: *Califórnia*. Mae olhava pela janela enquanto o trem desaparecia. Se os visse, você poderia supor que estavam esperando alguma coisa.

Mas não é o caso.

A verdade é que eles estavam, eles sempre estiveram, prontos para o que viria.

Hugo

Ele leva alguns minutos para absorver o choque. Durante esse tempo, Hugo fica sentado com a cabeça baixa, os dedos entrelaçados atrás da nuca, tentando processar o fato de que Margaret Campbell, sua namorada havia quase três anos, está terminando com ele.

— Você sabe que eu sempre vou amá-lo — diz ela —, de certa forma.

Hugo se encolhe ao ouvir isso. Mas Margaret parece determinada a continuar.

— A questão é que... — prossegue, e ele ergue a cabeça, interessado em saber o que está acontecendo. Ela o olha de volta com algo parecido com compaixão. — Você não pode ficar com alguém só por comodidade, certo?

É óbvio que a resposta correta aqui é: "Certo." Mas Hugo não consegue se forçar a dizê-la. Só continua a encará-la, desejando que seu cérebro não estivesse tão confuso.

— Sei que você também deve se sentir assim — continua ela. — As coisas andam estranhas entre nós há séculos. É óbvio que não está funcionando...

— É mesmo? — pergunta Hugo, e Margaret lhe lança um olhar cansado.

Mas ele não está tentando ser grosseiro. É só que nada disso parece óbvio para ele, e seu rosto pinica de calor enquanto se pergunta como conseguiu entender tudo tão errado.

— Hugo, sejamos francos um com o outro. Já tem sido difícil com você morando do outro lado da rua. A gente só pode estar louco para cogitar que seja possível continuar este relacionamento agora que vou viver lá na Califórnia enquanto você fica...

Ela para de repente, e ambos piscam um para o outro.

— Aqui — completa ele depois de um tempo, sem emoção na voz.

Margaret suspira.

— Viu? Talvez, se você parasse de agir como se conseguir uma bolsa numa boa universidade fosse a pior coisa que já aconteceu com alguém na história da...

— Eu não estou agindo assim.

— Está, sim.

— Não...

— Hugo — diz ela, interrompendo-o. — Você passou o verão inteiro com uma cara péssima. Não fui só eu que reparei. Sei que não era isso que queria, mas chega uma hora em que é preciso apenas... *enfrentar a situação.*

Ele coça o joelho, incapaz de encará-la. Margaret está certa e ambos sabem disso. Mas aquelas palavras o fizeram querer rastejar para debaixo da cama para evitar o resto da conversa.

— Olha, eu entendo — continua ela, brincando com a ponta do rabo de cavalo loiro. — Se as coisas fossem diferentes, essa não teria sido sua primeira escolha.

Isso é só uma meia-verdade. Hugo certamente não teria se importado de tentar Oxford, Cambridge ou St. Andrews, que seriam todas opções viáveis se apenas suas notas altas fossem levadas em consideração. Mas a Universidade de Surrey também é altamente estimada. O que o incomoda é o fato de que ele nunca teve escolha. Seu caminho já fora traçado havia muito tempo, e isso sempre fez com que se sentisse como um animal no zoológico, trancafiado, andando de um lado para o outro, um pouco claustrofóbico.

— Mas, se as coisas fossem diferentes — continua Margaret —, a bolsa de estudos nem teria sido oferecida para você.

Ela diz isso como se fosse nada, um detalhe acidental, e não o grande motivo pelo qual Hugo vem se torturando nos últimos anos. Porque ele não recebeu uma bolsa para a Universidade de Surrey por ser um ensaísta brilhante (o que ele é) ou um gênio da matemática (o que ele não é). Ele não recebeu uma bolsa por suas habilidades como pianista (apesar de ser apenas decente) ou por sua aptidão no campo de futebol (ele é um lixo). Não foi resultado de nenhuma habilidade, nenhum talento ou conquista.

Não. Hugo conseguiu a bolsa, assim como seus cinco irmãos, simplesmente por ter nascido.

No minuto em que chegaram ao mundo — um seguido do outro, com Hugo encerrando a fila —, eles foram soterrados por presentes. O mercado local lhes deu estoque de leite em pó para um ano. A farmácia mandou um caminhão cheio de fraldas de graça. O prefeito foi visitá-los com chaves da cidade: seis delas, uma para cada um dos sêxtuplos, a quinta ocorrência do fenômeno em toda a história da Inglaterra, apelidados carinhosamente de "os seis de Surrey". E um doador abastado presenteou os pais exaustos e profundamente sobrecarregados com bolsas de estudo para cada um dos recém-nascidos na universidade local.

O homem, um bilionário excêntrico que construiu sua fortuna através de uma rede de cafeterias de luxo, tinha começado na Universidade de Surrey e ficou encantado ao pensar na publicidade que um dia seria gerada pela presença dos sêxtuplos ali. Quando ele morreu, alguns anos atrás, deixou as bolsas aos cuidados do conselho da universidade, que ficou igualmente entusiasmado, fazendo todo tipo de plano para a chegada dos seis alunos.

Apenas Hugo não estava animado. Ele sabe que é um monstro por não sentir gratidão pelo gesto, mas odeia a ideia de aceitar algo tão grande só por causa das circunstâncias improváveis do seu nascimento. Especialmente quando sua vida inteira girou em torno disso.

— Olha, não quero que fique com a impressão errada — diz Margaret. — Sobre nós. Sobre por que não somos...

— Mais *nós*?

Ela se encolhe.

— Sei que peguei pesado, mas não quero que pense que isso está acontecendo só porque você passou o verão todo se arrastando por aí. Ou por causa da distância. É mais porque... Bem, acho que parece que está na hora, não parece?

Hugo abaixa a cabeça e esfrega os olhos, ainda tentando absorver tudo. Quando volta a erguê-los, a expressão de Margaret suavizou. Ela se aproxima para se sentar ao lado dele na cama, e Hugo automaticamente se inclina para perto, apoiando os ombros nos dela. Eles ficam em silêncio por um momento enquanto ele tenta organizar seus pensamentos, que estão dando voltas em sua cabeça. Em algum lugar dentro dele, enterrado tão fundo que Hugo nunca pensou em examinar, está o conhecimento de que ela está certa sobre os dois, e seu coração afunda porque, de alguma forma, ele é o último a saber de tudo, mesmo dos próprios sentimentos.

— E a viagem? — pergunta.

Margaret parece quase aliviada, como se tivesse recebido permissão para passar ao lado prático das coisas. *Três anos*, pensa Hugo. Três anos inteiros e ali estão eles: decidindo o futuro feito um casal com muito tempo de casamento, debatendo os detalhes de um divórcio. Margaret puxa um fio solto no casaco cinza com estampa de raposinhas. Hugo se dá conta de que é o mesmo que ela usou no terceiro encontro deles, quando foram ao cinema e se beijaram pela primeira vez, durante uma cena de luta.

Só agora está lhe ocorrendo que talvez tenha sido um sinal.

— Acho que você deveria ir mesmo assim — responde ela.

Então Hugo ergue o olhar, surpreso. Fora tudo ideia dela. Margaret pensou que uma viagem de trem seria um jeito romântico de conhecer os Estados Unidos, onde ela viveria pelos próximos quatro anos. Foi ela que encontrou a promoção na internet e reservou as passagens, como uma surpresa para o aniversário de Hugo, alguns meses atrás. Eles iriam de Nova York à Califórnia, com algumas paradas no caminho. Então Hugo a deixaria em Stanford antes de voltar a Surrey, onde havia morado a vida inteira e de onde aparentemente nunca sairia.

— Por que eu? — pergunta ele, encarando-a. — Por que não você?

— Bem, é você quem está ficando para trás. Então pensei que poderia ser legal se... — Ela para ao notar a expressão dele, e sua pele clara assume um tom rosado intenso. — Desculpe. Estou estragando tudo, né?

— Não — responde Hugo, pensando nos planos que os dois passaram o verão todo fazendo, as fotos do trem, esguio e prateado, avançando pelo oeste dos Estados Unidos. — É só que... Como eu poderia ir sem você?

— Você é meio atrapalhado de vez em quando, é verdade — fala ela com um sorriso —, mas acho que vai conseguir chegar inteiro.

Margaret estende a mão para a bolsa, que está jogada no chão ao lado da escrivaninha, e lhe entrega um folheto azul com o nome de uma agência de viagem em baixo-relevo na capa. Quando ele o pega, seus dedos se tocam e a cabeça de Hugo se inunda de dúvidas. Mas então Margaret se inclina para beijar sua bochecha antes de levantar, e algo no gesto, a pura amizade contida nele, o lembra por que isso está acontecendo. E Hugo volta a se acalmar.

— Espero que ainda vá me visitar — comenta ela. — Quando chegar à Califórnia.

— Claro — responde ele sem pensar.

E a viagem começa a se reorganizar na sua cabeça: em vez de estar sentado ao lado de Margaret, conversando baixinho enquanto o trem sacoleja noite adentro, Hugo está por conta própria, avançando sozinho por um país estranho.

Sozinho, pensa, fechando os olhos.

Hugo mal consegue imaginar a sensação. Ele divide quarto com Alfie e banheiro com George e Oscar. À mesa da cozinha, fica espremido entre Poppy e Isla. Quando assistem à TV, de alguma maneira ele sempre acaba sendo o último a pular num dos sofás, o que significa que normalmente termina numa almofada no chão. Nos raros feriados, eles todos se empilham num chalé de um amigo da mãe em Devon, e o mais longe que ele já esteve de casa foi em Paris para uma excursão escolar, o que significa que todos os seus irmãos e irmãs também estavam presentes, tornando o fim de semana mais animado e engraçado, mas também mais lotado, com os seis rindo e passeando pelas ruas de paralelepípedos. Um time inseparável, uma banda de seis integrantes, uma unidade inteira particular.

Sozinho, pensa ele de novo, sentindo uma leveza no peito.

Hugo se levanta e abraça Margaret, com um nó na garganta. Eles ficam assim por muito tempo, nenhum dos dois prontos para soltar. Então, finalmente, ele beija a bochecha dela e diz:

— Amo você.

Ela se afasta para olhá-lo, e ele abre um sorrisinho.

— De certa forma.

— Cedo demais para piadas — responde ela, mas também ri.

Quando Margaret vai embora, Hugo se senta de volta na cama. Seus ouvidos latejam um pouco, mas, fora isso, ele se sente estranhamente anestesiado. Há uma hora ele tinha uma namorada, e agora não mais. Era simples e complicado assim.

Ele abre o folheto azul. Tem um bilhete do lado de dentro com os dizeres "Feliz aniversário, Hugo!" na letra caprichada de Margaret. Ele o empurra para o lado a fim de olhar o itinerário, relembrando todas as conversas dos dois sobre a viagem. Ela tinha implicado com ele sobre suas pernas compridas, prometendo que reservaria um assento no corredor no voo de Londres, o primeiro da vida dele, e ele revirara os olhos quando ela falara sobre tomar chá no Plaza. "A gente mora na Inglaterra", dissera ele. "Já estamos nos afogando em chá."

Haveria noites em Chicago e Denver, assim como em São Francisco, onde eles planejaram ficar por alguns dias antes de Margaret precisar partir para Stanford. É tudo um pouco mais difícil de imaginar agora, e ele folheia as páginas, tentando mensurar quão diferente a viagem vai ser.

Então ele percebe que cada uma das páginas tem o nome de Margaret. Ele olha um pouco mais de perto. As passagens de trem, os hotéis, até a reserva da agência; tudo traz *Margaret Campbell* impresso no topo.

Ele lança um olhar para o rodapé do documento de confirmação do hotel em Denver para ler as palavras escritas em negrito: *não reembolsável e intransferível.*

Hugo quase ri.

Feliz aniversário para mim, pensa, sentindo o coração afundar ao perceber o que isso significa. Mas bem na hora em que pega o celular para ligar para a agência — e ver se pode haver qualquer exceção —, a porta do quarto subitamente se abre e Alfie enfia a cabeça para dentro.

Dentre os seis, há dois pares de gêmeos idênticos: suas irmãs, Poppy e Isla, e Hugo e Alfie, que são cópias um do outro, até nos olhos salpicados de verde. Os dois têm covinhas iguais, orelhas um pouco protuberantes e a mesma pele negra com cabelo preto. No momento, o cabelo de Hugo está mais comprido, já que o de Alfie está cortado rente à cabeça. Fora isso, eles são quase impossíveis de diferenciar. Exceto pela personalidade.

— Ei, mano — diz Alfie, estranhamente reservado. Ele entra no quarto e fecha a porta. Mas, em vez de se jogar na cama, fica parado no lugar, coçando a nuca. — Então, hum...

— Você esbarrou com Margaret — completa Hugo com um suspiro.

Alfie parece aliviado.

— É. A gente esbarrou.

— A gente?

Ele abre a porta para mostrar os outros no corredor. Todos os quatro. Eles entram em fila, meio constrangidos.

— Sinto muito — murmura George, afundando na cama e dando um tapinha sem jeito nas costas de Hugo. George parece profundamente solene, mas ele sempre parece solene, como se nascer primeiro o tivesse imbuído de certa seriedade. — Que droga, hein?

— Eu não consigo acreditar — comenta Isla, girando a cadeira de rodinhas e sentando-se ao contrário nela, com o queixo apoiado nos antebraços e os olhos escuros ferozes e protetores. — Como ela pôde fazer isso?

Hugo sorri para eles, mas se sente vacilar com o esforço.

— Está tudo bem — afirma ele. — Estou bem. Sério.

Poppy continua perto da porta, girando distraidamente as pontas de suas tranças box braids. Ela fixa um olhar cético nele, como se conseguisse vê-lo por dentro. O que normalmente é o caso.

— Hugo.

— Sério — repete ele. — Vai ficar tudo bem.

Faz-se um longo silêncio, durante o qual Hugo encara as mãos para evitar ver os outros trocando olhares. Finalmente, Alfie dá de ombros.

— Eu nunca gostei muito dela mesmo — declara, o que faz Hugo rir sem querer, porque todo mundo amava Margaret.

Na verdade, achavam até que ela era areia demais para o caminhãozinho dele. Ainda assim, um por um, eles ecoam a opinião de Alfie.

— É — comenta Oscar, que nunca foi muito fã de dramas pessoais, enquanto se aproxima da cama de Alfie. Ele geralmente prefere o mundo dos videogames ao real, mas agora passa a mão sobre o cabelo trançado estilo twist e abre um sorrisinho. — Ela era péssima.

— Uma monstra — concorda Isla, tentando manter a expressão séria.

— Lembra daquela vez em que ela derramou a bebida em você, Pop? — pergunta George, e Poppy hesita por um momento.

Entre todos os cinco, ela é a mais próxima de Margaret, e Hugo consegue ver que a irmã está dividida. Mas ela acaba assentindo.

— Eu ainda não a perdoei por isso — responde, brincalhona. — E, depois de hoje, nunca vou perdoar.

Eles continuam assim por um tempo, e Hugo tenta ao máximo sorrir, mas ainda está pensando sobre tudo que aconteceu e sobre o itinerário em suas mãos. É só quando Alfie se manifesta que uma ideia lhe vem à cabeça e um plano começa a se formar.

— Fica tranquilo, mano — diz Alfie com animação, estendendo a mão para dar um tapinha no ombro de Hugo. — Tem outras Margarets Campbell por aí.

Mae

Mae espalma uma das mãos sobre os olhos ao apertar o play, mas, no momento em que o filme começa, ela não consegue se impedir de espiar por entre os dedos. Ouve a música familiar se intensificando, vê a tela preta estampar as palavras "Produções Mae Day", e então...
Ela golpeia o teclado do computador e a janela desaparece.
Isso é claramente ridículo. Ela já deve ter assistido ao filme uma centena de vezes, e esse número nem deve ser um exagero. Há apenas dois meses, estava quase dando pulinhos de alegria por causa dele, cheia de uma leveza formigante quando imaginava todos os elogios que receberia. Mais do que tudo, ela tinha certeza de que os integrantes do comitê de admissões da Escola de Artes Cinematográficas da Universidade do Sul da Califórnia veriam seu brilhantismo. Como poderiam não ver?
Mae passou a vida toda ouvindo que tem talento. Aos nove anos, fez seu primeiro curta (um filme em *stop-motion* sobre um muffin chamado Steve que se apaixona por um bagel chamado Bruno). Aos dez anos, começou a andar com o pessoal do clube do audiovisual à tarde (entusiasmada demais para perceber que sua comédia em formato de documentário sobre os garotos mais velhos não seria muito

bem recebida). Aos onze anos, ganhou de aniversário sua primeira câmera de verdade — uma linda Canon DSLR com lentes de 35mm e abertura de f/1.8 (depois de ameaçar penhorar todos os seus pertences para comprar uma).

Até então, ela vem prosperando à base de força de vontade, determinação e relutância, nunca aceitando um não como resposta, recrutando amigos à força como atores, ganhando acesso a locações na base da lábia e assistindo a tutoriais no YouTube em busca de novas dicas. Agora ela deveria passar de nível e finalmente conseguir uma formação de verdade na melhor escola de cinema do mundo, o que sempre foi seu único desejo.

Só nunca lhe ocorreu que eles poderiam não a querer.

Mae contrai o maxilar e volta a encarar a tela. Não teve coragem de assistir ao filme desde que a carta chegou, aquela que informava que ela fora aceita na universidade... apenas não no curso de cinema. Mas Mae sabe que está na hora. Se quiser algum dia ter uma chance de pedir transferência, vai precisar fazer outro filme para avaliação. E, para isso, terá que descobrir o que deu errado no primeiro. Mae não se incomoda de aprender com os erros. Na verdade, está desesperada para fazer isso. Ela só odeia a ideia de que aquilo que um dia lhe pareceu tão impecável e impressionante agora inevitavelmente lhe parecerá diferente: uma coleção avariada de falhas e erros que certamente a fará sofrer ainda mais do que a rejeição.

Ainda assim, Mae cerra os dentes e aperta o play. Mas quando a primeira imagem aparece — uma cena em *time-lapse* de nuvens num dos dias de primavera perfeitos de Hudson Valley, com o céu tão azul que quase parece um efeito especial —, alguém bate à porta.

Mae se vira um pouco, empurrando os óculos para cima do nariz.

— Oi?

— Quer descer e me ajudar com o jantar? — pergunta Papai, enfiando a cabeça para dentro do quarto. — Não com nada importante, é óbvio, já que nenhum de nós superou totalmente o Grande Incidente do Purê da terça passada. Mas você sempre pode fazer algum trabalho que exija menos qualificação, como gratinar queijo ou...

Ele faz uma pausa, notando a tela do computador, que ainda está congelada nas nuvens.

— Ah — diz, se aproximando. — Eu amo essa parte.

— Não é... — responde Mae, fechando depressa o laptop. — Eu não...

Mas é tarde demais. Ele já está se sentando na beirada da cama, inclinando-se para a frente com os cotovelos nos joelhos, pronto para assistir. Nesse momento, com o sol de fim de tarde entrando pela janela, a semelhança entre os dois fica óbvia. Ambos são baixos, com sardas, cabelo castanho-claro e pele clara. Até seus óculos de leitura têm o mesmo grau.

Quando Mae nasceu, seus pais sortearam na moeda quem passaria o sobrenome para ela. Já tinham concordado em manter a questão maior (qual dos dois era o pai biológico) um mistério. Mas, conforme ela crescia, começou a ficar bastante óbvio qual dos nadadores tinha ganhado a corrida. Seu outro pai, que Mae chama de Papi, é alto e atlético, com ombros largos, cabelo bem preto e olhos azul-escuros. Mais diferente de Mae impossível. "Bem", ele sempre diz quando a filha tropeça nos próprios pés ou se esforça para alcançar uma prateleira alta, "pelo menos eu ganhei no maldito cara ou coroa".

Papai bate palmas.

— Vamos lá — diz, com um pouco de animação demais. Ainda está com o paletó de tweed característico, mesmo que só tenha tido uma reunião de professores hoje. — Vamos assistir!

Mae balança a cabeça.

— Acho que preciso fazer isso sozinha.

— Certo — responde ele. — Claro. Mas só para contra-argumentar...

— Lá vamos nós.

— Você passou o verão inteiro tentando fazer isso sozinha, e claramente não está funcionando. Talvez um pouco de apoio moral pudesse ajudar.

Ela pensa por um momento, então gira a cadeira e abre o laptop. As nuvens, de maneira quase imperceptível, começam a assumir formatos: um coelho, um violão e uma onda. Mae se inclina para a frente e pausa o vídeo outra vez.

— Não. Foi mal. Não vai rolar.

— Por que não?

— Porque eu amo esse filme — explica ela. — Ou pelo menos *amava*.

— Tudo bem, vamos dizer que seja horrível.

— O quê?

— Talvez — continua ele — seja a pior coisa que qualquer um já tenha feito. Talvez seja um fracasso colossal em forma de arte. Um desastre em todos os níveis imagináveis.

Ela o encara.

— Isso deveria me encorajar?

— Só me ouça — pede ele. — Vou chegar ao ponto.

— Ok, então... Talvez seja uma droga. Se não fosse, eu estaria entre os quatro por cento dos candidatos aceitos no curso. Mas não estou, e agora eu não sei se vou aguentar assistir a isso de novo através do olhar deles.

— A-ha! — diz Papai. — É isso mesmo. Você sabe com que frequência os meus alunos bufam para as pinturas que eu mostro em sala? "Professor Weber, você tem noção de que isso é só um quadrado vermelho, né? Eu faria isso dormindo." Mas a questão é: esses garotos estão sendo babacas.

Mae ri.

— Você está tentando dizer que o conselho de admissões da USC é babaca também?

— Ele está tentando dizer que qualquer arte é subjetiva — explica Papi, que apareceu na porta, ainda usando seu terno e gravata da galeria. — Só porque as pessoas não amaram seu filme não significa que não seja ótimo. E só porque elas tiveram uma opinião diferente não significa que você precisa mudar a sua.

— Na verdade — corrige Papai com um sorriso —, eu ia mesmo falar o negócio de serem babacas. Mas o discurso dele foi melhor.

Papi balança a cabeça, mas ainda está olhando para Mae.

— Você estava muito orgulhosa desse filme — afirma ele com um sorriso. — Não vejo por que isso precisa mudar agora.

Ela lança um olhar para o computador.

— Garrett vive dizendo…

Os dois soltam grunhidos abafados.

— *Garrett* — repete Papai, revirando os olhos com força.

Ela sabe que ele está de implicância. Eles agem assim com qualquer garoto que ela leve para casa. Mas o carro vermelho e o endereço pretensioso na Park Avenue de Garrett não ajudam.

Papi se impulsiona para longe do batente da porta e se senta ao lado de Papai na cama, encostando seus ombros.

— Ele ainda não voltou para a cidade?

Mae conheceu Garrett no começo do verão, quando eles eram os únicos numa exibição de *Cinema Paradiso* em um cinema de arte. Ela já vira o filme milhões de vezes, é claro. Era o favorito da sua avó. E, por mais que fosse um pouco meloso para o gosto de Mae, vovó estava no hospital na época. Sentar no cinema escuro e assistir à tela bruxuleante parecia algo quase reverencial, o mais perto que ela tinha de uma reza.

Ao final, ela descobrira Garrett esperando no lobby, como se tivessem marcado de se encontrar ali. Com o maxilar quadrado e o cabelo loiro, Mae imaginava que ele deveria estar em qualquer outro lugar num sábado à noite: numa festa, num jogo de beisebol ou, até mesmo, na estreia de um filme. Em vez disso, ele segurava um balde de pipoca pela metade na dobra de um dos braços e ergueu uma das sobrancelhas com expectativa ao vê-la.

— E aí? O que achou?

Pega de surpresa, Mae o estudou por um momento, então deu de ombros.

— Brilhante, mas sentimental demais.

— Certo — disse Garrett, com uma expressão pensativa. — Mas o sentimentalismo é intencional. E é por isso que acho que funciona.

— Mesmo nostalgia bem-intencionada pode ser melosa.

— Só se for manipuladora — argumentou ele —, o que não é o caso.

Mae semicerrou os olhos.

— Você é o quê, um crítico de cinema ou algo assim?

— Aspirante — declarou ele. — E você? É especialista em cinema italiano?

— Aspirante — retrucou ela com um sorriso.

Mais tarde, depois de várias xícaras de café, eles ainda não tinham chegado a um consenso sobre o filme, mas *tinham*, de algum modo, entrado numa discussão fervorosa sobre seus diretores favoritos — Wes Anderson para ela, Danny Boyle para ele — e ao menos dez outros assuntos relacionados a filmes. Mae estava no meio de um monólogo sobre a falta de diretoras mulheres quando ele se inclinou para beijá-la. Surpresa, ela se afastou, finalizou seu argumento dizendo como as estatísticas eram ainda piores quando se tratava de mulheres não brancas e então o beijou de volta.

O caso nunca foi feito para durar, e Mae não tinha problema com isso. Garrett morava na cidade e só estava passando uns dois meses na enorme fazenda da família antes de partir para Paris, onde planejava estudar cinema francês na Sorbonne.

"Em *francês*", dissera ele naquela primeira noite. E Mae soube que ele era totalmente errado para ela. Mas seu sorriso era deslumbrante e seu cabelo era bagunçado na medida certa e seu gosto cinematográfico era tão ridiculamente nostálgico que ela já estava ansiosa para passar as seis semanas seguintes discutindo com ele. O que foi basicamente o que fizeram.

— Você só gosta dele por ser bonitinho — diz Papai. — Mas ele tem a personalidade de um croissant.

Mae inclina a cabeça para um lado.

— Croissants têm personalidade ruim?

— Não sei. Eu só estava tentando pensar em algo desnecessariamente chique.

— Como é que um pedaço de massa pode ser...?

— Você entendeu — respondeu Papai, revirando os olhos. — Então, o que ele disse?

— O croissant?

— Não, Garrett.

— Ele disse que é impossível criar uma grande obra de arte se você não viveu de verdade.

Papai ri pelo nariz.

— E imagino que *ele* tenha vivido de verdade?

— Bem, ele já esteve em tudo que é lugar. E cresceu na cidade. Além disso, vai estudar na Sorbonne ano que vem.

— Acredite em mim — comenta Papai —, tem tantos idiotas lá quanto em qualquer outro lugar do mundo.

— Olha, ele não está totalmente errado — argumenta Papi com mais delicadeza. — Se tem uma coisa que eu aprendi depois de doze anos na galeria é que, às vezes, arte não é uma questão de habilidade ou técnica. Às vezes *é* sobre experiência. Então talvez você tenha que viver um pouco mais. Mas é assim com todo mundo, não importa que tenha sido criado numa cidade grande ou pequena, estudado em Paris ou não.

Mae assente.

— Eu sei. É só que...

— É difícil — completa Papi, dando de ombros. — É mesmo. Mas sabe a tristeza, a rejeição e a decepção? Isso vai ajudá-la a crescer como artista. E tudo vai valer a pena quando finalmente acertar. Você sabe disso tão bem quanto eu.

Ele aponta com a cabeça para o computador e abre um sorrisinho.

— Então, o que diz? Mais uma exibição pelos velhos tempos?

Desta vez, Mae cede, abrindo o computador antes que possa se arrepender de novo. Da primeira vez que mostrou o filme a eles, no outono passado, todos estavam comendo pipoca e fazendo piada e dando aplausos espontâneos em algumas cenas. Mas agora os três assistiam em silêncio e, quando acabou, ninguém falou pelo que pareceu um longo período.

Finalmente, Mae se vira para onde seus pais estão sentados. Eles erguem as sobrancelhas, esperando que fale primeiro.

— A boa notícia — diz ela — é que eu não sei o que faria de diferente.

— E a má notícia? — pergunta Papai.

Ela dá de ombros.

— Eu não sei o que faria de diferente.

— Você vai saber — afirma Papi como se fosse uma promessa. E, por um segundo, Mae quase consegue imaginá-lo como era antigamente: um pintor batalhador cuja primeira exposição só vendeu duas peças, ambas para um jovem professor de arte que estava de passagem e que, como ele sempre gosta de dizer, foi atraído pelos amarelos e verdes fortes, mas acabou optando pelos azuis-bebê do Papi.

— E nesse meio-tempo — completa Papai —, acho que você só vai ter que viver um pouco mais. O que combina perfeitamente com toda essa coisa de ir para a faculdade.

— Acho que sim — concorda Mae, tentando não pensar na brochura do curso sobre sua escrivaninha, sobre todas as aulas de cinema que vai perder por causa das exigências de matemática e ciência, as horas que vai precisar gastar escrevendo dissertações sobre a Segunda Guerra Mundial e os sonetos de Shakespeare e psicologia comportamental quando poderia estar aprendendo a ser uma cineasta melhor.

— Mas antes de tudo isso — diz Papi —, talvez você possa botar a mesa? Se não comermos logo, sua avó vai arrancar minha cabeça.

Papai ri.

— A não ser que você ainda não tenha superado o Fiasco da Gaveta de Prataria do começo de junho...

— Você é o pior — diz Mae, mas não se incomoda.

Não mesmo. Na verdade, ela já está se sentindo mais leve. O filme ficou para trás. E todo o resto ainda está pela frente.

Hugo

A agência de viagem é impressionantemente inútil.

— As reservas não são reembolsáveis...

— Sim, e intransferíveis — completa Hugo pela terceira vez.

— Eu só esperava que você pudesse fazer uma exceção. Veja bem, minha namorada reservou as passagens, mas nós terminamos. E eu ainda gostaria muito de ir, mas...

— Seu nome é Margaret Campbell? — pergunta a representante do atendimento ao cliente numa voz entediada e monótona.

Hugo suspira.

— Não.

— Então pronto — diz ela, e é isso.

Alfie e George são os únicos em casa naquela tarde. Hugo explica seu novo plano a eles, esperando um pouco de apoio, mas ambos o encaram, estupefatos.

— Você é maluco — afirma Alfie. — Totalmente maluco.

George massageia a nuca, onde seu cabelo está raspado. Ainda parece incrédulo.

— Mesmo que exista alguém louco o bastante para topar esse plano, por que você iria querer passar uma semana com uma completa estranha?

— É, você está sempre reclamando sobre como é difícil dividir um quarto *comigo* — argumenta Alfie. — Agora não se importa de ficar entocado na cabine de um trem por dias com uma garota aleatória?

— Ainda seria melhor do que dividir um quarto com você — comenta George, e Alfie joga uma bola de rúgbi na cabeça dele.

— Eu sou adorável — responde o gêmeo.

Hugo os ignora. Ele sabe como esse plano improvisado soa. Há apenas uma razão para segui-lo: ele quer uma semana para si antes de começar a universidade com seus cinco irmãos. Precisar dividir esse tempo com uma estranha não lhe parece algo bom. Mas, dadas as circunstâncias, Hugo não vê outra saída.

— Eu continuo querendo ir — diz aos irmãos. — E esse é o único jeito.

No fim das contas, eles concordam em ajudá-lo a escrever o texto, e os três se amontoam ao redor do computador, tendo crises de riso enquanto passam a tarde criando o anúncio mais estranho do mundo. Por mais que tenha precisado direcionar Alfie um pouco ("não acho que seja um problema perguntar quais são as preferências dela na hora de dormir"), até Hugo precisou admitir que o resultado não foi ruim:

Olá!

Em primeiro lugar, sei que isso é um pouco estranho, mas vamos lá. Como resultado de um término (que não foi minha ideia, infelizmente), eu me vi com um prêmio de consolação: uma passagem extra para uma viagem de trem de uma semana de Nova York a São Francisco. A pegadinha é que não posso trocar o nome da minha ex na reserva, então estou divulgando isso ao universo para o caso de haver outra Margaret Campbell que possa ter interesse em salvar minha viagem e ganhar uma em troca.

Sei o que você está pensando, mas juro que não sou maluco. Sou um cara da Inglaterra de dezoito anos um tanto normal, e acho que a maioria das pessoas diria que sou até maneiro (referências disponíveis mediante pedido).

O trem parte da Penn Station, em Nova York, no dia 13 de agosto e chega a São Francisco no dia 19 de agosto, e se você preferir não se sentar comigo, vou fazer o meu melhor para resolver isso com a agência de viagens. Honestamente, eu só preciso de alguém chamado Margaret Campbell para permitir nosso embarque, e o resto é por sua conta. Haverá algumas noites em cabines com beliches que talvez não possamos evitar, mas também há hotéis reservados pelo caminho (em Nova York, Chicago, Denver e São Francisco) que você está convidada a ocupar sozinha. Ficarei feliz em encontrar outro lugar para ficar. Tudo o que peço é que você permaneça perto de mim por tempo o suficiente para permitir nosso embarque em cada estação. Podemos resolver os detalhes mais tarde.

Então, se você se chama Margaret Campbell e está interessada em um pouco de aventura, por favor, mande um e-mail para HugoNaoEhMaluco@gmail.com respondendo a estas três grandes perguntas (se houver mais de uma candidata, vou escolher a grande vencedora depois de ler as respostas):

Qual é seu maior sonho?

Qual é seu maior medo?

Qual é a coisa mais importante que você levaria no trem?

Boa sorte, Margarets Campbell do mundo. Estou contando com vocês!

Saudações,
Hugo W.

Quando terminam o texto, os seis ouvem a mãe os chamando para jantar no andar de baixo. Do lado de fora da janela do quarto, uma neblina se formou sobre o jardim, com as beiradas rendadas em ouro pelo sol poente.

Hugo fecha o laptop, mas Alfie estende a mão e o reabre.

— Você não postou.

Hugo olha para a tela iluminada.

— Vou fazer isso depois do jantar.

— Isso não é um dever de casa — implica George. — Você não precisa revisar uma centena de vezes.

— Eu sei. Eu...

Alfie franze a testa.

— Ele está dando uma de Hugo.

— Eu não estou... dando uma de Hugo. Só preciso pensar um pouco melhor — responde.

George assente, solene.

— Essa é a exata definição de dar uma de Hugo.

— Escuta, eu preciso comentar uma coisa — diz Alfie, se levantando. — Eu acho essa ideia totalmente maluca...

Hugo espera ele continuar.

— E?

— E nada. É isso. Acho que essa ideia é completamente maluca. — Alfie sorri ao andar até a porta. — E é exatamente por isso que você deveria seguir com ela.

Quando seus irmãos saem, Hugo dá uma olhada no post, deixando o dedo pairar acima do botão que o enviaria para o mundo. Mas não consegue apertá-lo. E se ninguém responder? Ou se alguém responder? E se acabar escolhendo uma assassina em série por acidente? Ou, pior, alguém que fale muito? E se a Margaret *dele* vir esse post? Ou se seus pais descobrem?

Mais cedo, depois que todos se separaram para seguir sua programação da tarde, Isla mandou uma mensagem para o grupo perguntando quem deveria contar a novidade sobre Margaret aos seus pais. *Considerando que Hugo não queira fazer isso*, acrescentou ela, o que era uma suposição bastante justa. Ele já estava com Margaret havia tanto tempo que ela se tornara uma figura frequente da casa dos Wilkinson. Hugo não consegue se imaginar contando sobre o término aos pais, que a adoram. Na verdade, eles gostam tanto dela que Hugo meio que suspeita que eles ficariam chateados *com ele* por deixar que o término acontecesse.

Qualquer um menos Alfie, respondera, meio de brincadeira. Isla e George, os dois mais confiáveis, acabaram fazendo o trabalho. Mas agora, quando Hugo entra na cozinha e é recebido pelo cheiro de curry de frango, seu prato favorito, e um olhar de compaixão da mãe, ele se pergunta se deveria ter escolhido Alfie, no fim das contas. Se alguém saberia como transformar essa situação toda numa piada, seria ele. Então talvez eles pudessem pular direto para essa parte.

— Como você está, querido? — pergunta sua mãe, ficando na ponta dos pés para dar um beijo na bochecha dele.

Ela é quase trinta centímetros menor que todos os filhos, uma mulher baixinha de pele pálida e cabelo fino que poderia parecer meio avoada se você não notasse as linhas de determinação ao redor de sua boca. Quando seus pais descobriram que teriam sêxtuplos, foi ela quem decidiu que eles precisavam ter criatividade. E, desde que os filhos nasceram, começou a escrever um blog sobre a vida deles. Isso acabou virando um livro sobre educação infantil, então outro, depois mais um, até que toda uma série foi criada. E por mais que Hugo sempre tenha achado os livros absolutamente constrangedores, foram eles que, com o salário de professor do pai, permitiram uma boa vida à família de oito.

Mas, para o pânico de Hugo, sua mãe, que normalmente está em constante movimento, passando pela vida deles como um vídeo acelerado, o está encarando com olhos cheios de lágrimas. Passa pela sua cabeça que ela talvez tente começar uma conversa sobre o término ali mesmo, no meio da cozinha movimentada. Então ele dá um tapinha sem jeito no ombro dela e dá um passo para o lado o mais rápido que consegue.

— Estou bem, mãe. Sério.

Ela parece querer dizer algo, mas o fogão apita, então ela só lhe lança um último olhar preocupado antes de se apressar para tirar uma fornada de pão de alho, outro prato favorito de Hugo.

Quando seu pai entra, está usando sua camiseta do Tottenham Hotspurs, o que faz Hugo rir, porque Margaret é superfã do Arsenal. Ele sabe que a camiseta foi em sua homenagem. Para seu alívio, o pai só pisca para ele, pega um pilha de pratos do armário e começa a botar a mesa.

Quando tudo está pronto, Hugo desliza para seu lugar de sempre, entre as irmãs. Isla bate com o ombro no dele, amigável, e Poppy faz uma cara engraçada.

— Então — diz o pai, passando uma das mãos pela cabeça reluzente.

Hugo não se lembra de como seu pai era antes de ficar careca. Isso é tão parte dele quanto seu sorriso, que faz todo o seu rosto se iluminar e suas covinhas se destacarem, de modo que, às vezes, ele parece um garoto de novo. Poderia facilmente ser outro irmão Wilkinson. No primeiro dia do primário, Hugo viu todas as outras crianças caírem no encanto daquele sorriso feito pinos de boliche, uma por uma, e isso lhe causou uma onda tão grande de orgulho que ele correu para abraçar o pai no fim do dia, com uma palavra latejando ferozmente em sua cabeça: *meu*.

— Me deem as manchetes — diz ele agora, como faz toda noite, e Hugo rapidamente olha para baixo.

Mas ele não precisa se preocupar. Alfie conta sobre seu jogo de rúgbi. Poppy tem uma história sobre seu emprego temporário no cinema. Oscar fez algum progresso no aplicativo sobre futebol que está programando. Isla foi ao parque com o namorado, Rakesh. George, cuja obsessão por *The Great British Baking Show* resultou numa vaga na padaria local, passou o dia aprendendo a fazer uma torta de merengue de limão, e a maior notícia é que ele levou uma para casa de sobremesa.

— Você não deixou uma moeda cair na massa de novo, né? — pergunta Poppy, e George lança um olhar intimidador para ela.

— Foi só uma vez — diz ele baixinho.

— Pelo que parece — implica Poppy —, já é o suficiente...

Depois disso, todo mundo se vira automaticamente para Hugo. Então, com a mesma velocidade, eles desviam o olhar, fazendo um esforço exagerado e não muito convincente para fingir que não era a vez dele, de modo a poupá-lo de dar a maior notícia de todas.

— Na verdade, eu também tenho uma novidade — diz ele, e todo mundo volta a olhá-lo com surpresa. — Apesar dos... hum... acontecimentos recentes, eu decidi que ainda vou viajar pelos Estados Unidos.

Felizmente, ninguém pede qualquer detalhe sobre os acontecimentos recentes. Seu pai simplesmente ergue as sobrancelhas. Sua mãe contrai os lábios e se inclina para a frente na cadeira. Alfie diz "Mandou bem!" e se debruça por cima da mesa para bater o punho no dele. Então, ao sentir o clima, lentamente puxa o braço de volta.

— Margaret quis que eu ficasse com as passagens — continua Hugo, optando por deixar de fora a parte sobre como elas podem ser inúteis para ele. — E eu gostaria de ir.

— Com quem? — pergunta sua mãe de um jeito que talvez pareça um pouco calmo demais.

Hugo evita o olhar dos irmãos.

— Sozinho.

— É uma grande viagem para você fazer sozinho — comenta o pai, mantendo a expressão neutra. — Você nunca foi a Londres sozinho, muito menos para outro país.

— Tenho dezoito anos agora — destaca Hugo. — E se não tivéssemos... Se não fôssemos... Bem, eu poderia facilmente ter entrado numa universidade bem mais longe. Não vejo como isso é diferente.

— Sendo sincera, é diferente porque você não consegue chegar na esquina sem perder as chaves ou a carteira — responde a mãe, com um tom tanto de remorso quanto de desespero. — Eu amo você, Hugo. Você é muito inteligente de várias formas, mas também vive com a cabeça nas nuvens.

Hugo abre a boca para protestar, mas sabe que ela está certa. Quando era pequeno, sua mãe costumava chamá-lo de Urso Paddington porque ele estava sempre se perdendo do restante do grupo.

"Estou quase prendendo um bilhete no seu macacão", dizia ela, com o rosto ainda pálido de preocupação depois de encontrá-lo debaixo de uma arara de roupas em uma loja de departamento ou num corredor totalmente diferente no mercado local. "*Por favor, cuide desse ursinho.*"

No topo do blog dela há uma ilustração dos seis irmãos enfileirados, do mais velho para o mais novo — o que é uma distinção um tanto ridícula, considerando que eles só são separados por oito minutos. Na imagem, eles estão marchando para o lado direito da página. Primeiro George, que carrega uma vara de pescar e anda do seu jeito confiante. Então Alfie, com uma bola de futebol embaixo do braço e um ar sorridente no rosto. Poppy, sempre em movimento, está saltitando atrás deles. Oscar assobia ao atravessar tranquilamente a tela. Atrás dele, a cabeça de Isla está abaixada sobre um livro.

Então, por último, está Hugo, sempre para trás, eternamente tentando acompanhar o ritmo dos irmãos.

Ele sempre odiou essa imagem.

— Querido — diz sua mãe, com a voz mais suave. — Não tem problema sonhar acordado por aqui. Mas eu ficaria muito preocupada em saber que você está sozinho num lugar como Nova York ou São Francisco. A verdade é que você simplesmente não é...

— Responsável? — tenta Poppy.

— Preparado? — sugere Oscar.

— Sensato? — diz Isla, com uma piscadela para ele.

— Bonito — conclui Alfie. — Foi mal, do que a gente está falando mesmo?

Mamãe os ignora.

— Você não pode levar um deles com você?

— Essa não é a questão — diz Hugo, sentindo o calor subir pelas bochechas.

Ele não sabe como explicar sobre a passagem extra sem entregar seu plano de encontrar outra Margaret Campbell. Seus irmãos sabem, é claro. Eles também estão envolvidos. Mas o que não sabem é: mesmo que ele *pudesse* levar quem quisesse, ainda assim não estaria muito disposto a escolher um deles. Porque essa questão não é sobre seus irmãos. Pela primeira vez, é sobre Hugo.

— O objetivo é escapar um pouquinho — explica ele, parecendo um tanto desesperado. — Para ver como é estar por conta própria. Principalmente porque...

— Vocês vão todos juntos para a universidade — completa o pai.

E Hugo ergue o olhar para ele, agradecido.

Ele passou o verão inteiro tentando não dizer isso em voz alta. Não é o único que poderia ter sido aceito em outro lugar, mas sempre foi o irmão com as maiores notas e, por causa disso, os outros lhe davam um desconto por ser tão infeliz sobre sua falta de opção. Mas o que ele nunca disse, o que mal se permitiu pensar, é que eles também são um motivo.

— Não que isso não me deixe feliz — diz ele com a voz fraca, olhando de Alfie para Oscar e para George, que estão sentados do outro lado da mesa, observando-o com expressões indecifráveis. — Vocês sabem quanto eu... Bem, vocês são meus...

Ele se vira para Poppy, que torce a boca enquanto espera o final da frase. Do outro lado, Isla encara o prato.

— Nós sempre fomos como um time — conclui Hugo.

— E agora você gostaria de ser transferido? — pergunta George.

Sua voz sai intencionalmente leve, mas Hugo percebe a dureza das palavras. Quando os seis eram pequenos, seu pai costumava falar, brincando, que George era como um cão pastor, sempre de olho no restante do grupo, tentando mantê-lo junto. Para ele, a bolsa não é uma obrigação. É uma oportunidade nascida da sorte. Uma oportunidade de seguir pelo mundo como sempre foram: uma unidade.

Hugo balança a cabeça.

— Claro que não. É só que... Não é possível que eu seja o único que já se perguntou como seria...?

Ele não termina a frase, mas os outros entenderam o que ele quis dizer. Eles sempre entendem. Mas se concordam, se sentem o mínimo de compaixão, não demonstram. Todos o observam, impassíveis, suas expressões variando entre mágoa, ofensa e irritação.

Hugo engole em seco, hesitante. Mas então pensa no que Alfie disse mais cedo, sobre dar uma de Hugo, e luta para continuar.

— A questão é: eu não consigo imaginar uma vida sem todos vocês — explica ele, o que é verdade, a declaração mais verdadeira que ele poderia ter dito. — E é por isso que eu sinto que devo tentar. Mesmo que só por uma semana.

Todo mundo fica quieto por um momento, mesmo Alfie, até que, por fim, o pai assente.

— Então você precisa ir — declara ele. E a mãe solta um suspiro do outro lado da mesa.

— Só não perca o passaporte — pede ela. — Se tudo correr como esperado, preferimos ter você de volta ao final.

Mae

No café da manhã, vovó está contando uma história sobre um garoto que namorou aos dezoito anos.

— O pai dele era um príncipe — diz ela enquanto coloca açúcar no café com uma colher —, e a mãe dele era uma socialite. Ele era *muito* bonito e me levou às festas mais fabulosas de Nova York. Uma vez, nós dançamos até cinco da manhã. Então ele me beijou numa esquina bem quando começava a chover. Foi inacreditavelmente romântico.

— Mãe — diz Papi, olhando para ela por cima do jornal. — Você não namorou um príncipe.

Ela pisca para Mae.

— Eu não disse isso. Disse que o *pai* dele era um príncipe. Ele decidiu sair dos negócios da família.

— Parece um cara incrível, Mary — comenta Papai com uma expressão totalmente séria, e a vó joga uma bola de guardanapo na direção dele. Ele a pega e joga de volta.

— Chega, vocês dois — diz Papi com um olhar cansado.

Desde que a mãe de Papi foi morar com eles, na primavera, as refeições — ao menos nos dias em que ela está a fim de se juntar à mesa — se tornaram sessões de luta, com vovó e Papai trocando golpes amigáveis por cima da mesa. Eles são tão estranhamente parecidos que, um dia, enquanto discutiam sem parar sobre as virtudes do chá verde, Papi se inclinou para perto de Mae e disse: "Acho que me casei com a minha mãe."

Mae termina o cereal e lava a tigela na pia.

— Bem — fala ela com a voz suave ao se virar de volta para a mesa —, estou indo.

— E quanto à galeria? — pergunta Papi, franzindo a testa.

Ela vem trabalhando lá em alguns dias na semana, fechando caixas e atendendo ao telefone, falando com os clientes mais informais que chegam da cidade e agem como se estivessem prestes a comprar um quadro, então vão para a loja de antiguidades ao lado e fazem a mesma coisa com uma luminária velha.

— Pois é, queria saber se eu poderia ir mais tarde. — Mae se esforça ao máximo para não fazer contato visual. — É só que Garrett vai embora hoje à tarde, então...

Para sua surpresa, todos parecem animadíssimos.

— Ora, por que não disse antes? — responde Papai com um sorriso. — Por favor. Vá. Nós com certeza não queremos fazê-lo ficar mais. Nem um minuto a mais do que...

— Mande lembranças — interrompe Papi, sempre diplomático.

— Que adorável! — comenta a avó com o mesmo olhar sonhador que assume quando as duas assistem a filmes antigos juntas. — Uma despedida dramática.

— Não sei se vai ser muito dramática — responde Mae. — Nós sempre soubemos que seguiríamos caminhos diferentes.

— Isso não a torna menos romântica — retruca a avó com um sorriso radiante.

Ela está com um robe de seda azul e parece minúscula dentro dele, perdida nas dobras do tecido. As sessões de quimioterapia pelas quais passou durante a primavera — um tratamento tão intensivo que a deixou por mais de um mês no hospital — realmente a debilitaram. Mas funcionou, e agora, sempre que alguém comenta como ela perdeu peso, Nana só sorri e responde: "Devia ter muito câncer aqui dentro."

Às vezes, Mae ficava nervosa ao ouvir piadas sobre isso. Ela sabe quão perto eles chegaram de perdê-la. Quando Mae era pequena, algumas crianças na escola perguntavam se ela sentia falta de ter uma mãe, e ela sempre era rápida em dar um fora neles. "Eu tenho dois pais", dizia com olhos furiosos. "E aposto que eles são melhores do que o seu."

Mas isso era só metade da verdade. A outra metade era que ela tinha vovó.

Todo domingo, eles pegavam o carro e iam comer brunch em seu apartamento de tijolinhos do Upper West Side. O lugar era entulhado de uma infinidade de quinquilharias, mas toda vez que Mae perguntava sobre qualquer coisa em particular, a resposta era sempre desprovida de detalhes. "Eu tive uma longa vida numa pequena ilha", dizia ela. "Não pode esperar que eu me lembre de cada resíduo e fragmento."

As coisas que a tornavam tão importante para Mae não eram as que as outras pessoas imaginariam. Seus pais eram totalmente capazes de ajudá-la a escolher roupas ou ensinar como nascem os bebês. Era mais sobre tomar chá no assento de janela da vovó e assistir a filmes antigos em preto e branco e escutar histórias sobre o passado. Não importava que algumas fossem difíceis de acreditar. ("Não tem a menor chance de ela ter tomado drinques com JFK", dizia Papi, exasperado.) Essa não era a questão. A questão era que ela simplesmente estava ali.

Era como ter um sol extra na sua órbita, uma fonte inesgotável de calor e energia. Eles eram uma constelação própria, Mae e Papai e Papi, mas saber que a vó estava ali nas beiradas fazia seu pequeno universo parecer completo.

Nesse momento, os olhos da avó estão iluminados ao espiar Mae por cima da caneca de café.

— Vá curtir seu encontro. Se tem uma coisa que eu sei é que uma garota da sua idade deveria estar tendo aventuras por aí.

— Mas não aventuras *demais* — destaca Papai enquanto Mae pega a bolsa e caminha para a porta.

Ela acena por cima do ombro.

— Volto mais tarde.

— Mas não tarde *demais* — exclama ele às suas costas.

Do lado de fora, ela corta caminho pelo jardim do vizinho, então segue por algumas ruas laterais até chegar ao limite da cidade. Mae vê Garrett esperando na frente da loja de queijo, ocupado com o celular. Quando ele levanta a cabeça, com seu cabelo bagunçado e sorriso de mil watts, ela sente uma pontada de arrependimento por saber que isso vai acabar em breve. Não é do jeito que Priyanka, sua melhor amiga, descreveu a partida do namorado, Alex, para Duke na semana passada: como se "suas almas estivessem sendo separadas à força". O verão de Mae com Garrett tem sido uma mistura de discussões e pegações, tudo muito fervoroso, mas nada muito relacionado a almas.

— Oi — diz ele, dando um beijo nela e começando a andar. — Como foi?

— O quê?

— O filme. Achei que você fosse assistir.

— Ah — diz Mae, sem emoção. — É. Não ajudou.

— Sério? Ainda não faz ideia do que deu errado?

— Não. E *não saber* está me matando.

Garrett para e olha para ela.

— E se eu assistir?

— Nem pensar — responde Mae, passando direto por ele. — Sem chance.

— Mas eu sou crítico de cinema.

Ela revira os olhos.

— Ter uma conta no Twitter não torna você crítico de cinema.

— Tudo bem, mas eu vou ser um dia — insiste ele, dando uma corridinha para alcançá-la. — Então posso dar uma opinião honesta. E você já confia no meu gosto, então...

É a vez de Mae parar de andar.

— Não confio, na verdade. Você tem um péssimo gosto. Tudo de que gosta é elaborado demais e pretensioso. Além disso, todos os seus diretores preferidos são homens, o que é uma grande droga.

— Não é culpa minha — fala Garrett, mas há uma fagulha nos seus olhos, porque ele ama um bom debate. Ambos amam. — É culpa da indústria. Além disso, pode ser muito positivo termos gostos diferentes. — Ele pausa. — Obviamente, o conselho de admissões tinha um gosto diferente do seu.

Mae o encara com raiva, e Garrett ergue as mãos.

— Só estou dizendo que você precisa de respostas, e eu tenho opiniões.

Eles estão quase chegando ao rio agora, descendo pela montanha na direção da árvore de bordo onde eles passaram a maior parte do verão brigando sobre filmes e se beijando até ficarem com os lábios inchados. Quando chegam, Garrett senta-se no lugar de sempre, mas Mae continua de pé. Ela pega o celular do bolso traseiro e abre o arquivo de vídeo.

— Aqui — diz ela, estendendo o aparelho para ele.

— Jura?

Mae sente como se estivesse entregando um pedacinho de si.

Pega leve, ela quer dizer, mas não diz, porque é mais durona do que isso.

O filme tem dezoito minutos, e Mae não consegue ficar parada enquanto ele assiste. Ela anda ao longo da margem lodosa do rio até estar na hora de voltar. A cabeça de Garrett ainda está abaixada sobre o celular, mas ele ergue os olhos quando ela se senta ao lado dele, com uma expressão difícil de decifrar.

— E aí? — pergunta a garota com um tom casual demais.

— Tecnicamente falando — Garrett responde —, achei brilhante.

Mae franze a testa para ele.

— Ou seja?

— Você é uma cineasta incrível — opina ele com o rosto sério. — Não sei como conseguiu alguns daqueles ângulos. E aquela transição no final? Você é muito, muito talentosa, e o filme ficou muito, muito impressionante.

Ela sente a próxima palavra vindo com tanta certeza que é como se ele já a tivesse falado.

— Mas?

— Quer que eu seja honesto?

— Quero — confirma Mae, a boca seca.

Garrett franze a testa.

— Bem, é só... É meio impessoal.

— Impessoal? — repete ela, pega de surpresa. Estava preparada para milhares de críticas. Mas *impessoal* definitivamente não era uma delas.

De todos os filmes que Mae já fez, esse é o mais próximo de sua vida. Outra pessoa atuou — uma garota da escola que fora protagonista em todas as peças e estava ansiosa para usar o filme como portfólio —, mas o resto todo era Mae, sua história exposta para qualquer um que quisesse ver.

— É sobre uma garota com dois pais que mora em Hudson Valley — diz ela com a voz intensa. — O que poderia ser mais pessoal que isso?

— Eu sei que é *sobre* você. Isso é bem óbvio. O problema é que não dá pra *sentir* você no filme.

— Bem — fala ela, tensa. — Talvez você não me conheça de verdade.

Garrett fica surpreso.

— Talvez não. Mas isso não é exatamente minha culpa, é?

Mae quase quer rir, mas o riso fica preso na garganta. Ninguém nunca a havia acusado de ser misteriosa. Na verdade, ela nunca teve problemas para dizer o que pensava. Aos oito anos, apareceu num concílio organizado por um deputado e deu um discurso apaixonado em defesa do casamento gay. Quando finalmente foi legalizado no estado de Nova York, ela lhe mandou um cartão-postal no qual se lia "Não graças a você". Uma vez ela separou uma briga entre dois garotos na rua e acabou com um olho roxo. E, com bastante frequência, ela gosta de passear pela seção de comentários do seu canal de filmes favorito e escrever réplicas fervorosas a todos os idiotas que se sentem ameaçados por refilmagens femininas dos seus filmes favoritos da infância.

Mae não é exatamente discreta.

Garrett semicerra os olhos para ela, tentando decidir seu próximo passo.

— Ah, vai, Mae. Nós dois sabemos que você não é a melhor em...

— Em quê? — pergunta ela em tom exigente.

Ele hesita, então dá de ombros.

— Se abrir para os outros.

— Isso não é verdade.

— Viu só? Se você não consegue nem se permitir ser introspectiva nesta conversa, como vai fazer isso nos seus filmes?

Há um traço de arrogância no rosto dele. Por um segundo, Mae consegue enxergar o que seus pais vêm falando o verão inteiro. Mas então ele volta a suavizar a expressão e busca sua mão. Ela se prepara para levantar seu escudo para o que quer que ele vá falar em seguida. Provavelmente será um conselho para que não erga tantos muros.

— Você é obviamente supertalentosa. Mas a diferença entre um filme bom e um filme ótimo não tem nada a ver com cortes e técnicas maneiras. É sobre mostrar às pessoas quem você é.

Mae abre a boca para argumentar, mas ele se apressa em continuar.

— Nós dois sabemos que você tem muito a dizer — diz ele, abrindo um sorriso mesmo que ela esteja soltando sua mão. — Você só precisa se livrar dessas travas e de fato dizê-las.

— Mas eu disse.

Garrett balança a cabeça.

— Não, não disse. Ainda não.

— Mas...

Ele ergue uma das mãos.

— Só pense um pouquinho antes de dizer que estou errado, ok? O objetivo da crítica é ajudá-la a melhorar, e é só isso que estou tentando fazer.

— Tudo bem — cede Mae com certo esforço. — Então... obrigada. Acho.

— De nada — responde ele de um jeito magnânimo. Garrett lança um olhar para o celular dela, ainda em suas mãos. — Ah, e Priyanka mandou uma mensagem enquanto eu estava assistindo. Eu tentei dispensar a notificação e, sem querer, abri o link que ela mandou.

A cabeça de Mae ainda está flutuando com pensamentos sobre o filme, mas ela estende a mão para o celular e encara, sem expressão, a tela, que está aberta numa plataforma de mídia social desconhecida.

— Pelo visto, algum garoto está procurando uma Margaret Campbell para pegar um trem com ele — diz Garrett, se inclinando para olhar. — Loucura, né? É tão próximo do seu nome.

— *É* o meu nome — murmura ela, já lendo a mensagem.

Ele dá de ombros.

— Com certeza é só algum cara bizarro de cinquenta anos tentando conhecer alguém.

Mae ficou irritada com a sugestão, apesar de não saber por quê. Talvez ele esteja certo. Mas alguma coisa no tom da mensagem faz com que ela acredite em sua autenticidade.

— Fico me perguntando quem vai topar — continua ele. — Seria algo tão estranho a se fazer.

— Seria? — pergunta ela, erguendo os olhos.

— Viajar com um completo estranho? — pergunta ele, olhando-a com uma expressão incrédula. — Sim. Além disso, os trens por aqui são péssimos. Eurail é que é maneiro. Acho que vou começar por Amsterdã no mês que vem.

— Legal — responde Mae, mas mal escuta.

Ela está ocupada demais relendo o post. *Então, se você se chama Margaret Campbell e está interessada em um pouco de aventura...*

Garrett a observa por um momento, e algo muda em seu rosto.

— Você não está realmente pensando nisso, está — diz ele, e, por mais que a frase tenha começado como uma pergunta, ela acaba saindo direta e certeira, uma declaração com objetivo de apontar o ridículo daquela possibilidade. — Uma semana num trem com um cara aleatório?

— Você não está com ciúme, está? — provoca Mae, mas a expressão no rosto do menino mostra que ela está certa.

Mae se inclina para a frente, de modo que seus joelhos se toquem, e lança um olhar sério para ele.

— Achei que tivéssemos decidido...

— Nós tínhamos — confirma Garrett depressa. — Mas agora que estou indo, eu só...

— Eu sei — responde ela, apesar de não saber. Não de verdade.

Ela volta a pensar em como Priyanka se sentiu sobre a partida de Alex, as horas de choro e as mensagens constantes entre os dois, ambos desesperados para suprir a distância súbita. Mae não sente nada daquilo com Garrett, e as palavras dele retornam à superfície: *Nós dois sabemos que você não é a melhor em se abrir para os outros.*

Ela sente uma pontada de um sentimento pouco familiar, algo levemente parecido com dúvida.

— Acho que você está certa — diz Garrett, mas está olhando para Mae como se torcesse para ela discordar. — Estou indo para Paris na semana que vem, e você vai estar na Califórnia. Não é como se a gente...

Ele se enrola, incapaz de encontrar a palavra certa, enquanto as opções passam pela cabeça de Mae: *fosse ficar junto a longo prazo, fosse compatível, estivesse em um relacionamento sério, estivesse apaixonado.*

Ela fecha os olhos por um segundo, tentando evocar alguma coisa maior do que está sentindo agora, que é uma leve tristeza diante da ideia da despedida. Mas quando Mae busca mais além, não há nada.

— Foi realmente um ótimo verão — declara, segurando a mão dele.

Garrett assente.

— Acho que agora está na hora de passar pra próxima.

Eles se olham por um momento. Os olhos de Garrett se iluminam um pouco.

— Mas a gente ainda tem algumas horas — observa ele com um sorriso e, quando se inclina para perto, Mae o beija de volta automaticamente. Mas sua mente já está a quilômetros de distância, ocupada pensando em qual será a próxima fase.

Hugo

Hugo sabe que não pode escolher essa garota. Não pode. Ele acabou de terminar com a namorada e vai dividir um espaço pequeno com quem quer que escolha. Simplesmente não há motivo para tornar tudo mais complicado do que é. Ele sabe disso. Ele sabe.

Mas isso não o impede de assistir ao vídeo dela pela terceira vez.

— Aqui está — diz uma voz atrás da câmera enquanto a cena passa a mostrar uma longa fileira de lojinhas quadradas numa rua tranquila. — É aqui que moro desde que nasci.

A maneira como ela fala essa última parte, a intensidade por trás das palavras, foi o que o fez paralisar da primeira vez que assistiu ao vídeo.

Ela responde a suas perguntas enquanto anda pela cidade, mas não é um vídeo comum. É como um curta-metragem, com as cenas mudando velozmente de um quadro para o outro. Ao final, ela vira a câmera para revelar um rosto branco e redondo com sardas salpicadas pelo nariz. Seu cabelo castanho está preso num rabo de cavalo, e seus olhos são azul-claros por trás dos óculos.

— Meu nome é Mae Campbell — afirma ela com um sorrisinho. — E, como você já deve ter notado, eu preciso desesperadamente de uma aventura.

Alguém bate de leve à porta, e Hugo fecha o vídeo depressa. Um momento depois, seu pai entra com uma cesta de roupas lavadas.

— Ouvi dizer que havia uma emergência de meias — fala o pai, jogando a roupa na cama de Alfie.

— Acho que já passou do nível de emergência. — Hugo gira na cadeira. — Ele está usando o mesmo par velho e nojento desde quinta-feira.

— Por que ele não pegou algumas emprestadas com você?

— Aparentemente as minhas não dão tanta sorte.

— Ah — diz o pai, se sentando ao lado da pilha na cama de Alfie. Tem uma sombra de barba no seu maxilar, e ele passa uma das mãos sobre ela, olhando para Hugo com uma expressão séria. — Sabe, eu queria conversar com você. Fiquei pensando naquilo que disse no jantar outro dia. A verdade é que eu era filho único e tudo que sempre quis foi...

— Uma família grande — completa Hugo. — Eu sei.

O pai ri.

— Imagino que talvez eu já tenha contado essa história.

— Algumas vezes — confirma Hugo, mas ele não se importa de verdade.

O avô paterno de Hugo morreu quando o pai era criança, e sua avó paterna trabalhava em três empregos para sustentar a família. À noite, apenas com a companhia da TV, o pai de Hugo brincava sozinho, imaginando uma casa cheia de irmãos e irmãs.

— Nós tínhamos oito pratos, por algum motivo — conta o pai, tirando os óculos e esfregando os olhos. — Imagino que só vendessem o conjunto. Eu brincava de espremê-los na nossa mesa minúscula e fingir que teríamos um grande jantar. O que era obviamente um pouco patético. Mas é por isso que eu gosto de botar a mesa hoje em dia.

— Você nunca tinha me contado essa parte — diz Hugo, e o pai sorri para ele.

Parece impossível que um homem com seis filhos possa ter um sorriso específico para cada um, mas ele tem. E aquele era o de Hugo.

— Ainda parece um presente ter uma pessoa para cada prato — diz ele, colocando a mão sobre a de Hugo. — E você precisa saber que eu vou sentir saudade de botar o seu prato enquanto estiver viajando.

Hugo assente, um pouco assoberbado.

— Agora eu me sinto um pouco culpado por estarmos *todos* indo embora no mês que vem — comenta ele com a voz embargada pela emoção. — Seis pratos de uma vez.

— É diferente. Vocês estarão logo depois da estrada. Vou guardar os pratos para os fins de semana. — A expressão de Hugo deve mudar, porque o pai lhe dá um tapinha no ombro e se levanta para sair. — Todo mundo cresce sonhando com alguma coisa diferente, Hugo. E tudo bem. É o que torna a vida tão interessante.

Alfie entra de repente, largando o kit de rúgbi num canto e se jogando na cama como se estivesse morrendo.

Papai balança a cabeça, mas parece entretido ao apontar para a roupa limpa espalhada.

— Meias lavadas para você.

— Valeu. — Alfie se senta e tira as velhas, que estão molhadas de suor. — Talvez esteja na hora de aposentar essas.

— Por favor! — responde o pai, piscando para Hugo e fechando a porta ao sair.

Quando estão sozinhos, Alfie gesticula para o laptop de Hugo.

— E aí, o que tem de novo no mundo das esquisitas e aproveitadoras?

— Elas não são...

— Como você sabe que uma dessas garotas não está planejando roubar sua identidade ou algo assim?

— Eu não sei — responde Hugo, dando de ombros.

Alfie franze a testa.

— O que vai fazer se nossos pais descobrirem?

— Eles já disseram que eu posso ir.

— Tá, mas não com uma estranha. Difícil imaginar que eles amariam essa parte.

Hugo o ignora, voltando à caixa de mensagem da conta que eles criaram no dia anterior. Ele passa pelos e-mails que chegaram nas últimas 24 horas, muito mais do que esperava. Até que chega no mais recente — Mae Campbell, de Hudson, Nova York. Ele pausa por um segundo, tentando sem sucesso não ficar encantado ao pensar no vídeo dela. Ele volta a si quando chega um novo e-mail. Ao som da notificação, Alfie pula para fora da própria cama e se joga na de Hugo, ainda com a roupa suada.

— O que temos aqui?

Hugo abre o e-mail e se depara com uma mensagem de uma Margaret P. Campbell de Naples, Flórida, que tem 84 anos. Na foto anexada, ela está numa montanha-russa, com a coroa de cabelo branquíssimo soprada para trás pelo vento. Seu sorriso é enorme e dourado.

— Essa com certeza é a escolhida — diz Hugo, apenas meio brincando.

— Só você convidaria uma mulher de 84 anos para uma viagem — retruca Alfie.

— Não é uma viagem — argumenta Hugo. — É um acordo comercial. A pessoa ganha uma passagem, eu ganho uma viagem de trem. Além disso, ela não parece do tipo que furtaria a minha carteira. Ou a minha identidade.

Alfie franze o nariz.

— Que tipo de lanchinho você acha que ela vai levar? Ameixas desidratadas?

— Pare de ser preconceituoso — retruca Hugo, empurrando o irmão até que ele tombe da cama para o chão com um grito.

Alfie fica assim, esparramado e encarando o teto, enquanto Hugo lê o resto do e-mail de Margaret P. Campbell.

Quando eu era garota, peguei um trem da Flórida para a Carolina do Sul com meu pai. Desde então, quis conhecer o resto do país pelos trilhos. Mas aí vieram os estudos, o trabalho, filhos e família, então meu marido morreu, e minha própria saúde não estava boa. Parecia que eu talvez fosse muito velha para esse tipo de coisa. Mas então minha neta me mandou a sua carta e, mesmo que eu saiba que ela devia estar brincando, não consegui parar de pensar nisso. Afinal, por que não, certo? Por que não agora?

Verdade, pensa Hugo.

A voz de Alfie se ergue do chão, onde ele está deitado de barriga para cima, encarando a rachadura no teto que eles decidiram há muito tempo ter o formato de uma baleia.

— Você estava falando sério naquela noite? — pergunta ele. — Sobre querer um pouco de espaço no ano que vem?

Hugo fica quieto por um longo tempo.

— Sim — responde, por fim.

— Eu não sabia — comenta Alfie, apoiando-se nos cotovelos.

— Você nunca se sente assim? — pergunta Hugo, girando no lugar para ficar de frente para o irmão.

Alfie pensa um pouco.

— Acho que eu preferiria ter meu próprio quarto, mas, fora isso, eu gosto de ter vocês por perto. Na maior parte do tempo.

— Eu também — declara Hugo. — Não é isso. É só que... nós nunca tivemos opção, né? Esse é o momento em que a maioria das pessoas sai de casa e deixa a família e começa algo novo. Mas nós sempre soubemos que iríamos para Surrey juntos. Nunca tivemos outra opção.

— Certo, porque é de graça.

— Não exatamente. Você sabe que tem algumas opções.

— Se o problema — diz Alfie, com os olhos brilhando — é que você está preocupado em ficar feio pra cacete do meu lado na sessão de fotos, tenho certeza de que pode posar ao lado do Oscar.

Hugo revira os olhos.

— Você leu a programação que eles mandaram? A gente vai ter que fazer sete entrevistas no primeiro fim de semana. É realmente assim que deseja começar a universidade?

— Você quer dizer, com uma transmissão ao vivo da nossa mudança para os dormitórios? — pergunta Alfie com um sorriso. — Eu gosto bastante da ideia, na verdade. Me dá uma oportunidade de mostrar quanto peso eu consigo levantar.

— Bem, eu preferiria não ser um espetáculo.

— O espetáculo é parte do acordo — diz Alfie, mais sério. — Você sabe disso.

— É como se fôssemos animais de circo.

— Animais de circo que podem ir de graça para a universidade.

— Eu sei — concorda Hugo com um suspiro. — E entendo como somos sortudos por isso. Mas nunca pensou no que faria se as coisas fossem diferentes?

— Claro. Eu jogaria rúgbi na melhor posição pela Inglaterra.

— Estou falando sério.

— Falando sério? Não sei. E você?

A pergunta mexe com alguma coisa dentro de Hugo.

— Também não sei — admite ele. — E é por isso que preciso fazer essa viagem.

— Para descobrir o que vem depois?

— Não, o oposto. Porque eu já *sei* o que vem depois.

— E você quer ver como é ficar sozinho — diz Alfie, então sorri. — Bem, posso adiantar uma coisa: eu não vou sentir falta dos seus roncos.

Hugo joga uma caneta nele, mas Alfie desvia. Ambos ficam quietos por um momento, e Hugo gira a cadeira. Quando ela para, ele olha para o irmão.

— Você acha que eles me odeiam?

— Um pouco — responde Alfie, cutucando uma mancha de lama no joelho. — Eu também, por sinal.

Hugo esfrega os olhos, derrotado.

— Desculpa. Desculpa mesmo. Mas você entende que não é realmente por...

— Eu sei — diz Alfie. — E eles sabem também. Vai ficar tudo bem. Vamos superar alguma hora.

— Até George?

— Bem, talvez não George.

— Que ótimo — diz Hugo com um grunhido.

— Ah, ei! — Alfie levanta tropeçando e abre a gaveta de meias. Ele puxa um pequeno objeto embrulhado em jornal. — Acho que eu deveria esperar para dar seu "presente de despedida", mas... foda-se.

Hugo pega o embrulho e abre com cuidado. É um porta-passaporte de couro marrom. Ele ergue o olhar para Alfie, surpreso, sentindo o peito se encher de ternura de novo.

— Mamãe queria comprar um laranja-néon para você não perder, mas papai destacou que isso também tornaria mais fácil para outra pessoa encontrar, então Poppy escolheu um tom horrível de vermelho que você teria vergonha de carregar por aí, depois George sugeriu uma estampa militar. Militar! Como se você estivesse indo pra guerra!

Oscar queria dar um daqueles cantis de bebida em vez disso, o que seria maneiro, mas meio sem sentido. No final, eu achei esse e Isla sugeriu que a gente mandasse gravar suas iniciais. — Hugo abre o presente e encontra um pequeno *HTW* sulcado no couro macio. — Gostou?

Hugo passa os dedos pela superfície lisa.

— Amei — responde ele, e sua voz está tão cheia de emoção que os dois sabem o que ele realmente quis dizer: *Amo todos vocês.*

Mae

Exatamente uma semana depois de receber um e-mail de Hugo dizendo o quanto tinha gostado do vídeo dela, mas explicando que não a escolhera para a viagem de trem, Mae recebe outra mensagem com o assunto "Olha que engraçado".

Cara Mae,

Fico meio envergonhado de escrever de novo para você, mas minha companheira de viagem vai precisar fazer uma cirurgia de joanete na semana que vem, o que significa que voltei a precisar de uma Margaret Campbell que esteja disposta a uma aventura (e que não tenha joanetes). Sei que é inapropriado pedir isso agora, faltando uma semana para a viagem e depois de tê-la dispensado uma vez. Mas eu amei seu vídeo de verdade, então espero que considere minha proposta.

Saudações,
Hugo

Lá vamos nós, pensa ela, entusiasmada. Apesar desse pensamento, é claro, ser imediatamente seguido por uma lista de todas as razões pelas quais essa não deve ser a melhor ideia do mundo: é impulsivo, irrealista e possivelmente perigoso; ela não tinha qualquer interesse em ser a segunda escolha de ninguém; seus pais nunca a deixariam atravessar o país com um estranho; e, principalmente, que tipo de pessoa de fato faria uma coisa desse tipo?

Mas então ela pensa no que Papi disse sobre ela precisar viver mais, sobre o que Garrett falou sobre criar arte de qualidade, em como essa cidade sempre lhe pareceu uma calça jeans de um tamanho menor e se dá conta de que é exatamente o tipo de pessoa que faria uma coisa dessas.

Ela se recosta na cadeira da escrivaninha e vê um carro azul estacionado na frente da casa. Confusa, ela corre para o andar de baixo e sai pela porta da frente, saltitando até onde Priyanka está: no banco do motorista, com o motor ligado. Seu longo cabelo preto está preso num rabo de cavalo baixo, e ela está usando a camiseta da Cornell que seus pais lhe deram quando descobriram que ela tinha sido aceita. Ela ergue os olhos com surpresa quando Mae aparece na janela.

— Achei que fôssemos nos encontrar na cidade — diz Mae, e Priyanka ajeita as mãos no volante.

— Nós vamos.

Mae franze a testa.

— Então por que você veio me buscar?

— Eu não pretendia vir — respondeu ela, parecendo meio envergonhada. — Sei lá, acho que só queria fazer isso uma última vez.

— Fazer o quê?

— Dirigir da minha casa para a sua. Esperar aqui na frente porque você está sempre atrasada. Tipo, quantas vezes já fizemos isso?

— Eu não estou *sempre* atrasada — diz Mae com falsa indignação.

— Mas é. Muitas vezes.

— E esta é a última.

— Não é a última vez de verdade. Vamos fazer isso de novo no Dia de Ação de Graças.

— Eu sei — diz Priyanka. — Mesmo assim...

— Bom, já que você está aqui, é melhor me dar logo uma carona.

— Mae sorri ao entrar no carro. — Para a sua sorte, isso significa que você vai ter que me deixar na volta também, então não precisa me dar um tchau choroso na porta de casa ainda.

Priyanka revira os olhos.

— Como você pode ser tão pouco emotiva com tudo isso?

— Eu fico triste em me despedir de você — responde Mae. — Mas tenho certeza de que vou sobreviver a não ver a porta da minha garagem por alguns meses.

Na pizzaria, elas ocupam a mesa de sempre. Logo depois de fazerem o pedido, o celular de Priyanka vibra. Mesmo antes de ver quem é, seu rosto se ilumina.

— Alex? — pergunta Mae, dando um gole pelo canudo.

Priyanka assente, ainda sorrindo. Seu namorado foi embora na semana passada para um acampamento de pré-orientação e não vinha tendo muito sinal de telefone.

— Só mais alguns dias até ele sair do meio do mato.

— Não consigo acreditar que vocês realmente vão tentar fazer isso.

— O quê?

— Continuar juntos.

Priyanka ergue os olhos com uma expressão confusa.

— Por que não tentaríamos?

— Porque vocês vão estar em dois estados diferentes pelos próximos quatro anos.

— É, mas eu amo o Alex — diz ela, como se fosse simples assim. — E ele me ama.

Mae dá um gole barulhento no refrigerante enquanto Priyanka termina sua conversa com Alex. É só quando o garçom traz a pizza (metade vegetariana, metade pepperoni) que ela larga o celular e elas admiram o vapor subindo do queijo.

— O amor é como esta pizza — declara Mae, passando a mão sobre a mesa. — Quentinho, suculento e delicioso, mas não dura muito.

Priyanka ri.

— Estamos falando sobre Garrett agora?

— Eu não estava apaixonada pelo Garrett — afirma ela. — Era só diversão.

— Ele sabia disso?

Mae dá uma mordida desafiadora na sua fatia, que ainda está quente demais. Ela se encolhe e vira meio copo de água de uma vez. Priyanka balança a cabeça.

— Se você não fosse tão cautelosa...

— Eu não sou *cautelosa* — retruca Mae, praticamente cuspindo a palavra.

Priyanka parece querer rir, mas consegue se controlar.

— Não quero dizer na vida — explica ela com mais delicadeza. — Quero dizer com o seu coração.

Mae, que estava pronta para discutir, interrompe-se de repente.

— Você é a pessoa menos resguardada que eu conheço — continua Priyanka. — Até menos do que deveria, às vezes. Mas quando realmente importa, você não se arrisca. No minuto em que qualquer cara começa a se apaixonar por você, um buraco no formato de Mae se abre na parede. Você foge.

— Isso não é verdade.

— É, sim — insiste Priyanka, gesticulando para a pizza. — Você tem medo das partes quentinhas e suculentas. Acha que sou maluca por tentar continuar com Alex, mas eu prefiro arriscar e acabar com alguém que amo do que me proteger e acabar...

Mae fecha a cara.

— Por que estamos falando sobre isso?

— Porque — responde Priyanka, com mais suavidade — às vezes eu acho que você está mais interessada em fazer filmes do que em viver. Nem tudo precisa ser material. É como se você saísse para o mundo com uma câmera e deixasse seu coração para trás, numa estante. Se nunca se arriscar de verdade...

— Eu me arrisco — argumenta Mae depressa, tentando não demonstrar quanto está magoada. — Na verdade, queria contar...

— Não — interrompe Priyanka —, eu *não* estou me referindo a esse tipo de risco.

— O quê? Você nem sabe o que eu ia dizer...

— Mae — diz ela, já exasperada. — Só você ouviria isso e concluiria que deve se candidatar a uma oportunidade de ser assassinada por um cara num trem.

— Você está exagerando.

— Eu mandei aquele post como uma piada, não uma sugestão. Sinceramente, me diz que você não está pensando em ir de verdade.

— Eu não estou pensando em ir de verdade.

— Sério?

— Não, não exatamente — responde ela com um sorriso. — Ah, vai. Seria incrível.

Priyanka balança a cabeça.

— Eu literalmente *acabei* de assistir a um programa no qual uma garota é perseguida por alguém num trem e...

— Você vê TV demais.

— Bem, e você vê filmes demais.

Mae ri.

— Então, o que aconteceu no programa?

— Foi tudo um mal-entendido — diz Priyanka, pegando uma fatia de pizza. — No fim das contas, o cara era ótimo e eles se apaixonaram e viveram felizes para sempre.

— Sério?

— *Não*. Ela foi assassinada. O que você acha?

Depois do almoço, Priyanka leva Mae para casa, manobrando o carro até o círculo familiar na entrada da garagem. Por um momento, elas só ficam paradas ali, encarando a porta da garagem.

— Ok, você está certa — diz Mae, recostando a cabeça no assento. — Agora eu estou meio triste.

Priyanka ri.

— Viu só?

— Nós vamos nos falar o tempo todo, certo?

— Com certeza.

— Promete que vai me ligar mais do que liga para o Alex?

— Só se me prometer não entrar naquele trem.

— Vamos só concordar em deixar a vida nos levar — diz Mae animadamente.

Quando ela começa a desafivelar o cinto, Priyanka coloca a mão em seu cotovelo.

— Escuta — diz a amiga, seus olhos castanhos buscando os de Mae. — Eu não quero que vá para a faculdade achando que o amor é como uma pizza.

— Seria melhor se eu achasse que é como um calzone?

Priyanka ignora.

— O amor é... Não sei. Algo maior do que isso. É como o sol.

— Porque você pode se queimar?

— Não — responde Priyanka, cansada, mas seus olhos já assumiram o brilho de quando ela está pensando em Alex. — No sentido de que torna tudo mais vivo e alegre. E esquenta você de dentro para fora.

— Pizza também — argumenta Mae, e desta vez Priyanka lhe dá um tapa.

— Você entendeu. Só me promete que vai se abrir para as possibilidades.

Sem querer, Mae se flagra pensando no vídeo que mandou para Hugo e em quão fácil tinha sido responder a suas perguntas. Ela respira fundo e assente.

— Prometo.

Priyanka parece satisfeita com a resposta. Ela puxa a maçaneta e sai do carro, e Mae faz o mesmo. Elas dão a volta depressa para se abraçar.

— Eu amo você tanto quanto pizza — sussurra Priyanka no ouvido de Mae, que ri.

— Boa viagem.

Priyanka recua um passo e lhe lança um olhar demorado.

— Para você também — responde enfim.

Até aquele momento, Mae não tinha total certeza. Mas, bem naquele momento, ela percebe que as duas sabem exatamente o que ela vai fazer.

Em seguida, Mae dá a volta na casa e encontra a avó na varada, seu lugar preferido para tirar uma soneca ultimamente. Seus olhos se abrem quando a neta sobe os velhos degraus de madeira com uma corridinha.

— Então sobraram duas — diz a avó com um suspiro melodramático. — Não acredito que Priyanka deu o fora daqui antes da gente.

Mae ri.

— Não falta muito.

— Cinco dias — afirma ela. — Mas quem está contando?

Eles tentaram convencer a avó a ficar de vez, argumentando que a vida no interior seria mais relaxante. Mas ela deixou claro que não tem interesse algum em relaxar. E, agora que está bem de saúde, faz questão de voltar ao próprio apartamento na cidade.

— Você sabe do que eu *vou* sentir falta sobre morar aqui?

— De implicar com os meus pais?

A avó ri.

— Não.

— Do café queimado?

— Não.

— Do quê, então?

— De você — responde ela, e Mae sorri.

Na rua, um carro vermelho igualzinho ao de Garrett vira a esquina derrapando. Por um segundo, Mae pensa que talvez seja ele. Mas é claro que o garoto já foi embora.

Como se enxergasse dentro da cabeça da neta, a avó pergunta:

— Você está bem com tudo isso?

Mae acha a pergunta engraçada, vindo de alguém que passou recentemente por quatro semanas seguidas de quimioterapia de indução para leucemia mielogênica aguda. Mas não diz isso.

— Estou — responde. — Estou ótima.

— Sabe, a única maneira de superar um coração partido é encontrando alguém novo.

— Meu coração não está partido, vovó. Juro, eu nem sei se está machucado. — Ela pensa no que Priyanka disse, imaginando seu coração cuidadosamente embalado, protegido por uma cerquinha. Então relanceia para sua avó. — Você já fez uma viagem de trem? Não até a cidade, mas algo mais longo.

A avó fica quieta, mas seus olhos estão distantes.

— Eu era só um pouco mais velha que você — conta ela com um ligeiro sorriso —, talvez dezenove ou vinte anos. Peguei um trem com uma amiga até Nova Orleans para o Mardi Gras. Ela tinha família lá, então nós fomos sem preocupação. Na primeira manhã, conheci um garoto de uniforme, e ele me trouxe uma xícara de chá. Minha amiga mal me viu pelo resto da viagem.

Mae se inclina para a frente.

— O que aconteceu?

— Como assim, o que aconteceu? Nós conversamos. Nós flertamos. Nós nos beijamos.

— É mesmo?

— É claro que sim — responde a avó com impaciência. — Estávamos apaixonados.

— As pessoas não se apaixonam tão rápido assim — argumenta Mae, pensando que a história era parecida demais com um dos antigos filmes românticos que sua avó amava tanto.

Mas a avó está irredutível.

— Pode acontecer. E aconteceu. Nós passamos o fim de semana todo juntos, dançando e comendo e ouvindo jazz. Só faltávamos dar pulinhos de felicidade. Não conseguíamos tirar as mãos um do outro e não conseguíamos parar de…

Mae a apressa, ansiosa para passar direto por essa descrição.

— E aí?

— Aí nós nos despedimos.

— Mas se vocês estavam apaixonados…?

— Ele estava de partida para uma base militar do Texas. Eu tinha uma vida em Nova York. Não era para ser. — Ela dá de ombros. — O amor não é mágico. Não transcende tempo e espaço. Não conserta nada. É só amor.

— Mas...

— Eu me apaixonei várias vezes antes de conhecer seu avô — conta ela. — Alguns duraram bastante tempo, outros não. O truque é não se preocupar. Se você passar muito tempo pensando em quando vai acabar, vai perder o processo todo.

— E o que aconteceu com ele? — pergunta Mae, subitamente impaciente.

— Foi morto no Vietnã. Mas continuamos trocando cartões-postais até o dia de sua morte.

Mae fica em silêncio, tentando decidir se isso é lembrança ou imaginação. Parece que poderia ser verdade, mas esse é o problema em todas as histórias que sua avó contou ao longo dos anos. Vovó também fica quieta por um tempo, talvez pensando no soldado dela, ou perdida nos filmes que se passam em sua cabeça. Depois de um momento, ela apoia a caneca na mesa e olha para Mae.

— Então — diz ela —, me conta mais sobre essa viagem de trem.

— Que viagem de trem?

— A que você está decidindo se vai ou não fazer.

Mae olha para a avó, surpresa. Então a história se derrama para fora da sua boca: a pontada que ela sentiu ao ver aquele post e o vídeo que ela mandou para o outro lado do oceano; a maneira como ela se sentiu quando assistiu ao seu filme de novo, como se estivesse presa, como se não conseguisse entender como espiar além das fronteiras da própria vida, e como doeu quando Garrett disse a palavra *impessoal*; a mensagem de Hugo e as perguntas que ele fez, que ainda estão deslizando pela sua cabeça feito bolinhas de fliperama, mesmo dias depois. Quando ela acaba, a avó só assente.

— Seus pais nunca vão concordar — afirma ela, e Mae deixa os ombros desabarem, porque sabe disso também. Mas então, para sua surpresa, a avó dá uma piscadela. — O que não é uma razão para não fazer.

Mae tenta esconder o sorriso, mas não consegue.

— É mesmo?

— É mesmo — repete a avó, inclinando-se para a frente. — Você disse que sua nova colega de quarto é do Brooklyn, certo?

E é assim que, mais tarde naquela noite, Mae se encontra sentada em frente aos seus pais na lanchonete, que é apropriadamente no formato de um vagão de trem antigo, contando para eles que ela e sua futura colega de quarto, Piper, bolaram um plano de pegar um trem para a Califórnia juntas.

— Um trem? — pergunta Papai, com uma expressão de horror, baixando seu sanduíche de bacon, tomate e alface. — Você sabe que é mais rápido de avião, né?

— Sei — diz ela. — Pelo visto, ela ia com a mãe, mas alguma coisa aconteceu e ela já tinha comprado as passagens, então precisa de companhia.

— Você vai passar os próximos nove meses morando numa caixa de sapato — observa Papi. — Tem certeza de que quer começar tudo uma semana mais cedo?

— Essa menina, Piper, iria descobrir sobre o ronco da Mae mais cedo ou mais tarde — fala Papai, e Mae lança um olhar ameaçador para ele. — Mas e se ela for péssima?

— E se for ótima? — Mae dá de ombros. — De qualquer jeito, seria uma experiência. Foram vocês quem me falaram que eu preciso viver mais.

— Estávamos falando da faculdade — explica Papai. — Não sobre pegar um trem feito um mendigo. Você vai ficar no vagão o tempo todo? Tipo, vai dormir lá e tudo? — Ele lança um olhar para Papi. — Minhas costas doem só de pensar.

— Elas reservaram algum tipo de pacote que inclui algumas noites em hotéis também, então vamos poder conhecer algumas cidades pelo caminho. Vai ser divertido.

Ela se remexe com desconforto, baixando os olhos para o queijo-quente. Mae nunca mentiu para eles sobre nada tão grande. Mas precisa ir nessa viagem, e sabe que eles nunca a deixariam ir se soubessem a verdade.

— Tem certeza de que você quer sair de casa uma semana mais cedo? — pergunta Papi, e ela quase sente a decepção irradiando dele.

Mae desvia os olhos para a janela. O sol está baixo no céu, pintando tudo de dourado, como se já fosse uma lembrança, e os prédios antigos com tinta descascada fazem a cidadezinha parecer charmosa em vez de sufocante, aconchegante em vez de simplesmente pequena.

— Sim — responde ela baixinho, voltando a encarar os pais. Seus braços estão entrelaçados agora, e ela sabe que eles estão de mãos dadas por baixo da mesa, o que só a deixa mais arrasada. — Isso não significa que eu não vá morrer de saudade de vocês. Mas a vovó já vai ter voltado pra Nova York a essa altura, e nós vamos ter que nos despedir alguma hora, de qualquer maneira. Sinceramente, eu só sinto que esta é uma das situações em que a resposta certa é sim.

Seus pais trocam um olhar.

— Vocês vão ficar juntas o tempo todo? — pergunta Papi. — Dia e noite? Vão cuidar uma da outra?

Mae engole em seco.

— Sim.

— E se ela acabar se revelando uma péssima influência? — continua Papai. — Você vai usar o seu bom senso?

— Sim — confirma Mae, escondendo um sorriso.

— E vai dar notícia três vezes por dia? — pergunta Papi.

— Quatro — corrige Papai. — Não, cinco.

— Sim, claro.

Papi lhe lança um olhar demorado.

— E você vai parar de ficar obcecada com o seu filme?

Ela hesita.

— Não prometo isso.

— E quanto a pensar em começar um novo?

— Com certeza.

— Então imagino — diz ele, balançando a cabeça de maneira satisfeita — que a resposta certa seja sim.

Hugo

Hugo está parado no meio da Penn Station, que não é apenas a pior estação de trem em que já esteve, mas também possivelmente o pior lugar de todos. Ponto. É escura, cinza e suja. Muitas pessoas, muito barulho.

Um cachorro policial vem cheirar sua mochila e, quando Hugo estica a mão para fazer carinho, o oficial briga com ele.

— Presta atenção — diz o oficial, e Hugo se encolhe de volta, bastante consciente do fato de que está nos Estados Unidos agora.

Apesar de todos os alertas que sua mãe lhe deu sobre ficar de olho em seus pertences, são os alertas dados por seu pai ao longo dos anos (sobre o cuidado extra exigido para existir em um mundo racista quando se é negro) que estão passando pela sua cabeça nessa estação lotada.

Não parece o começo mais auspicioso para a viagem.

Ainda não há sinal de Mae. Hugo apoia a mochila contra a parede, tomando cuidado para mantê-la perto de si. Seria bem a cara dele ser roubado antes de embarcar. Até então, ele conseguiu não se perder ou ser assaltado ou qualquer coisa pior. Só se passaram 24 horas. Ainda assim, parece uma pequena vitória.

Sem nenhuma das Margarets Campbell, ele não pôde ficar no hotel que estivera reservado para os dois na noite passada. Em vez disso, encontrou uma rede de hotéis suja perto da Times Square onde ele conseguia ouvir pessoas discutindo pelas paredes finas como papel. Mas não importava. Hugo não se lembrava da última vez que tivera um quarto para si, e estava animado demais para dormir.

Acordou cedo, com jet lag e pronto para seguir o itinerário que Margaret fizera para os dois. Mas percebeu que, sem ela, poderia fazer o que quisesse. Esse pensamento acendeu uma estranha faísca de alegria nele. Estava sozinho em outro país, sem pais nem irmãos nem namorada. Na verdade, não havia uma alma que soubesse onde ele estava naquele exato momento.

Ele estava total e completamente livre.

Em vez de ir ao Met, foi ao parque High Line. Em vez do restaurante chique que Margaret tinha reservado, ele comeu um cachorro-quente de um vendedor ambulante. Mais tarde, foi beber um *pint* numa antiga cervejaria no West Village, mas seu pedido foi imediatamente recusado.

— Não faz diferença se eu for inglês? — perguntou ele, esperançoso.

— Isso aqui parece a Inglaterra pra você? — perguntou o bartender mal-humorado, e a questão era essa: não parecia. Era tudo maravilhosamente, incrivelmente, empolgantemente novo. E ele estava amando tudo, até os pombos.

Nesse momento, chega uma mensagem da sua mãe: *Ainda está inteiro?*

Hugo suspira. Como se pudesse ouvi-lo, ela manda outra mensagem: *Só estou perguntando. Nenhuma tatuagem nem nada assim?*

Hugo: Nenhuma tatuagem. Mas eu fiz um piercing no nariz ontem à noite.

Mãe: Hugo!
Hugo: Brincadeira! Pare de se preocupar.
Mãe: Você vai tirar uma foto do oceano para mim, não vai?
Hugo: Tarde demais. Estou prestes a partir para o oeste.
Mãe: Estou falando do Pacífico. Eu sempre quis ver.

O portão do trem dele é anunciado, e a multidão ao redor volta a se mexer. Hugo semicerra os olhos para o quadro gigante, uma sopa de letrinhas de horários e destinos.

Hugo: Mãe, tenho que ir. O trem chegou. Amo você.
Mãe: Também amo você.
Hugo: E não se preocupe, estou com o meu passaporte.
Mãe: Eu não ia dizer nada.

Ele enfia o celular de volta no bolso e olha ao redor, procurando Mae, tentando evocar a imagem do vídeo, mas não a vê em lugar nenhum. São três e dez da tarde, o que significa que ela está oficialmente atrasada. O trem está marcado para partir em exatos treze minutos, e ele fica na ponta dos pés e volta a examinar a estação. Está tão ocupado olhando ao redor que leva um segundo para perceber que subitamente ela aparece ali, parada a alguns metros dele.

Ele a olha, assustado. Ela está com um vestido de algodão preto e uma jaqueta jeans, o cabelo preso num rabo de cavalo bagunçado. Seus tênis vermelhos são surrados e gastos, e a mochila em suas costas parece tão alta quanto ela.

— Hugo — chama ela, e não é exatamente uma pergunta.

Depois que Mae respondeu ao segundo e-mail dele, Hugo mandou uma foto sua para que ela soubesse que ele não era um esquisito da internet. (Apesar de que talvez agora ele fosse? Era difícil ter certeza.)

Por um tempo, ele evitou usar o sobrenome, porque não estava muito a fim de que ela esbarrasse com os muitos artigos sobre sua família, sem falar do blog da mãe, um baú de tesouros de anedotas constrangedoras. Queria começar essa viagem como Hugo Wilkinson, não como um dos Seis de Surrey.

Mas, conforme a troca de mensagens continuava, ela o pressionou pela informação. E ele não podia culpá-la. Se uma de suas irmãs fosse louca o bastante para ir numa viagem com um desconhecido que ela encontrou na internet, ele iria querer que ela descobrisse cada detalhezinho de informação possível. Ainda assim, ele vinha se preparando para o tipo de reação estrondosa que as pessoas sempre tinham quando descobriam que ele era um sêxtuplo. Mas não foi o caso de Mae. Para o seu alívio, sua próxima mensagem foi só um pedido pelo itinerário completo.

Mesmo assim, ela deve ter feito o dever de casa sobre ele. Por isso, a princípio Hugo fica surpreso com a maneira como ela o está encarando, como se tentasse decidir se ele era ou não o cara que trocou mensagens com ela. Mas então percebe que não é nada disso. É mais como se ela estivesse calculando algo sobre ele, e Hugo ajeita a postura enquanto espera o veredito.

Finalmente, ela dá um passo em sua direção.

— Oi.

Ele sorri por reflexo, ainda um pouco desconcertado pela firmeza do olhar de Mae. Ela tem uns bons trinta centímetros a menos que ele, mas tem uma certeza que a torna tudo, menos pequena.

— Oi — responde ele.

— Eu sou a Mae. — Ela estende a mão para cumprimentá-lo. É um gesto estranhamente formal, mas que define um tom: eles são parceiros nessa história. — Desculpa pelo atraso.

— Não, tudo bem. Só fico feliz por você ter chegado a tempo.

— Eu também — diz ela, e há uma risada em seu olhar. — Acho que é uma sorte eu não ter nenhum joanete.

— Acho que sim — concorda ele, sentindo as bochechas corarem, ainda um pouco culpado por tê-la rejeitado e depois enviado aquele segundo e-mail. — Então você dirigiu até aqui ou pegou o...?

Ele faz um gesto na direção do quadro enorme pendurado no meio da estação, e ela parece entretida.

— Meus pais me trouxeram de carro.

— Ah — fala Hugo, olhando ao redor. — Eles estão...?

— Não, eles precisaram levar a minha avó para o apartamento dela. É meio que uma longa história. Mas nós já nos despedimos e tudo o mais.

— Certo, já que você vai...

— Direto para a faculdade ao final disso tudo. É. E, sim, eu faço malas pequenas — acrescenta ela ao vê-lo lançar um olhar para a mochila em suas costas; então dá uma risada. — Brincadeira. Nós fretamos o resto.

Acima deles, um último anúncio de embarque para o Lake Shore Limited soa pelos alto-falantes, e Hugo engancha os dedões sob as alças da mochila.

— Bem — diz ele com um sorriso —, acho que é isso.

Ela retribui o sorriso, mas com certa tensão. Ele quase consegue enxergar como essa viagem também significa algo para ela. Não é simplesmente uma brincadeira ou uma aventura. É algo maior. E, do nada, o pensamento brota em sua cabeça: *Vai dar tudo certo.*

Outro anúncio ecoa pelos alto-falantes, mais urgente desta vez, colocando-o em movimento.

— Pronta? — murmura ele ao ajeitar a mochila, mas, quando volta a erguer os olhos, ela já está a vários passos de distância, avançando pela multidão em direção à plataforma.

— Pronta — responde ela por cima do ombro, mas ele mal consegue ouvi-la.

Mae já está indo.

Mae

No minuto em que eles entram no trem, Mae sente como se tivesse uma bolha no peito: uma sensação de empolgação tão leve que ela suspeita que poderia voar até a Califórnia.

Não importa que ela tenha mentido para os pais. Ou que sua avó não saiba guardar segredo. Nem mesmo importa que sua estratégia de tratar Hugo como nada além de uma passagem de trem humana já tenha sido complicada pelo simples fato de ele estar ao lado dela.

Ela tinha pesquisado sobre ele, é claro. Não era boba.

Mas fosse lá o que estivesse esperando, não foi o que encontrou: um britânico desconcertantemente bonito e muito alto, aparentemente meio famoso por ser um sêxtuplo. Conforme passava pelos artigos, fotos e publicações do blog da família, Mae ficou surpresa (e um pouco assustada) com quanto estava animada para conhecê-lo. Mas ela não podia esquecer o que aquilo verdadeiramente era. Ela precisava de uma passagem. E ele precisava de uma garota chamada Margaret Campbell. Só isso.

Mas agora Hugo está ali, não mais uma foto nem um cara imaginário, não mais um endereço de e-mail, uma ideia maluca. Em vez disso, ele é uma pessoa com um sotaque adorável e um sorriso gentil, que precisa se abaixar um pouco para passar pela porta do trem ao embarcar.

Um atendente chamado Ludovic os guia por um corredor estreito até a cabine.

— Nós só temos mais algumas vagas disponíveis para o jantar, então sugiro que façam uma reserva agora. — Ele olha o caderno. — Seis e meia ou nove?

Hugo e Mae trocam um olhar.

— Seis e meia está ótimo — diz Mae para Ludovic, que anota o horário.

Quando eles chegam à cabine, os três se aglomeram ao redor da porta. O primeiro instinto de Mae é rir. Ao lado da grande janela, há duas poltronas azuis uma de frente para a outra, tão perto que é difícil imaginar como suas pernas vão caber no espaço entre elas. Ao redor delas há várias prateleiras e compartimentos e ganchos, mas é basicamente isso. A coisa toda não é maior do que um armário de casacos.

Ao lado dela, Hugo está com a testa franzida.

— Não entendo.

— O quê? — pergunta Ludovic.

— Onde estão as camas?

— As poltronas dobram — explica ele, esticando o braço para uma tábua inclinada sobre a janela e puxando uma maçaneta prateada.

A tábua tomba e revela a cama de cima, que deve ficar a uns 25 centímetros do teto e vem com o que parece um cruzamento entre uma rede e um cinto de segurança.

— O que é isso? — pergunta Mae, apontando para as faixas.

— Acho que é para você não cair — responde Hugo. Ela deve parecer chocada, porque ele completa depressa: — Não se preocupe. Eu fico em cima.

Mae ergue o olhar para ele, incrédula, com suas longas pernas e tronco esguio, com o cabelo preto quase roçando no teto.

— Eu dou um jeito — diz ele, amigável. — Sou metade pretzel.

— Bem — fala Ludovic —, espero que a outra metade seja sardinha.

Então, sem outra palavra, ele caminha de volta pelo corredor, deixando os dois à porta do minúsculo quarto.

— Meio aconchegante, né? — comenta Hugo, então seu rosto se enche de pânico. — Eu só quis dizer aconchegante tipo pequeno, não tipo...

— Tudo bem — responde Mae, encantada com a honestidade dele. — Desde que você não seja um assassino em série, vamos ficar superbem.

— Eu não sou. Juro. Apesar de que suponho que um assassino em série também fosse dizer isso.

Ela sorri.

— Acho que vou ter que confiar em você — diz ela, entrando e se jogando em uma das poltronas. Eles ainda estão parados na Penn Station, então a janela gigantesca ao seu lado está quase toda escura, permitindo que ela veja o reflexo de Hugo na porta. — Você também pode se sentar, sabe.

— Só estava pensando que eu não tinha considerado perguntar se *você* é uma assassina em série — diz ele, mas já está ocupando o assento oposto ao dela. As pernas dele são tão longas que os joelhos dos dois roçam um no outro, e Mae sente uma onda de eletricidade.

— Eu não diria *em série* — responde ela, e Hugo fica ligeiramente alarmado. — Brincadeira. A única coisa que eu já matei foi uma aranha.

Ele sorri para ela.

— Sempre que encontro uma, uso um copo para levá-la para fora.

— Mentira — diz Mae, mas, mesmo antes de terminar a palavra, está pensando que provavelmente é verdade.

Como é estranho conhecer alguém por um total de vinte minutos e, ainda assim, se sentir tão confiante sobre algo.

— E se eu matá-la e seus amigos e familiares voltarem para se vingar? — pergunta ele, muito sério. — Não posso correr esse tipo de risco.

Ela ri. Embaixo deles, o trem se mexe, emitindo um estrondo grave que sobe, vibrando, por seus pés. Seus olhos se encontram, e há um traço de sorriso nos de Hugo, uma empolgação similar à dela.

— Última chance — diz Mae, e Hugo parece confuso.

— Pra quê?

— Dúvidas.

— Nenhuma dúvida do lado de cá — afirma ele. — E você?

— Nada. Vamos lá.

Há um sibilo e um guincho, então a escuridão do lado de fora da janela se torna mais embaçada à medida que eles se afastam da plataforma, avançando para as profundezas do sistema de túneis que serpenteia por baixo da cidade. É uma sensação estranha e deslocada estar cercada de nada, acelerando por uma escuridão tão intensa que tudo o que eles conseguem ver é o próprio reflexo fantasmagórico. Mas então, de uma vez só, a luz entra, cortante, e eles piscam enquanto o trem emerge na tarde ensolarada.

O celular de Mae vibra. Quando ela o tira do bolso, encontra uma mensagem de Priyanka: *Você já está no trem? Como está indo até agora? Ele parece suspeito? Você está ok? Se estiver ok, me mande um sinal... Tipo talvez um O e um K.*

Sorrindo, ela digita as duas letras, e outra mensagem brota na tela: *Que bom. Ufa. Me liga mais tarde. Quero saber tudo.*

— Sabe, se você precisar ligar para alguém — diz Hugo, assentindo para o telefone. — Eu prometi que você teria seu espaço, então ficarei feliz em dar um pulinho no café.

— Não — responde Mae depressa. — Está tudo bem. Só minha melhor amiga querendo ter certeza de que eu ainda não fui assassinada.

Ele ri.

— Justíssimo.

Do lado de fora, vislumbres de grafite dão vida aos tons de cinza monótonos da cidade. Quando Mae volta a olhar para Hugo, ele está pegando um livro. Ocorre a ela que talvez o garoto só tenha perguntado se ela queria espaço porque *ele* quer. Afinal, não é como se estivessem tirando férias juntos. Ele deveria ter vindo com a namorada, e Mae só o acompanhara para fazer o que já tinha feito: ficar na fila da estação, mostrar a carteira de motorista e apresentar a passagem impressa com o nome de outra Margaret Campbell.

Essa parte acabou, e talvez fosse só o que deveria acontecer.

Ela se levanta tão de repente que Hugo a olha com espanto.

— Na verdade, acho que talvez eu vá fazer uma ligação.

— Ah. — Ele a encara, confuso. — Eu só estava...

— Para o caso de você precisar de um pouco de espaço...

— Não — afirma ele, virando o livro de modo que ela possa ver que é uma coletânea de fatos sobre os Estados Unidos. — Eu só ia...

— Tudo bem, eu provavelmente deveria tentar trabalhar um pouco, de qualquer maneira.

— Trabalhar?

— É, quer dizer... Não *trabalhar* de verdade. Só coisas de filme.

— Ah, perfeito.

— Valeu. Eu acho... — Os olhos castanho-esverdeados de Hugo a seguem enquanto ela gira pelo espaço pequeno, pegando a câmera e depois o computador. — Só faltam umas duas horas até o jantar, então acho que só vou ficar no café, se você não se importar...

Ele dá de ombros.

— Nem um pouco.

Ela para por um segundo, e eles se encaram. Sua bolsa já está pendurada no ombro, e seu celular voltou a vibrar no bolso.

— Tem certeza? — perguntam eles ao mesmo tempo.

Ambos riem.

— Tenho — responde Mae. — Vai ser bom ter um momento para pensar sozinha.

— E eu moro numa casa com mais sete pessoas, então provavelmente aguento um pouco de tempo para mim — fala ele, recostando-se e abrindo o livro. Mas, logo antes de ela sair, Hugo volta a erguer o olhar. — Ei, não se esqueça de contar a ela sobre as aranhas, hein?

Mae para.

— O quê?

— Sua amiga. Não esquece de contar que eu não machucaria nem uma aranha.

— Vou contar — responde ela com um sorriso.

Do lado de fora, Mae começa a percorrer o comprimento do trem, sentindo-se como uma bola de fliperama ao ser jogada de um lado para o outro. Os corredores são alinhados por quartos, alguns pequenos como o deles, outros muito maiores, com banheiro particular e pias e assentos enfileirados para formar sofás. Ela vê as pessoas do lado de dentro folheando livros, examinando mapas e encarando seus celulares, com os pés calçados em meias apoiados sobre os assentos.

Mae pensa em Hugo sozinho na cabine deles, com as pernas esticadas no espaço vazio que ela deveria ocupar.

Quando chega à cafeteria, ela compra um café e se senta numa das mesas de estilo piquenique. O lugar está vazio exceto por um senhor lendo jornal atrás dela e um casal amish comendo um almoço embalado por perto.

Quando está prestes a ligar para Priyanka, Mae nota uma mensagem nova.

Vovó: E aí? Já se apaixonou?
Mae: Não!
Vovó: Fale que ele tem olhos lindos. Sempre funciona.
Mae: Nem pensar. Como foi voltar para casa?
Vovó: Maravilhoso, mas seus pais não vão embora. Já disse que estou bem e que eles precisam ir, mas foi como dar uma bofetada no nariz de dois cachorrinhos. Estou achando que eles vão passar a noite.
Mae: Os dois vão morar com você para sempre!
Vovó: É o que parece.
Mae: Nos falamos de novo amanhã.
Vovó: Combinado. Mas não se esqueça do que eu falei.
Mae: O quê?
Vovó: Fale que ele tem olhos lindos. Confie em mim.
Mae: E se ele não tiver?
Vovó: Ele tem?
Mae: Essa realmente não é a questão.

Ainda assim, ao baixar o celular, ela se flagra pensando nos olhos de Hugo, na mistura peculiar de castanho e verde e na maneira como eles estavam brilhando quando ele a viu pela primeira vez. Para se distrair, Mae liga para Priyanka, mas ela deve estar em aula, porque a ligação vai direto para a caixa postal. Então ela decide abrir o computador e encarar uma página em branco por um tempo, torcendo para que uma ideia para um filme novo apareça magicamente. Quando isso não funciona, ela pega um livro — um guia técnico para filmagem, leitura obrigatória para alunos de cinema, o que ela não é, mas quer ler no caso de conseguir a transferência logo — e passa o tempo assim.

Mais tarde, conforme o sol vai se pondo, emaranhando-se na copa das árvores, o trem começa a desacelerar pela primeira vez. Mae ergue o olhar, avistando paisagens familiares de suas muitas idas à cidade: a curva no rio onde os gansos sempre se reúnem, a antiga casa flutuante com a pintura azul descascada, a igreja com a torre pontuda. Logo abaixo, ela vê o topo de um edifício de tijolos vermelhos, que é vizinho da galeria do seu pai, e a fileira de postes telefônicos ao longo da rua deles.

Ela não tem direito de estar com saudade de casa. Ainda não. Mas sente uma pontada de emoção ao ver tudo aquilo. E, mesmo que ninguém esteja em casa nesse momento — as três pessoas de quem ela mais gosta ainda estão em Nova York —, a proximidade da antiga casa amarela faz seu coração doer.

Algumas pessoas saem do trem quando ele para. Outras entram, carregando suas malas pesadas para dentro com a ajuda dos funcionários. Mae olha pela outra janela e avista o rio Hudson, que está parado e cinza, refletindo o céu.

Ela se dá conta de que nunca pegou o trem além desse ponto, não na direção em que estão seguindo. Mae não faz ideia de por quanto tempo vão ficar perto do rio, em que momento as casas vão dar lugar a fazendas, como a paisagem vai se transformar à medida que forem se aprofundando na parte oeste do estado. E percebe que está animada para descobrir.

O trem volta a se mover e ela apoia a testa na janela, dando uma última olhada na sua cidade, com a palavra *casa* latejando em seus ouvidos como um batimento cardíaco conforme ela desaparece de vista.

Hugo

Hugo, sozinho. Ele se inclina para a frente até seu nariz tocar a janela e observa o rio passar. A tarde não para de se transformar, mudando de azul para cinza e depois marrom. Às vezes se lembra do rio Wey perto de seu lar, onde Alfie, Poppy, George, Oscar, Isla e ele costumavam brincar do jogo do graveto quando eram pequenos ou chapinhar por ali em suas galochas, voltando para casa respingados de lama. O pensamento mexe com ele, como uma fisgada no coração, mas então Hugo pisca de novo e o rio vira outra coisa totalmente nova: extenso e brilhante sob o sol claro demais até para a Inglaterra de suas lembranças.

Ele conclui que todos os rios devem ser um pouco parecidos.

A cabine deles é silenciosa, acomodada num canto próximo ao fim do trem, onde não tem muitas pessoas de passagem. Numa das pontas do vagão há dois banheiros e um chuveiro que Hugo ainda não foi averiguar. Há uma pilha torta de bagagens nas prateleiras perto das portas de metal. E é isso.

A princípio ele ficou encantado de ter tudo para si, esse cantinho do trem, e se ajeitou dentro de todo esse silêncio e espaço como se fosse um cobertor de lã. Havia certa paz ali: ninguém lhe dizendo para tirar os pés do assento ou pedindo ajuda para fazer o dever de casa ou tagarelando enquanto ele tentava ler.

Mas logo o silêncio começou a incomodar, e ele agora não consegue se livrar da sensação de que tem alguma coisa faltando. Talvez seja porque Margaret deveria estar ali, os dois apertados numa única poltrona, as horas passando tão rápido quanto os postes de telefone. Ou talvez ele simplesmente não esteja acostumado a ficar sozinho. Talvez seja uma dessas coisas que você precisa praticar, como jogar futebol ou tocar violino.

Ele pega o celular e manda uma mensagem para o grupo.

Hugo: Oi de Nova York.
Poppy: Oi da cozinha.
Alfie: Oi da privada.
Isla: Que nojo!
Oscar: Vai logo. Eu preciso entrar.
George: Como é o trem?
Alfie: Como é a garota?
Hugo: Legal.
Poppy: O trem ou a garota?
Hugo: Os dois.
George: Já está com saudade da gente?
Hugo: Pelo menos de dois ou três de vocês.

Alguém bate à porta, e Ludovic enfia a cabeça para dentro da cabine.

Hugo tira os pés com meias do assento oposto.

— Olá — diz, com tanta animação que o atendente fica um pouco assustado.

— Olá — responde Ludovic, olhando o caderno. — Então nós precisamos de dois jogos de lençol aqui, certo? Que horas você quer que eu faça as camas?

— Hum — responde Hugo, desejando ter perguntado isso a Mae. — Não tenho certeza. Que horas você acha melhor?

— A maioria das pessoas pediu que fosse às nove — informa Ludovic, dando de ombros —, mas temos muitas pessoas idosas nesta viagem. Que tal às dez?

— Ótimo — diz ele, mas, quando Ludovic vai embora, Hugo relanceia para o relógio e se dá conta de que falta muito para as dez da noite.

Ele boceja e pressiona a bochecha contra a janela, ainda exausto por toda a viagem, toda a animação e todo o jet lag. O ruído grave do trem é o suficiente para fazer seus olhos se fecharem, e ele acorda mais tarde com um anúncio sobre o jantar.

— Todos os passageiros que reservaram o jantar das seis e meia, por favor, dirijam-se ao vagão-restaurante. São seis e meia, pessoal.

Hugo se levanta e analisa o que está vestindo: calça jeans gasta, uma camiseta amarela puída e um par de chinelos finos. Lembrando-se de repente da cena do jantar de gala em *Titanic*, ele se pergunta se está vestido da maneira apropriada para a ocasião. Mas não é como se tivesse qualquer coisa muito melhor para vestir, então ele só coloca um suéter por cima da camiseta e sai, oscilando pelo caminho até o restaurante.

Quando chega, tem uma multidão de pessoas esperando para ser acomodada, então ele fica na seção de metal que conecta os dois vagões, sentindo as placas deslizando sobre seus pés, como a base do brinquedo de parque Xícara Maluca. Ele olha ao redor à procura de Mae e a avista do outro lado — depois de todos os garçons e toalhas de mesa e outros passageiros, cestas de pães e talheres e menus —, esperando no mesmo ponto. Ela sorri para ele.

Eles só passaram vinte minutos juntos. Talvez trinta.

Ainda assim, já há algo familiar sobre ela, parada sob o batente da porta com um livro nos braços. Hugo não consegue deixar de se perguntar: talvez a coisa que estava lhe fazendo falta mais cedo fosse ela.

Mae

Mae passou as últimas horas observando um fluxo constante de pessoas entrando na cafeteria, pedindo cachorros-quentes, biscoitos e batatas fritas, tentando não derramar suas latas de cerveja ao tropeçar para fora de novo. A cada vez que a porta abria, ela se flagrava levantando a cabeça como se esperasse alguma coisa, apesar de não saber ao certo o quê.

É só nesse momento que ela percebe que talvez fosse Hugo.

O garçom gesticula para que ela entre, e Mae avança por esse restaurante estranhíssimo e apertadíssimo, acenando para Hugo com a cabeça ao encontrá-lo no corredor.

— Oi — diz ela, e ele sorri.

— Oi.

Eles são levados a uma mesa ocupada por um casal branco idoso que já está examinando o menu. Hugo desliza para dentro do reservado primeiro, e Mae se junta a ele, tomando cuidado para deixar alguns centímetros entre os dois.

— Ora, olá — diz a mulher com um leve sotaque sulista. — Meu nome é Ida. E esse é meu marido, Roy.

Mae começa a se apresentar exatamente no mesmo momento em que Hugo informa seu nome. Eles trocam um olhar, um pouco confusos, mas Ida só sorri para os dois.

— De onde vocês são?

Hugo responde "Inglaterra" e Mae fala "Logo depois da estrada", suas palavras se atropelando outra vez. Parte dela quer rir e se esconder embaixo da mesa. É como dançar com alguém que você não conhece muito bem, e ela sente como se devesse pedir desculpas por pisar no pé dele.

— Vocês dois ou estão muito em sincronia — comenta Roy —, ou muito fora de sincronia.

— Inglaterra e Nova York? — diz Ida. — Isso sim é um relacionamento a distância.

— Ah, não — corrige Mae depressa. — Nós não...

— Sabe, Roy estava na Marinha quando nos conhecemos, então tínhamos que trocar cartas entre uma visita e outra. Mas suponho que o mundo esteja muito menor hoje em dia.

— Nem *tão* menor assim — fala Hugo com um sorriso. — Ainda leva um tempinho para atravessá-lo de trem.

O garçom aparece e Roy está pronto.

— Vou querer um hambúrguer e uma torta de maçã. Sei o que vai dizer: tenho que pedir a sobremesa mais tarde. Mas, da última vez, a torta acabou. Então eu não vou arriscar. Na verdade, pode trazer uma fatia para cada um.

O garçom parece perceber que é inútil discutir.

Quando todos já pediram, Hugo se recosta no reservado.

— Então vocês são especialistas nesse negócio de trem, é?

— Ah, sim — confirma Roy. — Desde que eu me aposentei, nós viajamos quase todo verão. Não é, querida? Pegamos uma rota diferente a cada vez. É uma ótima maneira de ver o país.

— É sua primeira viagem? — pergunta Ida, e tanto Hugo quanto Mae fazem que sim com a cabeça. — Vocês vão amar. Trens podem ser muito românticos, sabe?

Hugo, que acabou de dar uma mordida num pãozinho, começa a tossir. Mae tenta não rir disso.

— Nós não somos...

Mas Ida já voltou a falar, contando sobre as várias viagens que eles já fizeram: aquela em que pararam no Grand Canyon e a outra em que o trem quebrou perto de Baltimore. Em algum momento, Roy toma a palavra, então Ida o corta de novo, e eles ficam nesse vai e vem durante a salada de entrada e o prato principal.

— Fizemos uma viagem dessas pelo Canadá também — conta Ida quando todos já acabaram de comer. Ela olha para o prato vazio. — No verão, depois da morte do nosso filho.

Mae abaixa seu copo, subitamente com um nó na garganta. Do outro lado da mesa, os olhos de Ida estão cheios de lágrimas e todos ficam quietos por um momento, pensando na coisa certa a falar. Então Roy estende a mão e a coloca sobre a da esposa.

— Lembra dos jantares naquela viagem? — pergunta ele com a voz embargada. — Nós comemos feito reis.

As rugas no rosto de Ida se reacomodam quando ela abre um sorriso.

— É verdade — concorda, olhando para ele com tanto carinho que Mae quase sente que Hugo e ela estão se intrometendo.

Está totalmente escuro lá fora agora, a noite pontuada apenas pelas janelas iluminadas das fazendas e de uma ou outra cidadezinha. Mae não consegue deixar de pensar em todos os quilômetros que Ida e Roy já percorreram, todas as paisagens que já devem ter visto.

O garçom chega com tortas de maçã para todos, e Hugo fecha os olhos depois de dar uma garfada.

— Preciso admitir que eu estava esperando que a comida fosse um lixo, mas isso está incrível.

Roy sorri para ele.

— É o que dizem.

— O quê? — pergunta Hugo, inexpressivo.

— Ah, hum... Tão americano quanto uma torta de maçã.

Hugo franze a testa.

— Ah, é?

— Bem, qualquer coisa americana, eu acho — continua Roy com um pouco menos de certeza. — Mas especialmente torta de maçã.

— Hã — diz Hugo, espetando a torta. — Nunca tinha ouvido essa.

— Há quanto tempo você está aqui, meu bem? — pergunta Ida e, para o divertimento de Mae, Hugo olha o relógio.

— Umas trinta horas.

Do outro lado da mesa, Ida e Roy o encaram.

— Ah — fala Roy. — Então vocês dois se conheceram do outro lado do Atlântico, hein?

Mae olha para Hugo. E Hugo olha para Mae. Ele ergue uma das sobrancelhas, e ela consegue ver o traço de um sorriso nos cantos da sua boca.

— Na verdade, não — responde ela, ainda o olhando.

Ela sente uma gargalhada subindo pela garganta porque, de repente, tudo parece tão ridículo, as circunstâncias pouco usuais do encontro deles, e o próprio fato de que eles estão juntos ali e agora, avançando pela escuridão num trem no meio do nada.

— Nós nos conhecemos há algumas horas — completa ela.

Hugo volta a olhar o relógio.

— Cinco, para ser exato.

— Deveriam ter sido cinco e meia — completa Mae —, mas eu me atrasei um pouco.

— Então vocês dois... acabaram de se conhecer? — pergunta Ida, com as sobrancelhas franzidas como se isso fosse um quebra-cabeça que ela não consegue resolver. — Mas eu achei que fossem...

— Nada disso — afirma Hugo.

— Mas parecia que vocês eram...

— Nem um pouquinho — diz Mae. — Só estamos curtindo a viagem.

Roy balança a cabeça.

— Bem. Então *como* foi que vocês se conheceram?

— Sinceramente, Roy — responde Hugo, recostando-se com um sorriso —, é meio que uma longa história.

— E um pouco esquisita também — completa Mae.

— Verdade — diz Hugo, virando no banco para encará-la. — Mas eu juro que nunca tinha feito nada desse tipo.

— O quê? Passar uma semana num trem com um completo desconhecido? — Mae ri. — Nem eu. Você acha que isso nos torna igualmente loucos ou igualmente incríveis?

— Prefiro incríveis. Apesar de que a opinião lá em casa estava tendendo para loucos.

— Eu nem contei para os meus pais. Bem, contei sobre a viagem. Mas eles acham que eu estou com a minha futura colega de quarto. Se soubessem que estou com um cara aleatório, me matariam. — Ela para e pensa. — Na verdade, não. Eles provavelmente matariam *você*.

— Bom saber — fala ele. — Ei, pergunta totalmente não relacionada ao assunto, mas... quão forte é o seu pai?

Mae ri.

— Eu tenho dois pais.

— Melhor ainda — responde ele com um sorriso. — Eles podem me matar duas vezes.

— Você contou aos seus pais?

— Eles acham que eu estou viajando sozinho. Mas eu contei para os meus irmãos. Só para o caso de você estar planejando me assassinar.

— E eu contei para minha avó. Só para o caso de você ser um assassino em série. O que nós já estabelecemos que não é o caso.

Hugo ri e relanceia para Ida e Roy, de quem eles meio que se esqueceram. O casal mais velho está encarando os dois por cima da mesa, com bocas abertas e expressões confusas.

— Bem — diz Hugo e, quando se vira de volta para Mae, seus olhos estão dançando. — Agora Ida e Roy também sabem. O que torna tudo bastante oficial, não é?

Mae assente e ergue uma garfada de torta de maçã.

— Um brinde.

— A quê? — pergunta Hugo, levantando o próprio garfo.

— A ser incrível.

— E à promessa de não nos matarmos.

— A viagens de trem realmente longas.

— E a parceiros de crime que não são realmente criminosos.

— A ser jovem — adiciona Ida — e aventureiro.

— E à torta de maçã — conclui Roy, erguendo o garfo também.

Hugo ri enquanto Mae e ele batem os garfos.

— Eu brindo a isso.

Hugo

Quando estão indo embora, Mae dá meia-volta e se abaixa para dizer algo para Ida. Hugo observa com curiosidade da porta enquanto o rosto da senhora se abre num sorriso. Quando Mae se junta a ele, também está sorrindo.

— O que foi isso?

— Eu perguntei se poderia entrevistá-la.

Ele ri, surpreso.

— Por quê?

— Sinceramente? Não sei muito bem ainda. Mas tem alguma coisa interessante sobre ela, não tem?

De volta à cabine, Mae liga as luzes amarelas sobre as poltronas, então pega a bolsa preta que encaixou numa prateleirinha. Ela abre o zíper e puxa a câmera para fora com um olhar sonhador. Hugo se senta de frente para ela, observando enquanto a garota mexe nas lentes.

— Você vai fazer um filme sobre Ida? — pergunta ele, incrédulo.

— É o que parece.

— Mas... por quê?

Ela ergue a cabeça com os olhos azuis brilhando.

— Você já teve uma dessas ideias que ainda não sabe definir direito, mas que passam uma sensação de que vão dar em alguma coisa? Falar com Ida hoje foi assim.

Ela ergue a câmera e aponta para ele, fechando um dos olhos.

— Xis? — diz Hugo, e ela ri.

— Essa é a parte divertida — conta, voltando a abaixar a câmera. — Desde... Bem, eu venho esperando uma faísca há um tempo. Não sabia se voltaria a acontecer.

— Acho que elas não dão em árvores, né? — pergunta Hugo e, quando Mae o olha, ele coça o queixo e completa: — Digo, ideias.

— Não, elas definitivamente não dão em árvore. Mas nunca tinha sido um problema para mim antes.

— Antes de quê?

— Antes de eu ser rejeitada pela escola de cinema — responde ela rápido, como se estivesse arrancando um curativo. Mas a próxima parte... A próxima parte sai com muito mais suavidade: — Por um filme do qual eu sentia muito orgulho.

Hugo não sabe muito bem o que responder. Ele se enrola em busca de uma palavra de encorajamento, mas o silêncio se estende entre eles. Finalmente, pergunta:

— Era sobre o quê?

O que acaba se mostrando exatamente a pergunta errada. Para sua surpresa, seu rosto se fecha na mesma hora e ela abre o zíper do estojo, guardando cuidadosamente a câmera lá dentro.

— Não importa mais — responde Mae. — Claramente, não funcionou.

— Mas você tem alguma ideia de por quê...

— Está tudo bem — diz ela de repente. — Eu passei para a USC. Só não foi para o curso de cinema. Então meu plano é conseguir uma transferência. É por isso que preciso fazer outro filme.

— Para quando você precisa?

Ela retorce a boca para um dos lados.

— Bem, na teoria, você não pode se inscrever até o final do segundo ano. Mas eu pensei que não faria mal tentar antes do prazo, especialmente se eu conseguir fazer algo bom o bastante. Algo bom demais para ser ignorado.

— Algo tipo... Ida descrevendo cada uma das 482 refeições que eles fizeram num trem?

Isso a faz sorrir.

— Às vezes as melhores ideias vêm das fontes mais improváveis.

— Talvez você devesse entrevistar Roy, então — brinca ele.

Mais tarde, Ludovic aparece para fazer a cama, então eles se revezam para esperar no corredor enquanto o outro se troca. Mae sai primeiro e, quando volta à cabine e encontra Hugo de camiseta cinza e uma calça de pijama com estampa de patinhos de borracha, não consegue segurar um sorriso.

Alguns minutos mais tarde, é a vez dele de rir. O pijama dela é muito parecido.

— São nuvens ou bolas de algodão?

Ela fica indignada.

— São carneirinhos.

— Certo — diz ele ao subir para a cama de cima, mal conseguindo se espremer no espaço que mais parece um caixão. — É para poder contá-los se não estiver conseguindo dormir?

— Algo assim — confirma ela, apagando a luz.

Por um tempo, ambos ficam quietos no escuro. De vez em quando, outros passageiros fazem barulho no corredor a caminho do minúsculo banheiro. Mas Hugo entende como pode ser possível se acostumar a dormir assim; tem algo estranhamente relaxante no suave balanço do trem. Ele faz o seu melhor para manter os olhos abertos, pensando em todas as coisas às quais Alfie já comparou seu ronco ao longo dos anos: uma motosserra, um trompete, um elefante, até mesmo (ironicamente) um trem. A ideia é esperar Mae adormecer primeiro para não passar vergonha, mas ele ainda a ouve se remexendo na cama de baixo.

Hugo tenta virar de lado, mas não tem espaço o suficiente. Por alguma razão, ele não para de pensar em como Mae deu meia-volta até Ida mais cedo, tão cheia de propósito, e fica surpreso ao perceber o quanto quer descobrir no que vai dar a entrevista.

— É por isso que está aqui? — pergunta ele, as palavras altas no escuro.

Ele escuta Mae se mexendo na cama improvisada.

— Talvez. Em parte, pelo menos.

Hugo fica imóvel, esperando ela continuar. Quando isso não acontece, ele insiste:

— Qual é a outra parte?

Há uma longa pausa, então:

— Você já sentiu como se precisasse dar uma sacudida nas coisas? Ou simplesmente sair da sua vida por um minuto?

— Sim — confirma ele, sentindo o coração martelar de reconhecimento.

— Eu queria tanto entrar naquele curso de cinema. Você não faz ideia. A pior parte nem foi ser rejeitada. Foi o choque que a rejeição me causou. — Ela dá uma risada sem humor. — Pensei que estivesse garantido.

— É mesmo? — pergunta Hugo, incapaz de se imaginar tendo tanta certeza sobre qualquer coisa.

— É — diz ela. — Quer saber por quê?

— Por quê?

— Porque eu sou boa. Talvez seja uma coisa estranha de se falar. Mas é um fato. E eu quero ter uma chance de melhorar.

— Você vai ter — afirma ele, apesar de não fazer ideia.

Ele nunca amou nada do jeito que Mae ama fazer filmes. Ele deseja saber como é sentir esse tipo de paixão por alguma coisa. Qualquer coisa.

A voz dela volta a se erguer.

— E você? Por que *você* está aqui?

— Porque minha namorada terminou comigo — responde ele com um sorriso melancólico.

— Certo. Mas a maioria das pessoas não teria vindo depois de algo desse tipo. Muito menos teria feito todo esse esforço para encontrar uma garota com o mesmo nome para usar a passagem. Tipo, e se eu fosse uma louca completa?

Ele ri.

— O júri ainda está deliberando.

— Sério... Por que você veio?

Hugo hesita. Mesmo na cama apertada, há algo tão agradável no movimento do trem e no som da voz dela que ele fica relutante em estragar o momento com seus sentimentos complicados sobre futuro e família e tudo o mais. Mas ele a sente esperando na cama de baixo, o silêncio se estendendo.

— É uma longa história — diz ele finalmente, e quase consegue sentir Mae o espiando na escuridão.

— As boas histórias costumam ser longas.

Mae

Eles conversam até tarde da noite. Alguma coisa na escuridão torna tudo mais fácil, e quando ela checa a hora e vê que já passou das duas da manhã, Mae se dá conta de que já compartilhou mais com Hugo, que ela conhece há menos de um dia, do que durante todo o tempo que passou com Garrett.

Ela não consegue deixar de se impressionar ao analisar quanto sua rotina mudou em apenas um dia. Em outro momento, ela nunca teria imaginado que estaria dividindo um quarto com um garoto que conheceu há menos de doze horas.

— Não é como se eu não quisesse ir para a universidade — diz ele, e ela ouve um barulho abafado enquanto Hugo dá soquinhos suaves no teto do trem. — Não sou um completo idiota. E eu gosto bastante de estudar, na verdade. Só não tenho uma vontade especial de ir para essa.

— Então por que vai?

— Porque eu ganhei uma bolsa — responde ele numa voz tão arrasada que parece estar contando que tem alguma doença.

Mae não consegue segurar uma risada.

— Acho que não estou entendendo alguma parte.

— Não consegui a bolsa por ser inteligente — explica ele. — Por mais que eu seja.

— Tudo bem — diz Mae, entretida. — Como foi, então? Era sua última opção ou algo assim?

— Não.

— Bolsa esportiva?

Ele ri.

— Definitivamente não.

— Deixa eu adivinhar — insiste ela. — Você tem um talento secreto. Sabe tocar piano com os dedos dos pés. Ou fazer malabarismo com facas. Ou, calma... Você toca numa banda marcial?

— Não tem dessas coisas onde eu moro.

— Então o quê?

— É por causa da minha família. Eu sou um sêxtuplo.

Mae fica totalmente imóvel por alguns segundos, sem saber como agir. Porque ela já sabe disso, é óbvio. É basicamente a única coisa que aparece quando você busca *Hugo Wilkinson* no Google. E não existe a menor chance de ele não imaginar que ela sabe.

— Uau — diz ela, testando a reação.

— É — diz ele, impassível.

— Que... incrível. Vocês são parecidos?

— Um pouco — responde ele, o que não é exatamente verdade.

Mae viu dezenas de fotos na internet, e eles são *muito* parecidos. Todos os seis irmãos Wilkinson são lindos separadamente, com seus sorrisões e covinhas, mas, como um grupo, eles são quase deslumbrantes. É fácil entender por que se tornaram subcelebridades na Inglaterra.

Mae pensa numa pergunta apropriada para fazer em seguida.

— Quantos irmãos e irmãs?

— Cinco — diz Hugo, como se ela tivesse perguntado qual é a cor do céu. — Nós somos sêxtuplos, né?

— Eu sei, engraçadinho. Quis dizer quantos de cada.

Ele ri.

— Três irmãos e duas irmãs.

— E você se lembra do nome de todos? — implica ela, e ele ri.

— Vejamos. George, Oscar, Poppy, Alfie e... hum... hã...

Isso se estende por tanto tempo que Mae finalmente revira os olhos e completa:

— Isla.

Ele pendura a cabeça para fora da cama.

— Eu sabia.

— Bem, o que você esperava? Eu precisava me certificar de que você não estava mentindo.

— É justo — diz ele, voltando à cama. — Eu pesquisei sobre você também.

— Bem, você pesquisou todas as Margarets Campbell do mundo.

— O que me deixa curioso é como você conseguiu ser presa por invasão de propriedade na primavera passada.

Mae fica boquiaberta.

— Você descobriu isso?

— Ah, pode apostar que sim — responde Hugo, animado. — Mandou bem.

— Foi por causa de uma filmagem — explica ela, e ele ri.

— Me parece ter sido por causa de uma vaca também.

Ela grunhe.

— Aquele fazendeiro nunca estava por lá. E se a cerca não tivesse quebrado, teria dado tudo certo. Mas então a gente precisou tentar juntar todas elas de novo, e a polícia apareceu e virou uma parada enorme.

— O que a gente não faz pela arte? — brinca ele e, mesmo depois que os dois pararam de rir, Mae parece não conseguir se livrar do sorriso.

Ela não sabe ao certo o que é isso, essa eletricidade zumbindo ao seu redor. Talvez seja Hugo, talvez não. Talvez seja por estar longe dos pais, ou por conta própria, ou pelo fato de estar a caminho da faculdade... Tantas mudanças de uma vez só. Ou talvez seja o trem e a empolgação advinda de estar sendo carregada ao longo do país como uma bola de feno. Mas ali no escuro, conversando com tanta facilidade enquanto ribombam pela noite, com a melodia do sotaque de Hugo preenchendo a cabine minúscula, ela é tomada por uma inesperada alegria.

Depois de alguns minutos, ela pigarreia, sem saber se ele já adormeceu.

— Então essa faculdade... — diz ela, e fica sem resposta por um longo tempo.

— Certo — diz ele finalmente. — A Universidade de Surrey.

— Eles deram bolsa a todos os seis?

— Não exatamente eles. Foi um cara rico que estudou lá.

— Sério? — pergunta ela, surpresa. — Ele simplesmente deu um monte de dinheiro para vocês?

— Bem, ele morreu há alguns anos, então teoricamente ele deu o dinheiro para a universidade. E nós tínhamos que nos formar primeiro. Fora isso, é. Ele pensou que seria uma boa publicidade. O que vai ser. Em resumo, ganhamos uma graduação gratuita e eles podem desfilar com a gente pelo campus.

— Existem acordos piores.

Hugo suspira.

— Eu sei. A questão é essa. Que tipo de mimado teria a coragem de ser ingrato por algo assim?

— Um mimado que quer algo diferente?

— Eu já mencionei que, além de tudo, ela fica na minha cidade natal?

— Nossa — diz ela. — Jura?

— E eu sou o único que pareço me incomodar. Eu amo meus irmãos. De verdade. Eles são meus melhores amigos, e é estranho me imaginar sem eles. Seria como perder um braço. Ou cinco.

— São muitos braços.

— E não é como se eu não soubesse que isso iria acontecer. Esse é o plano desde que nascemos. Literalmente. Achei que estivesse tranquilo com isso, mas então comecei a ouvir sobre colegas de turma que estão indo para lugares novos, e Margaret... — Ele faz uma pausa. — Ela vai para Stanford. E vai conhecer um monte de gente nova e fazer um monte de coisas empolgantes enquanto eu vou estar preso em casa, a pouco mais de um quilômetro da nossa escola secundária, rodeado por todos os meus irmãos, como se nada tivesse mudado.

— Você já pensou em não ir?

— E fazer o quê? Minha família não pode pagar outro lugar.

— E quanto a empréstimos?

— Eu não posso... — Ele para, frustrado. — Eu não posso simplesmente abandonar todo mundo. Não é assim que funciona com a gente. Somos uma unidade.

— Mas não vai ser assim para sempre — diz Mae.

Hugo fica em silêncio por um momento.

— Você tem irmãos ou irmãs?

— Não — responde ela, balançando a cabeça, por mais que ele não possa ver. — Sou só eu.

— Então você não tem como entender. Não é fácil assim.

Talvez não, pensa ela. Mas eles sempre tinham sido uma unidade também. Papai, Papi, vovó e ela. E Mae os deixara para trás porque estava na hora de ir. E porque ela tem sonhos grandes demais para caber de volta na sua casa. Mae suspeita que o problema de Hugo não seja que ele não consegue ir embora. É que ele ainda não descobriu aonde quer ir.

— A maioria das coisas é mais fácil do que você pensa — diz ela. — O difícil é decidir fazê-las.

— Imagino que sim — concorda ele com um suspiro. — Apesar de que nem todo mundo pode ser um cineasta intrépido que entra de cabeça num pasto de vacas. Ou qualquer que sejam os sonhos que estamos perseguindo.

Ela sorri.

— Bem, por que não?

— Para começar, eu nem sei quais *são* os meus sonhos. Só o que sei é que me sinto... inquieto. E adoraria fazer alguma coisa diferente, sabe? Alguma coisa nova.

Alguns segundos se passam, e Mae encara a parte inferior da cama de cima.

— Hugo?

— Sim?

— Quem foi que disse que isso não conta como um sonho?

Hugo

Hugo é acordado não pelo movimento do trem, mas pela ausência dele. Ele pisca para o teto, que está preocupantemente perto do seu rosto. Abaixo, ouve um barulho de caneta riscando papel e leva um momento para se localizar.

Ele abre a cortina ao lado da cama com um leve empurrão, encolhendo-se quando um raio de luz entra pela janela. Do lado de fora, Hugo vê uma placa onde se lê *Toledo*. Ao lado, o homem que está hospedado na cabine em frente ao deles, de olhos cansados sob a aba do chapéu de caubói, fuma um cigarro. Ainda está cedo, antes das seis, e o céu está reluzente e iluminado. Hugo volta a deitar de barriga para cima.

— Mae?

— Bom dia.

Ele passa o dedo por uma linha irregular que alguém desenhou no teto, que não parece levar a lugar nenhum em particular. Talvez seja um mapa. Talvez seja a rota dele. Ou talvez seja apenas uma linha.

— Onde fica Toledo?

— Ohio.

— O que aconteceu com a Pensilvânia?

— Continua lá. Nós só passamos por ela dormindo.

Há uma pausa, preenchida novamente pelo riscar de uma caneta.

— O que você está escrevendo?

— Só algumas anotações.

Hugo se arrasta até a beira da cama. Suas pernas se embolam no cinto quando ele tenta descer e quase cai de lado, mas consegue se ajeitar antes de aterrissar. Mae, que está sentada na cama de baixo com um caderno equilibrado nos joelhos, ergue os olhos para ele. Está descalça, mas já vestida com uma calça jeans preta e uma camiseta cinza com o logo dos Caça-Fantasmas. Ele nota que seus dedos dos pés estão pintados do mesmo tom de roxo dos seus óculos.

— Não achei que ninguém mais usasse caneta e papel — comenta ele, e ela sorri como se fosse um elogio.

Ele apoia um dos braços na cama de cima e dá uma espiada na página. É meio estranho ficar assomando em cima dela assim, mas realmente não tem outro lugar para ele ficar.

— Caramba. Sua letra é realmente horrível.

— Não é *tão* ruim assim.

— Você sabe que essas linhas azuis não são só sugestões, né? Você deveria escrever entre elas.

Ela lança um olhar de ofensa fingida para ele, então dobra as pernas de modo a abrir espaço para ele sentar na outra ponta da cama.

— Estou trabalhando em algumas perguntas para minha entrevista com Ida.

— Quer praticar comigo? Eu faço um excelente sotaque americano.

— Tenho certeza disso — diz ela. — Mas você não é Ida.

— Justo. Que tipo de coisas vai perguntar?

— Sobre a vida dela. Suas esperanças. Seus medos.

— Bem — diz ele, apoiando as costas na janela —, nós sabemos que o medo de Roy é ficar sem torta de maçã.

Do lado de fora, eles ouvem o som abafado da voz de Ludovic gritando:

— Todos a bordo!

Então Hugo ouve passos pesados enquanto as pessoas voltam para dentro do trem. A cortina da cabine para o corredor ainda está fechada, mas eles conseguem escutar o vizinho voltar para o quarto. O trem dá um impulso para a frente, depois outro, antes de começar a se afastar da estação.

Hugo assente para o caderno dela.

— E aí, qual é o plano?

— Acho — responde Mae, o olhando através dos óculos — que talvez eu faça um documentário.

— Sobre Ida.

— Mais ou menos. Quer dizer, você viu a maneira como ela estava com Roy ontem à noite. Pense em quantas outras pessoas estão neste trem agora, quantas outras histórias de amor. Quero que meu filme seja sobre isso.

— Amor e trens?

— Amor e trens — concorda ela, então tomba a cabeça para um lado, estudando-o. — Ei, se você tivesse que descrever o amor em uma palavra, qual seria?

Hugo a encara, sentindo o coração acelerar sem qualquer motivo especial.

— Não faço ideia.

— Pode ser qualquer coisa. Tipo, digamos... pizza.

— Pizza? — pergunta ele, surpreso. — Por que pizza?

— Isso... não importa. Pode ser outra coisa também. Qualquer coisa.

— Calma aí, *você* acha que o amor é igual a uma pizza? — pergunta ele com um sorriso, e ela o olha com impaciência.

— Isso não é sobre mim.

— Como você acha que o amor é igual a...?

— Hugo.

— Tudo bem, tudo bem. Eu precisaria pensar mais. Especialmente se quiser dar uma resposta melhor do que pizza.

— Você tem que responder rápido. A primeira coisa que vem à sua cabeça.

A primeira coisa que Hugo pensa, por alguma razão, é na conversa da noite passada, em como tinha sido fácil conversar com ela no escuro. Mas isso não é uma palavra, e eles não estão apaixonados. Então ele muda o foco para Margaret, folheando as páginas dos seus anos juntos, tentando encontrar algo que talvez resuma tudo. Mas sua mente fica totalmente vazia.

— Isso não é muito meu estilo — diz ele com uma cara feia. — Prefiro pensar melhor nas coisas.

— Que chato.

— Sabe o que pode ajudar?

— O quê?

— Pizza — responde ele e, quando ela revira os olhos, ele ri. — Brincadeira. Quis dizer café.

Eles decidem pular o café da manhã mais formal do vagão-restaurante. Em vez disso, compram uma caixa de donuts numa lojinha de outro vagão e encontram uma mesa vazia. Atrás deles, dois condutores assistentes estão separando algumas passagens, e tem um senhor jogando paciência com um baralho do Chicago Cubs. Fora isso, o lugar está silencioso.

— Então, por que amor? — pergunta Hugo ao abrir a caixa de donuts.

— Talvez esteja um pouco cedo demais para grandes perguntas filosóficas — responde Mae, erguendo o copo de café.

— Não, é só... Eu entendo a parte do trem, é óbvio. Mas por que histórias de amor?

— Porque — diz ela, com os olhos brilhando — o que pode ser mais pessoal do que isso?

Hugo ainda está tentando entender quando ela continua:

— Além do mais, eu nunca tive uma oportunidade como esta. Todos os meus filmes foram muito pequenos porque minha vida tem sido muito pequena. Acho que isso foi parte do problema. Quer dizer, uma vez eu fiz um curta sobre um esquilo que ficou preso na ventilação do nosso aquecedor. Honestamente? A atuação dele era só um pouquinho pior do que a dos alunos do clube de teatro que eu normalmente chamo para os meus filmes. A maioria deles era filmada no mercado ou na escola ou no posto de gasolina, porque realmente não havia outro lugar. E agora aqui estou eu, num trem cheio de todas essas pessoas diferentes de todos esses lugares diferentes, e elas devem ter milhões de histórias para contar.

Ele pensa por um momento.

— Então você está fazendo um diário de campo.

— Quer dizer, não é supercientífico nem nada, mas... é. — Ela lambe um pouco de açúcar de confeiteiro dos dedos. — Acho que estou.

— Diário de campo sobre o amor — diz Hugo, relanceando pela janela, onde o mundo passa rápido demais.

Mae assente.

— E trens.

— Lembra daquele vídeo que você fez para mim? — pergunta ele, voltando a encará-la. Ela ergue as sobrancelhas. — Desculpa. Não para mim. Para esta viagem.

— Lembro...

— Bem, ele não me pareceu nem um pouco pequeno. Na verdade, no momento em que vi, eu soube...

Ela abre um sorriso.

— Que você queria convidar uma senhora de 84 anos no meu lugar?

Ele balança a cabeça, ansioso para ser compreendido.

— Não. Eu sabia que havia algo de interessante sobre você. Algo que me fazia querer conhecê-la. E isso tudo aconteceu em apenas poucos minutos. Foi breve, mas você conseguiu dizer muito.

— Você fez boas perguntas.

— Talvez. Mas suas respostas... Elas tinham um significado. — Ele sente o rosto esquentar. — Ou talvez não. Não sei. Mas com certeza passou essa sensação.

A janela mostra um borrão de casas e árvores e estradas. Por um tempo, Mae encara as linhas telefônicas conforme elas passam depressa. Finalmente ela se vira de volta para ele com uma expressão indecifrável.

— Você tem razão.

— Sobre o quê?

— Aquelas perguntas, minhas respostas... Elas tinham mesmo um significado. Muito significado, na verdade. — Ela sorri para ele, e é o tipo de sorriso que parece um começo; apesar de ele não ter certeza do quê. — Acho que deveríamos ver se pode ser o mesmo para todo mundo.

Mae

Eles começam por Ida, que fica com os olhos cheios de lágrimas logo na primeira pergunta.

— Meu maior sonho? — repete ela. — Sei que isso vai soar terrivelmente antiquado para vocês, mas meu sonho sempre foi me casar com Roy. Nós tínhamos doze anos quando nos conhecemos. Ele comprou um sorvete para mim e foi o único menino que não riu quando deixei cair no meu vestido. Parece pouco, mas havia tanta bondade naquele gesto. Eu soube naquele momento. Sempre soube.

Mae tenta imaginar como deve ser ter tanta certeza sobre alguém. Ela passou os últimos seis anos vendo Priyanka e Alex escrevendo bilhetes de amor, dando as mãos e fazendo promessas impossíveis, e sempre sentiu como se estivesse testemunhando um costume pouco familiar. Mas escutar Ida falar agora é como acelerar até o fim desse filme em particular. E, para a surpresa de Mae, não parece um filme tão ruim.

No bar, Ashwin — o gerente do restaurante, que concordou em deixá-los usar uma das mesas — está enchendo o estoque de latas de refrigerante. Mas Mae sabe, pela maneira como sua cabeça está inclinada na direção dela, que ele também está escutando. Assim como Roy, que insistiu em esperar a duas mesas de distância. "Para dar privacidade", dissera ele, mas suas orelhas ficaram vermelhas com a resposta de Ida.

Hugo está sentado ao lado de Mae no reservado. Ela o deixou responsável pelo microfone externo e o alertou para não falar. Mas eles estão na primeira pergunta e ele já não consegue se segurar.

— Que fofo — diz para Ida, e Mae se afasta da câmera para lançar um olhar significativo para ele. Hugo ergue as mãos. — Foi mal, foi mal.

— Tudo bem. Podemos tirar você na edição.

— Ah, não é tão fácil assim se livrar de mim — brinca ele.

— E qual é o seu maior medo? — pergunta Mae para Ida, que parece totalmente à vontade na frente da câmera.

Mais do que isso, parece feliz. Mae tem a impressão de que, por mais que ela fale muito, nem sempre tem muitos ouvintes.

— Ah — responde. — Eu não... Hum... Bem, eu não gosto muito de cobras, mas provavelmente não é bem esse tipo de resposta que vocês esperam, né?

Mae abre um sorriso tranquilizador para ela.

— Nós só esperamos honestidade.

— Honestidade. Bem. — Ida olha para a janela. — Suponho que meu maior medo seja nunca mais ver meu filho. Você não sabe o que é felicidade, o que ela realmente significa, até ser tirada de você. Então se dá conta de que o mundo nunca terá tanta vida quanto antes.

Do outro lado do cômodo, Roy coloca a cabeça entre as mãos. Mae se afasta da câmera e encara suas costas largas, arrasada. Então respira fundo e volta à cena.

Ida enxuga os olhos.

— Mas a minha maior esperança é justamente o oposto — continua ela. — Que, de algum modo, um dia eu o verei novamente.

Hugo estica o braço por cima da mesa e segura a mão dela. É um gesto tão atencioso, tão fofo, que Mae não consegue repreendê-lo por estragar a tomada. A verdade é que ela quer fazer o mesmo. Mas, em vez disso, só fala:

— Tenho certeza de que você o verá.

— Espero que sim — responde Ida, então solta uma risada enquanto Mae dá um zoom. — Provavelmente não vamos precisar esperar muito. Não é, Roy?

Roy meio que se vira; o contorno dos seus olhos está vermelho, mas ele sorri.

— Não sei, querida. Todo ano dizemos que vai ser nossa última viagem de trem. Mas, de alguma maneira, continuamos firmes e fortes.

— É verdade — concorda ela, e eles sorriem um para o outro.

Mae baixa o olhar para o caderno. As duas primeiras perguntas foram de Hugo, tiradas diretamente do e-mail que deu início a tudo isso. Mas as duas últimas... essas são de Mae.

— O que você mais ama sobre o mundo?

Ida sorri.

— Eu amo como todas as gerações acham que o inventaram. Acham que são os primeiros a se apaixonar e ter o coração partido, a sentir perda e paixão e dor. E, de certa forma, eles são. Nós já passamos por aquilo antes, é claro. Mas, para os jovens, isso não importa. Tudo é novo. E eu amo isso, porque significa que tudo está sempre recomeçando. É esperançoso, eu acho. Ao menos para mim.

Quando se afasta da câmera, Mae vê que os olhos de Hugo estão brilhando e fica surpresa com o quanto quer fazer a mesma pergunta a ele. Mas não faz. Em vez disso, olha de volta para Ida.

— Última pergunta: se você tivesse que descrever o amor em uma palavra, qual seria?

Ida a encara.

— Ah. Bem. Acho que eu provavelmente diria "paz".

A palavra cutuca algo dentro de Mae, como um espinho. *Paz*. Para ela, parece coisa pra caramba para se pedir do amor. Ainda assim, ela se flagra rabiscando a palavra na margem do caderno, ansiosa para capturá-la.

— É um tantinho melhor do que pizza, de qualquer forma — comenta Hugo, mas Mae o ignora, desligando a câmera e olhando para Ida.

— Obrigada — diz ela. — Foi lindo. Todas as repostas foram.

— Obrigada *você* — responde Ida ao estender a mão para a bolsa.

— Agora vou lavar as mãos antes do almoço. Mas você pode ficar com o Roy, se quiser.

Ele gira no assento e diz:

— Sou todo seu. E eu mal estava escutando, então não conta como trapaça nem nada.

Essa entrevista é mais curta. Roy insiste em abrir com uma piada ("Por que o trem estava apitando? Porque não sabia assobiar!"), então passa a maior parte do tempo dissertando sobre pesca, o que, incidentalmente, é a palavra que ele usa para descrever o amor.

— Se Ida perguntar — completa ele com uma piscadela —, eu disse que era ela.

Depois, Ashwin é dominado pela curiosidade também. Ele senta na frente dos dois com seu uniforme, as mãos dobradas enquanto fala sobre visitar sua avó em Mumbai quando era criança e aprender a fazer samosas. Um dia, ele espera abrir um restaurante onde possa usar sua receita.

— Isso é amor — conclui ele. — Uma senhora fazer algo para uma pessoa. E depois, anos mais tarde, mesmo após ela partir, isso alimentar várias pessoas diferentes do outro lado do mundo.

É mais de uma palavra, mas Mae não se importa.

Não muito depois disso, Ida volta carregando um casal asiático de meia-idade.

— Esses são nossos vizinhos — anuncia ela, apresentando-os a Mae e Hugo. — Não na vida real. Só no trem. Eu contei a eles sobre o projeto de vocês.

Então eles entrevistam os Chen, e depois Marcus, o garçom que os atendeu na noite passada, então uma família de quatro pessoas de Iowa que parou para perguntar o que estavam fazendo. Quando o almoço começa e Ashwin precisa da mesa, Mae está zonza com todas essas histórias, todas as diferentes vidas que ela teve permissão para espiar. Agora ela tem uma lista de palavras para descrever o amor que vão de "união" e "alegria" a "um Mustang conversível de 1962".

Hugo e ela estão voltando para a cabine quando esbarram com Ludovic.

— Ouvi um boato de que estão fazendo um filme — comenta ele, os olhando com expectativa.

Eles se abaixam para dentro da área aberta perto da porta. Ludovic veste a boina e ajeita a gravata, e Hugo segura o microfone perto para eles conseguirem escutar acima do estrépito de metal contra metal.

Mais tarde, depois de terem feito várias outras entrevistas e jantado e voltado à sua cabine, Hugo afunda na poltrona com um suspiro feliz.

— E aí, agora é a minha vez?

Mae está ocupada mexendo nas configurações da câmera.

— De quê?

— De dar entrevista.

— Eu não preciso entrevistar você. Já conheço você.

Ela leva um segundo para perceber exatamente o que disse. Quando ergue os olhos, ele a está olhando com uma expressão divertida. Ela não o conhece. Claro que não. Só quis dizer que ele não é um estranho, e mesmo isso é apenas parcialmente verdadeiro.

Ela balança cabeça.

— O objetivo é entrevistar desconhecidos.

— Achei que o objetivo fosse entrevistar pessoas em trens — diz ele com um sorriso amigável. Depois abre os braços. — E aqui estou eu. Num trem.

Mae lança um olhar demorado para ele, sentindo o coração acelerar ao pensar em sentá-lo para uma entrevista, em escutá-lo atentamente enquanto conta seus sonhos e medos, enquanto fala sobre o significado do amor. Ela quer saber o que ele diria. Ela quis saber durante a manhã inteira que passou ao lado dele. Mas algo a impede. Há uma semana, ela estava com Garrett, e Hugo tinha uma namorada tão séria que eles estavam pensando em fazer esta viagem juntos. Dali a uma semana, ela estará em Los Angeles, e ele, de volta à Inglaterra, a quase dez mil quilômetros de distância.

— Talvez depois de Chicago — responde ela, guardando a câmera.

Hugo

Em pouco tempo, a cidade de Chicago surge para saudá-los. Pela janela respingada de chuva, Hugo espia a linha de prédios ao horizonte, os topos dos edifícios perdidos nas nuvens. É tão diferente de casa, onde tudo é construído perto do chão, onde você pode olhar para cima sem perder o equilíbrio.

À medida que eles chegam mais perto, dezenas de trilhos convergem ao redor deles, abarrotados de vagões de carga enferrujados parados na névoa como fantasmas. Então a luz desaparece e Hugo sente uma onda de empolgação enquanto o trem desliza para dentro dos túneis sob a extensa cidade.

Ele olha para Mae, que ainda está recolhendo suas coisas, espalhadas por todo canto: um tubinho de gloss labial, uma cópia amassada das passagens deles, um par de meias. Hugo só pode imaginar como deve ser o quarto dela.

— Pegou tudo? — pergunta ele, arqueando uma sobrancelha.

Ela lança um olhar para ele ao jogar um cabo solto dentro da mochila.

— Você sabia que há estudos comprovando que as pessoas mais criativas são as mais desorganizadas?

— Você foi um dos objetos de estudo?

Quando o trem desacelera, ambos se levantam, mas o espaço entre as poltronas é muito estreito e ele quase cai para trás tentando não esbarrar nela. Mae estende um braço para estabilizá-lo, quase tocando sua camiseta com o nariz, e ambos riem. Mas, por dentro, o coração dele está martelando ferozmente por causa da súbita proximidade.

O trem para com um solavanco, e desta vez é ele quem a segura. Eles se encaram por um segundo, ambos corados, então Mae pega a mochila, que está espremida numa prateleira pequena, e sai da cabine.

Do outro lado do corredor, o caubói sai ao mesmo tempo. Ele os cumprimenta com a cabeça, então ajeita a aba do chapéu e sai andando. Mae se vira com uma expressão ligeiramente perplexa.

— Não esperava que ele fosse saltar *aqui* — comenta.

— Por que, não tem caubóis em Chicago?

— Talvez ele tenha vindo descolar uma pizza.

— Isso é um código para namorada? — pergunta Hugo, arqueando as sobrancelhas sugestivamente.

Mae ri.

— Não, eu quis dizer a pizza típica de Chicago mesmo. É muito boa.

— Então talvez eu tenha que descolar uma para mim também — diz ele. Quando ela lhe lança um olhar exasperado, Hugo espalma a mão sobre o peito e tenta não rir. — Pizza. Não namorada.

Ludovic os ajuda a desembarcar, e Hugo se sente estranhamente nostálgico quando eles se despedem. Foram só 24 horas, mas de alguma maneira parece muito mais. Conforme seguem pela plataforma, seu celular começa a vibrar. Ele o pega e vê as mensagens se acumulando na tela.

Poppy: E aí, como está Margaret Campbell parte 2?
Alfie: É, vocês já estão apaixonaaaaaaaados?
Isla: Você tem cinco anos.

Alfie: Se eu tenho cinco anos, você também tem.
Oscar: Puta merda.
George: Mas, sério, como está indo?
Alfie: É, você já está apaixonaaaaaaaado?
Isla: Não seja bobo.
Poppy: Ele acabou de terminar com Margaret Campbell, a primeira.
Alfie: Isso não significa que não esteja apaixonaaaaaaaado.
Poppy: Também não significa que esteja.
Hugo: Eu não mereço ler isso.
Alfie: Vou entender sua resposta como um sim.
Hugo: Pode entender como quiser.
Oscar: Também parece um sim pra mim.
Alfie: A pergunta que importa é: como vocês vão fazer na hora de dormir?

Hugo levanta a cabeça no momento em que Mae sobe na escada rolante na frente dele. Ele a segue, ficando alguns degraus abaixo, perdido em pensamentos. No meio da subida, ele pigarreia.

— Então. — Quando ela vira, Hugo ergue o olhar e encontra o dela. — Eu estava pensando em só...

— O quê?

— Bem, nós meio que combinamos que... — Ela se vira para a frente quando eles chegam ao topo e emergem num prédio de mármore cavernoso, que é barulhento e ecoa os passos. Hugo enfia a mão no bolso da calça jeans em busca de um papel. — Eu anotei o nome de um albergue que não fica muito longe do seu hotel.

— Ah — diz Mae, finalmente entendendo. Ele esperava uma reação aliviada, mas, em vez disso, Mae parece incerta. Ela pega o papel e o examina. — É melhor eu ir com você. Quer dizer, não para ficar. Só para ter certeza de que você vai conseguir entrar e tal.

Alguns dias atrás, ele teria imaginado que já estaria se sentindo claustrofóbico a essa altura, ansioso por um pouco de espaço depois de passar a noite toda preso numa caixa de sapato com alguém que mal conhece. Achava que pelo menos um deles tentaria escapar bem no momento em que chegassem. Mas, para sua surpresa, Hugo descobre que não está ansioso para se separar dela ainda. E, pelo que parece, nem ela.

— Nós podemos deixar suas coisas — continua ela —, então...

Ela não termina a frase, e ele se flagra sorrindo diante da abertura da situação toda.

— Perfeito.

Conforme eles andam em direção à saída, ele se pergunta o que significa o fato de ele ter passado a vida toda desejando ficar sozinho, mas se agarrar à primeiríssima pessoa que conhece quando finalmente tem a oportunidade de um pouco de solidão. Talvez ele não seja feito para isso, afinal de contas. Talvez, se você nasce como parte de uma matilha, simplesmente não seja possível se tornar um lobo solitário. Mesmo que por uma semana.

Mas nesse momento ele não está nem um pouco incomodado com isso.

Do lado de fora, as nuvens estão de um cinza-escuro. Os primeiros pingos de chuva começam a cair. Mae o olha com expectativa.

— Que foi? — pergunta Hugo.

— Você tem um guarda-chuva?

Ele balança a cabeça.

— Não. Por quê? Você tem?

— Não. Mas você é britânico.

— E daí?

— E daí que eu achei que fosse ter um guarda-chuva.

— Não. — Ele finge enfiar a mão na mochila. — Mas acho que talvez eu tenha meu limpador de chaminé aqui em algum lugar...

Ela revira os olhos.

— Tenho bastante certeza de que um limpador de chaminé é uma pessoa, não uma ferramenta.

— Bem — responde ele, rindo —, sinto muito por desapontar, mas eu não tenho nenhuma das duas coisas.

Eles começam a andar mais depressa, piscando para afastar a chuva dos olhos. Não é como na sua cidade, onde a chuva é inclinada e fina. Ali ela cai bem de cima, como se alguém estivesse derramando um balde, e não demora até que os dois estejam totalmente encharcados. Enquanto esperam para atravessar a rua, Mae coloca uma das mãos sobre a cabeça.

— Não sei se isso está realmente ajudando — diz Hugo acima do ruído da chuva, que cai com tanta força que espirra no chão ao redor deles.

Ela olha para ele com água pingando dos cílios.

— Tem alguma ideia melhor?

— Tenho. Vamos correr.

Então eles aceleram, com as mochilas batendo nas costas, os tênis ensopados e escorregadios. Quando chegam ao enorme albergue de tijolinhos, os dois estão respirando com dificuldade e rindo um pouco também. Ao entrarem, com as roupas pingando, param ao lado de uma estante de folhetos sobre Chicago. Mae espreme o cabelo enquanto espia a recepção, que é cheia de poltronas surradas ocupadas por grupos esparsos de adolescentes e jovens de vinte e poucos anos.

— Talvez não seja tão ruim.

Hugo dá de ombros.

— Desde que eles tenham uma toalha, vai ficar tudo bem.

— Eu só me sinto mal por...

— Eu não estou preocupado com o lugar onde vou dormir. De verdade. Só o que me importa é comer uma fatia daquela pizza de Chicago que você me prometeu.

— Isso nós podemos fazer.

Algo sobre o *nós* faz seu coração acelerar.

Eles abrem a porta e entram no saguão, com os sapatos molhados guinchando. No balcão principal tem um cara de cabelo azul e com um piercing no nariz de aparência dolorosa. Ele não afasta os olhos do computador quando os dois se aproximam.

— Com licença — diz Hugo depois de um silêncio desconfortável. — Gostaria de saber se você tem alguma cama disponível para esta noite?

— Quarenta e oito dólares por um quarto compartilhado — informa o cara com uma voz incrivelmente entediada. — E 138 por um individual.

Hugo coloca a mochila no chão e se abaixa para abrir o zíper do bolso frontal, revirando o interior em busca da carteira.

— Certo. Vou pegar um compartilhado, então. Quantas camas em cada quarto?

— De quatro a dezesseis. — O atendente finalmente levanta a cabeça e nota Mae. — Eu posso arrumar um beliche para vocês, se quiserem.

— Não, é só para mim — explica Hugo depressa.

Ele ainda está apalpando o interior da mochila, ciente da presença de Mae. Em seguida, abre o compartimento principal, puxando um suéter, uma calça e um livro que ainda não começou a ler, mas é só quando seus dedos tocam o fundo que a preocupação começa a bater.

— O que está procurando? — pergunta Mae, apesar de provavelmente já imaginar a resposta.

Hugo abre um sorriso tímido para ela.

— Só minha carteira. Tenho certeza de que está em algum lugar aqui dentro...

Ele tenta o bolso da frente de novo e encontra o passaporte, enfiado dentro do elegante estojo marrom, e o puxa para fora com uma onda de alívio. Mas a carteira não está ali.

Talvez sua mãe estivesse certa.

Talvez todos eles estivessem.

A preocupação começa a virar pânico quando ele se levanta e começa a apalpar os bolsos da calça e da jaqueta; então se ajoelha para revirar a mochila outra vez. Ele sabe que a carteira não está ali, mas não tem muita certeza do que fazer no momento além de continuar procurando. E assim ele faz, jogando o resto das suas roupas no chão sujo enquanto o recepcionista de cabelo azul o espia por cima do balcão.

Isso continua até Mae se ajoelhar ao lado dele e apoiar uma das mãos com suavidade em seu ombro. Esse minúsculo gesto manda uma corrente elétrica por todo seu corpo.

— Você pegou a carteira alguma vez no trem? — pergunta ela em voz baixa.

E Hugo percebe pela primeira vez que eles têm uma plateia. As pessoas no saguão praticamente pararam o que estavam fazendo para encarar a bagunça de roupas espalhadas pelo chão sujo de linóleo.

Hugo fecha os olhos, tentando se lembrar. Então sente o estômago revirar.

— Merda — diz ele com um grunhido. — Eu peguei vinte dólares para dar ao Ludovic logo antes de sairmos.

— Era para a gente dar gorjeta? — pergunta Mae, empalidecendo.

— Foi por nós dois. Mas eu não devo ter... — Ele relanceia para a pilha de roupas, desesperado. — Sou bobo.

— Nós vamos dar um jeito. Vamos ligar para alguém. Ou voltar para a estação. Talvez eles tenham um setor de achados e perdidos.

Hugo se sente subitamente exausto, um cansaço que faz seus ossos doerem. Dois dias. Foi só o que ele precisou para provar que não é capaz.

Ele se senta no chão frio e molhado e ergue os olhos para Mae.

— Odeio pedir isso — diz ele, arrasado —, mas você acha que pode me emprestar algumas libras... dólares... até isso se resolver?

Mae olha para Hugo como se avaliasse alguma coisa. Sua mente está zumbindo, pensando em tudo o que vai acontecer se sua carteira estiver total e completamente perdida: a dor de cabeça para cancelar cartões de crédito, tentar pedir outros novos, ter que ligar para os pais e contar o que aconteceu. Ele está tão ocupado com os pensamentos que não ouve direito quando Mae finalmente responde:

— Não.

— Não? — repete, confuso. — Eu juro que pago de volta...

— Não, quero dizer que você deveria vir para o hotel comigo. Parece errado que fique aqui, especialmente agora, e nós não tivemos problema para dividir um quarto na noite passada. — Ela cora, percebendo que eles ainda têm uma plateia. — Podemos pedir uma cama extra. Era seu quarto, para começo de conversa, e você só estava tentando ser legal e se certificar de que eu me sentiria confortável. Mas...

Hugo ergue as sobrancelhas, esperando. Ele sente um sorriso crescendo por dentro, mas consegue segurar.

— Eu já me sinto confortável com você — completa ela. — Então vamos só comer alguma coisa, tudo bem?

— Tudo bem — responde ele, deixando o sorriso emergir. Ele gesticula para o emaranhado de roupas no chão ao redor. — Desde que você pague a conta.

Mae

Mais tarde, eles vagam pela cidade molhada, esgueirando-se para dentro de lojas na tentativa de se manterem secos. Numa delas, cheia de suvenires de Chicago, Hugo experimenta um chapéu em formato de bola de futebol americano.

— Eu pareço um americano? — pergunta ele com um sorriso.
— Você parece um bobo — responde Mae, animada.

Ela escolhe para os pais um globo de neve delicado, mostrando a linha irregular dos prédios da cidade. O sinal intermitente ao longo do caminho complicou as ligações, então eles vinham mandando mensagens constantes do tipo:

Papai: Meu telefone quebrou.
Mae: Que droga. O que aconteceu?
Papai: Calma aí... Esquece! Aconteceu um milagre!
Mae: Hein?
Papai: Meu telefone... voltou a funcionar!
Mae: Claramente.
Papai: Eu só concluí que estivesse quebrado, já que não ouvi de você O DIA TODO.
Mae: Parabéns. Mandou bem.

Papai: Valeu. O negócio do milagre foi demais?
Mae: Que nada. Você realmente me convenceu.

E:

Papi: Acabei de te mandar um artigo sobre o alemão da Pensilvânia.
Mae: Legal, valeu!
Papi: Você ainda está aí?
Mae: Tipo... no telefone?
Papi: Não, na Pensilvânia.
Mae: Na verdade, já estamos em Ohio.
Papi: Ok, então eu tenho outro artigo pra você, sobre a indústria do aço em Cleveland.
Mae: Mal posso esperar.

Mas agora que está em Chicago, Mae sabe que está devendo uma ligação aos dois.

Em certo momento, Hugo e ela se cansam de ficar passeando e encontram uma pizzaria pequena com janelas embaçadas. Tem uma fila de espera do lado de dentro, e eles aguardam atrás de uma família de três pessoas: uma mãe, um pai e uma menina de uns doze anos, todos negros. Quando chegam à atendente, que é branca, ela pega quatro cardápios.

— Na verdade — diz o pai —, somos só nós três.

A atendente lança um olhar para Hugo, então para Mae, e leva um longo momento para entender o tipo de erro que cometeu. Uma expressão envergonhada passa por seu rosto, e ela apressadamente devolve um dos cardápios ao balcão.

— Desculpe — diz ela depressa. — Por aqui.

A mãe lança um olhar pesaroso para Hugo antes de seguir o marido e a filha. Ele sorri de volta para ela, mas, no momento em que a família vai embora, o sorriso desaparece.

— Tenho certeza de que ela não quis dizer nada com isso — fala Mae, tentando fazer contato visual com ele. Mas Hugo não a olha.

— É — responde ele, com o maxilar contraído. — Com certeza.

Na mesa, os dois examinam os cardápios, mas Mae percebe que não consegue se concentrar na comida, não quando Hugo está claramente tão irritado.

— Ei — diz ela com a voz suave. — Esse tipo de coisa acontece muito?

Ele dá de ombros.

— Às vezes.

— Sinto muito — fala ela, pensando em todos os garçons e comissários de bordo e recepcionistas de hotel que olharam para ela e depois para os pais ao longo dos anos, com a testa franzida como se tentassem resolver um quebra-cabeça particularmente difícil.

Isso é diferente, é claro. Mas ela ainda consegue reconhecer sua expressão estranhamente neutra, a superfície calma para esconder toda a agitação por baixo.

— Eu deveria ter sido mais...

— Não se preocupe — diz ele, fechando o cardápio com força. Mas, quando ergue o olhar para Mae, seu rosto suaviza. — É só que... eu estou acostumado a estar perto de gente que entende essas situações. Você precisa ver como Alfie fica quando essas coisas acontecem. Até Margaret. Então, sem eles... Não sei. Acho que só me sinto meio solitário.

O coração de Mae se contorce, e ela sente uma pontada de remorso tão forte que deseja poder estender a mão por cima da mesa e segurar a dele. Em vez disso, ela apenas assente.

— Eu entendo — diz ela com um nó na garganta, e ambos ficam em silêncio por um momento, se observando. Então o estômago de Hugo ronca alto.

— Solitário e com fome — fala ele com um sorrisinho envergonhado. — Aparentemente.

— Aparentemente — repete ela, e eles voltam a abrir os cardápios.

Quando chegam ao hotel mais tarde, a tempestade se intensificou. Eles ficam na janela observando o desenho de luz dos raios se formando sobre o lago. A cada poucos minutos, um trovão sacode o vidro, mas nenhum deles se mexe, hipnotizados pelo fenômeno.

Mae olha de relance para Hugo, percebendo o quanto está consciente da presença dele: as covinhas do seu sorriso, o formato do seu nariz e a maneira como sua camiseta se levanta ligeiramente quando ele se alonga, revelando uma faixa de pele sobre a calça jeans. Eles estão a apenas centímetros um do outro, e o espaço entre os dois parece importante agora, como se fosse a única coisa que talvez estivesse mantendo toda essa situação sob controle.

— Parece mágica, não parece? — diz ele, com os olhos ainda na janela.

— Os raios?

— Só... tudo isso.

Mae não tem muita certeza do que ele quer dizer, mas gosta de observar o rosto dele, a maneira como seus olhos brilham na luz, a maneira como cada centímetro do garoto parece tão vivo nesse momento.

— Quase nunca tem tempestades assim na minha cidade — conta ele enquanto o clarão de um relâmpago parece abrir um buraco na escuridão. Por um segundo, é como se o mundo tivesse sido virado do avesso, então de volta ao normal. — Às vezes você sente como se o que está acontecendo agora nunca mais fosse acontecer? Como se você nunca pudesse repetir este momento, não importa quanto tente?

Mae sorri, mas a pergunta não parece exigir uma resposta. Outro trovão ressoa, e o espaço entre eles se encolhe misteriosamente até que o braço dele toque no dela.

O estômago de Mae dá um pulinho, e os lembretes começam a brotar na sua cabeça:

Ele acabou de terminar com alguém e, tecnicamente, ela também.

Eles não vão voltar a se ver depois dessa semana.

Ele mora do outro lado do oceano.

Esse negócio todo é estritamente profissional.

Ela tem coisas mais importantes em que pensar.

(É só difícil de lembrar quais são nesse momento.)

— Então — diz Mae, tentando sem sucesso assumir um tom casual —, alguma notícia sobre a sua carteira?

Hugo tira o celular do bolso de trás, desviando o olhar da janela para a tela. Seus ombros murcham.

— Nada.

Eles voltaram à estação mais cedo, mas ninguém tinha encontrado uma carteira. Depois disso, Hugo mandou um e-mail para os pais pedindo dinheiro emprestado. "A única coisa boa", dissera ele, desanimado, "é que está tarde lá. Então tem pouquíssimas chances de eles me ligarem até amanhã."

Mae volta a pensar em seus pais e na promessa de ligar. Mas ela não estava contando com dividir um quarto com Hugo, e sente uma onda de exaustão ao pensar em mentir para eles. De novo. Então, em vez disso, ela manda outra mensagem prometendo entrar em contato pela manhã.

Ainda está cedo, não são nem nove e meia da noite. Mas, assim que senta na cama, Mae percebe que não quer nada mais do que vestir o pijama e se enroscar embaixo das cobertas. Ela só não sabe exatamente como vai fazer isso. Um funcionário do hotel levou uma cama extra para Hugo, mas ela ainda está largada perto da porta, dobrada ao meio feito um taco grande demais. Suas mochilas estão recostadas uma na outra em frente ao banheiro.

Hugo se aproxima da cama e Mae ajeita a postura. Ele para do lado oposto, inclinando-se por cima do oceano de lençóis brancos entre os dois, e sorri de um jeito que só faz seu coração bater mais rápido.

— Então — diz ele —, o que acha que deveríamos fazer agora?

A pergunta paira no ar por alguns segundos enquanto Mae tenta pensar numa resposta apropriada.

— Porque eu estava pensando — continua ele — que talvez nós pudéssemos vestir nossos pijamas e assistir a um filme.

— É? — diz ela, ainda incerta sobre essa ideia.

Mas então ele anda até a cama de rodinhas e começa a empurrá-la até o espaço entre o pé da cama e o armário. Grata por ter algo para fazer, Mae se apressa para ajudar a arrumá-la.

Quando terminam, eles se revezam para usar o banheiro. Voltar ao quarto com a calça do pijama e uma camiseta que diz *O futuro é das mulheres* não é tão estranho quanto Mae achou que poderia ser. Hugo abre um sorriso amigável, então se retira para vestir a mesma camiseta cinza e a mesma calça de patinhos de borracha da noite anterior. Ele apaga as luzes antes de se deitar e Mae, recostada em vários travesseiros na cama, aponta o controle remoto para a tela além dele.

— Vamos assistir a alguma coisa assustadora — sugere Hugo quando outro trovão ressoa. — Parece esse tipo de noite, não parece?

— Não sou muito fã de filmes de terror.

— Mas você é cinéfila.

— Uma cinéfila que, por acaso, também é muito cagona.

— Talvez uma comédia, então. Só nada triste. Não nos conhecemos por tempo o suficiente para você me ver chorar.

Ele só está brincando, é claro. Mesmo assim, Mae tenta se lembrar da última vez em que chorou durante um filme. Sempre que assiste a alguma coisa com a vovó ou com Priyanka, até mesmo com seus pais, é ela quem fica passando a caixa de lenços. Mae não consegue deixar de se perguntar o que isso diz sobre ela.

Ela passa pelos canais, parando num filme antigo.

— *Assassinato no expresso do Oriente?* — diz Hugo, meio rindo.

— Pensei que já tivéssemos estabelecido que ninguém assassinaria ninguém no trem esta semana.

— Tudo bem por mim, mas Sidney Lumet provavelmente acharia a sua versão meio chata.

— Quem é Sidney Lumet?

Mae senta com a coluna ereta.

— *Rede de intrigas? Doze homens e uma sentença? Um dia de cão?*

— Não, não e não.

— Você não assistiu a *nenhum* desses? — pergunta ela, indignada.

— De que filmes você *gosta*? Acho que eu deveria ter perguntado isso antes de entrar num trem com você.

— Com certeza parece mais importante do que a pergunta do assassino em série — concorda ele. — Tenho quase medo de dizer isso, mas não sou muito fã de filmes. Não ligo de ir ao cinema de vez em quando, mas nunca me empolgo tanto com o que assisto. Acho que prefiro ver TV ou ler. — Há um curto momento de silêncio, então ele conclui: — Você vai me expulsar agora?

Ela ri.

— Estou pensando no seu caso.

— Eu ia adorar assistir ao *seu* filme.

— Nem pensar.

— Por que não?

— Porque... — responde ela, pensando. — Porque agora que sei com o que estou lidando, tem um montão de outros filmes que você deveria ver antes do meu filme rejeitado. — Ela aumenta o volume da TV. — Começando por *Assassinato no expresso do Oriente*.

Enquanto assistem, Hugo não para de se remexer na cama dobrável, que range e grunhe sob seu peso. Em certo momento ele se senta e bloqueia a tela inteira com a cabeça.

— Hum... — diz Mae, e ele volta a se encolher.

— Desculpa. É só que... eu estou perto demais. É difícil ver.

Ela relanceia para a extensa cama e a pilha de travesseiros ao lado.

— Você pode se sentar aqui, se quiser — oferece ela, tentando soar tranquila. — Só até o fim do filme.

— É? — pergunta ele, voltando a se sentar.

Mae engole em seco.

— É.

A cama é tão grande que seu lado mal afunda quando ele sobe. Tem vários travesseiros entre eles. Mesmo assim, eles tomam o cuidado de ficar na ponta, ambos com os braços cruzados sobre o peito, olhos fixos na TV.

Mas Mae já não consegue mais se concentrar no mistério que se desenrola na tela, não com Hugo tão perto.

Ele lança um olhar para ela.

— Você ainda está sentindo como se estivesse num trem?

Até aquele momento, ela não tinha notado, mas agora Mae percebe que também consegue sentir o movimento fantasma sob seu corpo e assente.

— Me pergunto se amanhã à noite vamos sentir como se estivéssemos numa cama de hotel — diz Hugo.

Ela sorri.

— Acho que não funciona assim.

— Quem de fato usa essa quantidade de travesseiros? — Ele joga alguns para fora da cama, acabando com a barreira entre eles. — É como ficar preso dentro de um marshmallow.

Do lado de fora, a chuva ainda pinga na janela, mas Mae está distraída pelo novo espaço vazio entre eles. Ela começa a repassar sua lista de lembretes: *Ele acabou de terminar com a namorada. Eles não vão mais se ver depois desta semana. Ele mora do outro lado do oceano. Et cetera, et cetera, et cetera.* Mas esse tipo de vigilância é exaustiva, e suas pálpebras já estão ficando pesadas na luz bruxuleante.

Mais tarde, em algum momento da noite, ela acorda e encontra suas mãos juntas das dele.

Apesar de que poderia facilmente ter sido um sonho.

Hugo

Os olhos de Hugo se abrem de repente ao som do celular.

É só depois de soltar a mão de Mae para silenciar o toque que ele registra que a estava segurando. Ele pisca, ainda com o olhar turvo, perguntando-se quando isso aconteceu.

Do outro lado do quarto, a TV ainda está ligada, mas agora mostra um homem de avental usando um aparelho para triturar legumes, proclamando ruidosamente sobre todas as muitas funções da invenção num sotaque americano monótono. Hugo esfrega os olhos, então pega o celular. Quando percebe que a ligação veio dos pais, suspira.

São duas e pouco da manhã, o que significa que são oito horas em casa. Por um segundo, ele sente uma saudade feroz: seus irmãos e suas irmãs ao redor da mesa da cozinha, seu pai fritando bacon e sua mãe já na terceira xícara de café. Então um pavor intenso assenta sobre ele ao pensar em de fato ligar de volta. Ele sai da cama e vai para o banheiro, fechando suavemente a porta ao entrar.

— Vocês nunca ouviram falar de fuso horário? — pergunta quando o rosto dos pais aparece na ligação por vídeo.

Eles sempre parecem ligeiramente perplexos com esse estilo de comunicação, movendo a cabeça feito passarinhos enquanto tentam se centralizar na telinha.

— Recebemos sua mensagem sobre a carteira — diz o pai. — Preciso dizer, filho, estou decepcionado com você.

— Olha — responde Hugo com um suspiro —, foi um acidente. Eu só...

— Agora eu devo cinco libras para sua mãe.

— Frank — diz ela, dando um tapa no ombro do marido.

— E mais cinco para Alfie.

Hugo grunhe.

— É por isso que eu sugeri comprar uma doleira — fala a mãe, ainda olhando feio para o marido de uma maneira que deixa claro que ela se esqueceu de que Hugo também pode vê-la. Ela volta a encarar a tela. — Eu li um artigo que diz que tudo fica mais seguro desse jeito.

— Tudo bem, mas eu não fui furtado — retruca ele, por mais que talvez fosse melhor ter sido roubado do que irresponsável. Ao menos assim não teria sido sua culpa. Ele se senta na tampa fechada da privada. — Eu só esqueci. Bobo, eu sei.

Sua mãe simplesmente assente, como se esperasse por aquilo. A falta de surpresa no rosto dela só torna tudo pior.

— Você está bem, querido? — pergunta ela e, por alguma razão, isso o deixa com vontade de chorar.

— Estou bem — responde com certo esforço.

— Ainda está com o passaporte?

Ele assente.

— Foram só meus cartões de crédito e os dólares que tirei no banco, e...

— Você está no banheiro? — pergunta seu pai com a testa franzida.

— Estou.

— Por quê?

Porque, pensa Hugo, *eu estava na cama com uma garota que conheci anteontem e de quem eu estou começando a suspeitar que talvez goste, mesmo que eu tenha acabado de terminar com outra garota que por acaso tem o exato mesmo nome e que deveria estar aqui comigo no lugar dela, o que torna tudo um pouco mais confuso.*

Mas não é o que responde. Em vez disso, seu cérebro sonolento trabalha para acompanhar todas as mentiras que já contou aos pais.

— Porque eu não achei o interruptor do quarto — responde Hugo.

Atrás deles, Hugo vê Alfie entrar na cozinha, ainda de pijama. Ele pega uma maçã da cesta sobre a bancada e espreme o rosto entre o dos pais.

— Hugo — diz ele, inclinando-se para a frente. — Ouvi dizer que você perdeu a carteira no primeiro dia.

— Segundo — corrige Hugo, sério.

— Bom trabalho, mano. Estava bêbado?

— Alfie — repreende a mãe.

Hugo balança a cabeça.

— Não.

— Chapado?

— *Alfred* — diz o pai com uma expressão chocada.

— Não — responde Hugo depressa.

— Só sendo você mesmo, então? — conclui o irmão com um sorriso amigável. Quando Hugo não diz nada, só olha feio para a câmera, ele dá uma risada. — Mandou bem, cara. Sentimos falta de ter esse tipo de atenção aos detalhes por aqui. Volta logo, tá?

Hugo ergue uma das mãos para dar um aceno fraco enquanto seu irmão volta a desaparecer.

— Onde está todo mundo? — pergunta aos pais, sentindo saudade de casa de repente.

Eles se entreolharam.

— Oscar está no andar de cima — informa o pai. — Poppy foi passar o dia em Brighton com aquele garoto McWalter, que Deus nos ajude. E Isla e George estão... bem...

Eles se entreolharam.

— Na universidade — completa sua mãe.

Hugo franze a testa.

— Como assim?

— Eles queriam dar uma olhada por lá — explica ela —, já que as informações sobre os dormitórios chegaram ontem.

— É mesmo?

Ela torce a boca para um dos lados.

— Escuta, querido... Eles colocaram vocês juntos.

— O quê? — Hugo sente o cérebro ficar lento e embaralhado. — Quem?

— Todos vocês. Oscar e Alfie. Isla e Pop. Você e George.

— Eu e George? — repete Hugo, sem reação.

— Podia ser pior — comenta o pai. — Você poderia ter ficado com Alfie.

— Ei — diz uma voz distante em algum lugar atrás deles.

— George tinha a impressão de que você não seria muito fã da notícia — conta sua mãe, o que faz o estômago de Hugo parecer feito de chumbo. — Os outros vão ficar onde estão, mas ele disse que não liga de dividir quarto com outra pessoa se a universidade autorizar vocês a trocarem. Ele vai deixar a decisão por sua conta.

A garganta de Hugo parece totalmente seca.

— Ok.

— Vou mandar por mensagem o e-mail do escritório de alojamento, caso queria tentar — diz ela. — Mas não deixe de falar com George primeiro. Ele está ansioso para saber de você.

— Claro — responde Hugo, encarando seu reflexo turvo no espelho. Há um curto momento de silêncio, então ele continua: — É melhor eu ir. Está tarde aqui. Ou cedo, acho.

— Certo — fala ela. — Olha, só nos mande o endereço do seu próximo hotel e nós podemos ligar para o banco e pedir para mandarem cartões de créditos novos.

Hugo assente.

— Perfeito. Valeu.

— Como vai lidar com o dinheiro nesse meio-tempo?

— Eu vou só... — começa ele, então pausa, escolhendo as palavras com cuidado. — Eu fiz um amigo no trem. Provavelmente posso pegar um pouco de dinheiro emprestado... dele.

— Então você está se divertindo?

— Estou — confirma Hugo.

Ele abre a boca de novo para descrever melhor, mas percebe que não faz ideia de por onde começar. Só se passaram dois dias, mas tanta coisa já aconteceu. Ele já sente que o espaço entre eles é composto de mais do que apenas quilômetros.

— Que bom — diz ela. — Só tenta ficar de olho no passaporte, ok? Ainda gostaríamos de ter você de volta ao fim de tudo isso.

Hugo sente algo deslizar no peito, como o ferrolho de uma tranca.

— É, e não esquece de que você é o filho que a gente mais ama — fala seu pai com um sorrisinho.

É o que eles sempre falam para todos os seis.

— Também amo vocês — responde Hugo com dificuldade.

Depois de desligar, ele fica sentado sob as luzes fortes do banheiro, encarando a tela escura. Pensa em Isla e George vagando pelo campus, espiando para dentro das janelas dos corredores do prédio onde todos eles vão morar juntos, bem da maneira atual, como se nada tivesse mudado, como se nunca tivessem sequer se dado ao trabalho de sair de casa.

Como é possível ficar tão desanimado com essa ideia, mas, ao mesmo tempo, se sentir tão sozinho sem seus irmãos? Ele não estava falando da boca para fora com Mae no dia anterior. Não foi só o que aconteceu na pizzaria. Foi a súbita percepção de que, depois de ficar tanto tempo ligado à sua família, ele estava à deriva. O que era exatamente o que ele queria. Só não esperava que fosse se sentir tão solitário.

Com um suspiro, ele desliga a luz do banheiro e volta silenciosamente para o quarto, torcendo para não acordar Mae. Ele olha da cama grande para a dobrável, surpreso com o quanto quer se enroscar novamente ao lado dela, escutar o som de sua respiração dela, sentir o calor da mão de Mae na sua...

Ele se interrompe.

Melhor a cama dobrável, pensa.

O comercial do triturador de legumes ainda está passando, fazendo o quarto piscar. Hugo vai até o lado de Mae da cama e pega o controle remoto. Quando a tela apaga, o quarto fica escuro, uma escuridão tão palpável que não há nada a fazer exceto ficar parado, esperando seus olhos se acostumarem, com medo de tropeçar em algo caso se mexa.

Ele vai devolver o controle à mesa, mas acaba derrubando outra coisa em vez disso. Temendo que pudesse ser alguma joia, ele se ajoelha e apalpa o carpete, sem sorte. Depois de um minuto, ele volta a se sentar. Quando faz isso, dá de cara com Mae, que está acordada e o encarando com uma expressão indecifrável.

— O que está fazendo? — sussurra ela, por mais que os dois estejam sozinhos no quarto.

— Eu... Bem, a TV estava ligada, então eu derrubei alguma coisa e estava tentando... — Hugo começa se levantar, mas acaba batendo o joelho na quina da mesa. — Merda — diz, girando num pé só.

Quando finalmente para, Mae está ao seu lado.

— Você está bem?

Para sua surpresa, ele sente os olhos se encherem de lágrimas.

Que pergunta, pensa.

— Estou bem — responde com uma voz tão pesada que ela se aproxima e o abraça. Hugo fica imóvel, perguntando para si mesmo se está sonhando. — Por que fez isso?

— Não sei — diz ela, descansando a bochecha no peito dele. — Por nada. Por tudo.

Depois de um momento, ele ergue os braços, permitindo-se abraçá-la de volta. A cabeça dela encaixa certinho embaixo do queixo dele. *Será que ela consegue ouvir meu coração batendo como se tentasse fugir?* Quando Mae começa a se afastar, é como uma perda para Hugo. Mas então ele percebe que ela está olhando para ele, quase como se esperasse alguma coisa, e ele abaixa o queixo para encará-la.

— Hugo?

— Sim?

— Você tem olhos realmente lindos.

Ele ri, em grande parte porque está escuro demais para ver qualquer coisa. Mas então, antes que possa pensar demais, dá um passo à frente e a beija.

Por alguns segundos, eles não passam de mãos investigadoras e corações pulsantes; os lábios dela são macios, e suas mãos roçam a nuca de Hugo, fazendo-o estremecer. Tudo o que ele quer é tombar na cama com ela, enfiar-se sob as cobertas e ficar ali para sempre. Em vez disso, eles permanecem onde estão, pressionando os corpos mais e mais juntos no escuro.

Do lado de fora, a tempestade parou. Mas, se pudesse escutar como o coração de Hugo ribombava, você não teria tanta certeza.

Mae

De manhã, Mae é acordada pelo celular, que está vibrando loucamente na mesa de cabeceira. Quando vê que é uma ligação de casa, ela congela. Então mordisca o lábio e leva o aparelho ao ouvido.

— Oi — diz, sentando-se na cama.

Ao seu lado, Hugo abre os olhos brevemente, boceja, então volta a fechá-los.

— Ora, olá, desconhecida — cumprimenta Papi, sua voz tão expansiva e calorosa e familiar que Mae sente uma onda de tristeza por estar longe dos pais. — Achamos que você já tivesse nos esquecido.

— Nunca — responde ela com a voz cheia de emoção inesperada. — Eu só estava cansada ontem à noite.

— Sabia que você não conseguiria dormir no trem — fala Papai. — Foi horrível? A garrafa de álcool em gel que eu dei para você já acabou?

— Foi tranquilo — conta Mae. — E limpo o bastante.

— Como foram as paisagens?

— Como está sendo o Centro-Oeste?

— Como foi na Pensilvânia?

— Como foi em Indiana?

Mae ri.

— Foi tudo ótimo. Provavelmente não tão cênico quanto vai ser mais para oeste, mas, mesmo assim, meio divertido de ver.

— Como estão as coisas com Piper?

Ela relanceia para Hugo, que rola para o lado e funga um pouco enquanto dorme.

— Ótimo — diz ela, corando.

Parece errado falar com seus pais enquanto está na cama com um garoto, por mais que não seja exatamente desse jeito. Nada aconteceu ontem à noite. Não de verdade.

Pensando melhor, muita coisa aconteceu.

Para Mae, nunca foi assim, certamente não com Garrett nem com o monte de outros garotos que ela já beijou. Com eles, sempre houve certa consciência do que estava acontecendo, os dentes batendo e as mãos perambulantes, todas as várias peças cambiantes.

Mas, com Hugo, não houve pensamento. Só sensação. Todo o resto derreteu e o mundo ficou silencioso. Havia algo quase inevitável sobre o beijo, algo automático, como se fosse a coisa mais óbvia do mundo beijá-lo daquele jeito. E quando eles finalmente pararam, dando um passo gigante para longe um do outro, ambos riam um pouquinho.

"Oi", falou Mae.

Ele sorriu para ela no escuro.

"Oi."

Durante todo esse tempo, eles ficaram evitando a cama porque parecia uma pergunta grande demais para ser respondida. Mas agora ela estava bem ali, e eles estavam bem ali, uma sensação de eletricidade tão poderosa entre os dois que parecia capaz de acender o quarto.

"E agora?", perguntou ela, cheia de nervosismo e empolgação.

"Agora", respondeu Hugo, "nós dormimos."

Eles subiram na cama por lados opostos, e Mae ficou agradecida quando ele se posicionou bem na beirada. Ela fez o mesmo, mas a cama era enorme, e logo começou a parecer como se houvesse um oceano entre eles. Depois de um minuto, Hugo esticou uma das mãos para o centro, casual e silenciosamente, e ela sorriu e aproximou a dela. Então eles ficaram ali, em silêncio, com os dedos entrelaçados, até que o espaço se tornasse grande demais para suportar e Mae deslizasse para o lado dele da cama e passasse um dos braços por cima do peito de Hugo. Ela o sentiu soltar um suspiro feliz e encaixou o rosto no espaço sobre seu ombro.

E os dois adormeceram assim.

Agora ela o observa enquanto seus pais continuam a enchê-la de perguntas.

— Ela é um porre ou é legal? Tem algum hábito estranho que vai enlouquecer você este ano?

Como Mae não responde logo, Papai baixa a voz.

— Ela está no quarto com você agora, então não pode nos dizer? — pergunta ele baixinho. — Escuta, se ela for horrível, só diz *toranja*.

Mae balança a cabeça.

— Pai.

— Dá para adivinhar o que estamos comendo de café da manhã? — brinca Papi, rindo. — O que ela deve dizer se gostar dela? *Café com leite de soja?*

— Não seja ridículo — retruca Papai. — Se ela for maneira, diga *melão*.

— Melão — diz Mae com um tom de encerramento. — E aí, como está a vovó?

Papi dá uma risada.

— De volta ao normal, acho. Nós nos oferecemos para voltar lá para jantar hoje à noite, mas pelo visto ela vai jogar pôquer com alguns amigos.

— É melhor eles tomarem cuidado — comenta Mae. — Ela acabou com as minhas economias neste verão.

— Em vez disso vamos nos encontrar para um brunch amanhã.

— Deem um abraço nela por mim.

— Pode deixar — promete Papi. — E mande um oi para a Melão por nós.

— Esse não é o nome dela — diz Papai, exasperado. — Era um código para... Deixa pra lá. Você seria um péssimo espião.

— Tudo bem por mim — fala Papi. — Amo você, Mae.

— Também amo vocês.

Ela desliga e olha por alguns segundos para Hugo. Ali, na cama de hotel, com a luz incidindo sobre a testa dele, Mae fica impressionada com o quanto a cena parece pertencer a um dos antigos romances da sua avó. Elas assistiram a um milhão deles ao longo dos anos — Vovó pelos homens bonitos, Mae pela história cinematográfica —, e ela sempre os considerou levemente ridículos.

"Ah, vai", dizia Mae quando o casal se beijava pela primeira vez ou quando acabavam juntos pelas circunstâncias mais improváveis. "Não tem a menor chance de isso acontecer na vida real."

Vovó, em geral, só aumentava o volume. Mas uma noite, nessa primavera, logo depois de terminar um mês inteiro de quimioterapia, ela apertou o pause e se virou para Mae com uma expressão muito paciente.

"O objetivo não é refletir a realidade", explicou ela. "Está tudo ótimo com a realidade. Mas às vezes você só quer fingir que o mundo é um lugar melhor do que é de verdade. Que coisas incríveis e maravilhosas podem acontecer. Que o amor triunfa sobre tudo."

E é só nesse momento que Mae realmente entende o que ela quis dizer, o prazer de deixar a realidade cair por terra. O que está acontecendo entre Hugo e ela, seja lá o que for, é tão ridículo quanto esses filmes. Talvez até mais. É improvável e temporário. Ainda assim, ela não consegue se livrar da sensação de que está caindo de cabeça numa dessas histórias.

É nisso que Mae está pensando enquanto observa Hugo, que ela presume que esteja dormindo. Mas então seus olhos se abrem tão de repente que ela solta um gritinho. Ele ri e a segura pela cintura, puxando-a para perto, tornando assustadoramente fácil esquecer todo o resto.

Depois de alguns minutos, ela volta a se sentar. Hugo rola para fora da cama, andando silenciosamente até a janela. Ele abre as cortinas, deixando a luz inundar o quarto.

— Uau — diz enquanto Mae se aproxima de suas costas. É sua primeira visão de verdade do lago, que brilha sob a cidade, desaparecendo no horizonte. — Que... lindo.

Ela sabe que ele está falando da vista, mas quando se vira, Hugo a está olhando de uma maneira que a faz corar.

— Vamos explorar?

Eles decidem que a primeira parada deve ser uma lanchonete.

— De todas as coisas que eu quero ver nesta cidade — explica Hugo —, a mais importante é uma pilha de waffles do tamanho do prédio Hancock.

Na lanchonete, seus joelhos roçam embaixo da mesa, e Mae sente uma faísca todas as vezes. Enquanto o observa derramar uma quantidade absurda de xarope de bordo nos waffles, ela percebe quanto quer falar sobre tudo isso com alguém. No minuto em que ele se levanta para usar o banheiro, ela manda uma mensagem com emojis de olhinhos de coração para Priyanka, rindo ao imaginar a cara da amiga ao recebê-la. Mae nunca usou um emoji desses na vida. Nunca nem teve vontade. Até esse momento.

Ela espera por uma resposta, mas ela não vem, o que significa que a amiga deve estar em aula. Então envia uma nova mensagem para a avó.

Mae: Usei sua fala.
Vovó: E aí??
Mae: Funcionou.
Vovó: Sempre funciona. Então você gosta dele?
Mae: Isso parece algo espetacularmente idiota de se fazer.
Vovó: Por quê?
Mae: Porque só temos uma semana.
Vovó: Isso é mais tempo do que você imagina.
Mae: Não exatamente.
Vovó: Ele é um sonho?
Mae: Vovó!
Vovó: Me fala logo.
Mae: Não seria uma inverdade dizer que ele é um sonho.
Vovó: Escuta...
Mae: ?
Vovó: Às vezes é bom pra você.
Mae: O quê?
Vovó: Ser espetacularmente idiota.

Mae baixa o telefone quando Hugo volta à mesa.

— Ei — diz ela. — Posso fazer uma pergunta?

— Claro — responde ele ao derramar mais xarope nos waffles.

Agora que começou, ela não sabe exatamente como continuar.

— Margaret era... — começa Mae, e ele levanta a cabeça de repente, com uma expressão de surpresa. — Vocês dois estavam...?

— O quê?

— Vocês estavam apaixonados, certo?

— Sim — confirma ele, baixando o garfo. — Estávamos.

— Então o que aconteceu?

Ele parece desconfortável.

— Acho que apenas seguimos caminhos diferentes. Estávamos juntos havia muito tempo, e alguma coisa meio que se perdeu... Por que você quer falar sobre Margaret?

— Só estou curiosa.

— Eu preferiria falar sobre você.

— O que quer saber?

— Bem, eu tenho curiosidade de saber se já houve muitos...

Ela franze a testa para ele.

— O quê?

— Waffles — diz ele, então solta uma risadinha meio nervosa. — O que você acha? *Rapazes*.

— Eu não falaria *muitos* — responde ela. — Mas alguns.

— Nada de namorado, no entanto?

— Não no momento.

Ele ergue as sobrancelhas, esperando por mais.

— Eu estava saindo com um cara no verão — admite ela, percebendo que mal pensara em Garrett desde o começo da viagem. — Mas acabou. *Realmente* acabou.

— Realmente acabou, hein? — pergunta ele com um sorrisinho.

— Você acha que eu teria beijado você daquele jeito se tivesse um namorado?

— Não — responde ele depressa. — Claro que não.

— Eu não teria — afirma ela, ansiosa para ser clara. — Aquilo foi...

— O quê? — pergunta ele, sorrindo.

— Nem um pouco a minha cara.

— Nem a minha — concorda Hugo e, quando ela lhe lança um olhar cético, ele ergue as mãos. — Juro. Eu não sou do tipo pegador, que conhece garotas aleatórias em trens e fica de amorzinho com elas em quartos de hotel. Nunca aconteceu nada desse tipo comigo antes. De verdade.

Hugo é tão bonito que ela acha difícil de acreditar, e ele deve ver isso em sua expressão, porque se inclina por cima da mesa.

— Tudo bem — diz ele. — Você quer saber a verdade?

Mae assente.

— A verdade é que Margaret foi a primeira e única garota que eu já beijei.

— Sério? — pergunta ela, surpresa.

— Sério. Nós nos conhecemos aos catorze anos e basicamente ficamos juntos desde então.

— Uau.

Ele baixa os olhos para o prato, raspando a calda com o garfo.

— Pois é.

— Foi realmente diferente, então? — pergunta Mae. — Comigo?

— O quê? — diz ele, deixando uma risada escapar. — Eu não posso responder isso.

— É só curiosidade. De uma perspectiva puramente científica.

Ele balança a cabeça.

— Você está maluca.

Mae dá de ombros.

— Se ajuda, foi realmente diferente para mim.

— Foi? — pergunta ele, parecendo satisfeito. Mas então franze as sobrancelhas. — De uma boa maneira?

Ela assente.

— De uma ótima maneira.

Ele sorri e ambos voltam às suas respectivas comidas. Mas não conseguem deixar de lançar olhares um para o outro de vez em quando, sorrindo. Por baixo da mesa, seus joelhos se esbarram, e ela sente uma ondulação subir até o peito, onde oscila como alguma coisa adorável e sem peso e iluminada.

Depois de um tempinho, ele faz que sim com a cabeça.

— Foi diferente para mim também.

Hugo

Depois do brunch, eles andam pela Michigan Avenue. Deixaram as bagagens no hotel, mas Mae ainda está com sua leal câmera. Sempre que eles passam por algo digno de nota — o rio esverdeado, o prédio de calcário ornamentado ou um garotinho de chapéu de pirata —, Hugo espera enquanto ela pausa para capturar algumas cenas.

— B-roll — diz ela.

Ele lhe lança um olhar confuso.

— O que é isso?

— Cenas extras para intercalar com as entrevistas.

Hugo não consegue evitar um sorriso.

— Eu gosto quando você fala sobre cinema. Parece bem impressionante.

— Bem, não sou marinheira de primeira viagem.

— Isso é outro termo de filme?

— Não — responde ela, rindo. — Só significa que já fiz isso antes.

— Certo. Então me conta: como o B-roll será utilizado?

Mae balança a cabeça, mas ele vê que falar sobre esse filme a deixa empolgada.

— Bem, eu não quero que as entrevistas pareçam estagnadas — explica ela. — Parte da história é o próprio trem: aonde vai, de onde vem. Então eu estou tentando filmar algumas cenas pelo caminho para intercalar: pessoas passando, pássaros voando no céu, a luz mudando sobre a cidade. Além disso, qualquer marco histórico ou paisagem maneira e coisas do tipo.

Hugo entra na frente da câmera com um sorriso.

— Eu conto?

— Como um marco histórico? — pergunta ela, desviando a câmera dele. — Não.

— E como uma paisagem maneira? — Ele se inclina mais para perto dela enquanto um fluxo de pessoas passa ao redor na calçada. — Eu não sei se você sabe, mas eu sou muito, muito maneiro.

Quando ela ri, Hugo sente como se tivesse ganhado algum tipo de prêmio.

— Isso pode ser verdade — diz ela. — Ainda assim, não passa nos requisitos.

— Por que não? — pergunta Hugo quando eles voltam a andar, desviando de pessoas que tiram selfies na frente do rio. — Eu também faço parte da viagem.

— É, mas o filme é sobre as entrevistas. Não sobre nós.

Ele sorri ao ouvir *nós*.

— Mas é você que está viajando. A jornada é sua.

— Não é — retrucou ela, o olhando com intensidade. — É deles. Essa é a grande questão.

— Mas com certeza existem documentários que incluem o cineasta.

Ela franze a testa para a calçada.

— Talvez — diz depois de um momento. — Mas este não é um deles.

— Por que não poderia ser?

Desta vez, é ela quem para. Seus olhos estão brilhantes e seu cabelo está embaraçado pelo vento. Mae parece estar perdida em pensamentos. Enquanto espera, Hugo conta as sardas no nariz da garota.

— Porque — responde ela por fim, com as palavras carregadas de intensidade — eu não sei como estar dos dois lados da câmera.

Hugo quase faz uma piada sobre a logística simples da questão ("É só dar dois passos pra esquerda!"), mas vê como ela está sofrendo, então fica quieto. Ele gostaria de saber mais, mas consegue praticamente ver a janela se fechando, algo em seu rosto mudando, então ela se vira e volta a andar. Ele a segue, ambos em silêncio, até passarem por um prédio cinzento enorme onde Hugo nota uma rocha cravada na lateral e quase tropeça por cima dela ao correr para olhar mais de perto.

— Caramba — diz quando ela se aproxima. Ele aponta para uma pedra escura com palavras gravadas embaixo. — Isso é da Grande Muralha da China.

Seus olhos se arregalam.

— Uau.

— E olha — continua Hugo, ficando ainda mais empolgado. Ele se mexe para a esquerda, onde há outra pedra, branca e irregular.

— O Coliseu. — Seus olhos disparam por todas as outras rochas cravadas no prédio. — E o Álamo! E de São Pedro! Puta merda... Essa é do Muro de Berlim.

Mae o segue enquanto ele dá a volta no prédio, com a cabeça inclinada para ver tudo. Hugo tem noção de que parece um lunático, mas não consegue se importar. Todos esses lugares, todos esses pedaços minúsculos do mundo expostos bem ali na sua frente. Ele fica de queixo caído ao examinar cada um: pedaços do Arco do Triunfo e da Abadia de Westminster e do Taj Mahal, rochas da Antártica e de Yellowstone e até da lua. Da *lua*!

— Inacreditável — sussurra ele, observando a pedra tirada do Parthenon. Então se vira para Mae. — Como é que eu não sabia da existência disso? Como não é a primeira coisa que as pessoas falam para você fazer em Chicago?

Ela ri do entusiasmo dele.

— Não sei. Nunca ouvi falar também. Mas é bem legal.

— Não, Mae — retruca ele, a voz exasperada. — A pizza da noite passada foi *bem legal*. Assim como os waffles desta manhã. Mas isso? Isso é outra coisa totalmente diferente.

Só faltam algumas horas para eles pegarem o trem, e há muito mais para se ver na cidade, mas Hugo insiste em ficar até ter tido a chance de olhar cada uma das pedras, andando de um lado para o outro pelo perímetro do prédio. Parece estar em transe. Quando finalmente vão embora, sua mente ainda está ocupada com o que viu, com a ideia de todos esses lugares diferentes reunidos, com a maneira como o mundo inteiro poderia estar contido num único edifício.

Ele se sente ligeiramente tonto conforme continuam avançando pela Michigan Avenue. O dia está lindo, o céu com manchas prateadas, o calor começando a se dissipar. Quando Mae entra numa loja, o celular de Hugo começa a vibrar em sua mão. Ele espera do lado de fora para ler as mensagens dos irmãos, que chegam em sucessão:

Alfie:	Ei, Hugo. Aposto que o George vai assar scones fresquinhos para você toda manhã se você concordar em morar com ele...
George:	Vai se foder, Alfie.
Alfie:	Só estou tentando ajudar, mano.
Isla:	Você foi o último a dividir um quarto com ele, Alf.
Alfie:	E daí?
Oscar:	E daí que agora ele não gosta mais da gente.
Alfie:	E daí?
Poppy:	Deus do céu. Ligue os pontos, cara.

Alfie: Ei! Eu sou adorável.
Isla: Não é a primeira palavra que me vem à cabeça.
Alfie: Seria porque a primeira palavra que vem é... "gênio"?
Isla: Você quer mesmo que eu responda?

Hugo sente o estômago se contorcer de culpa. Ele quer responder que o problema não é George. O problema não é nenhum deles. Mas sabe que isso não é totalmente verdade. Como é possível sentir saudade de alguém (aliás, de *cinco* alguéns) e, ao mesmo tempo, estar tão feliz por estar longe deles?

Uma nova mensagem aparece, fora do grupo:

Poppy: Não se preocupe com George. De verdade. Ele vai ficar bem de qualquer maneira.
Hugo: Você acha?
Poppy: Entendo que não seja sempre fácil, mas você deveria simplesmente fazer o que quer.

O que eu quero, pensa Hugo, olhando para as nuvens.

Ele encara o celular por um segundo antes de digitar: *Eu não quero voltar.*

Então apaga as letras uma por vez, com o coração batendo muito rápido. Não tinha percebido que estava pensando isso, mas as palavras parecem sólidas e pesadas em sua mente.

Eu não sei o que quero, digita no lugar, mas seu rosto está queimando porque ele não tem certeza de que isso é verdade.

Poppy: Bem, não espere muito para descobrir.
Hugo: Valeu, P. Você é a melhor.
Poppy: Não sei se sou a melhor, mas pelo menos sou melhor do que o Alfie, certo?
Hugo: Top três, fato.

Quando Mae sai da loja, ele abre um sorriso e começa a segui-la pela rua, mas sua mente continua revirando as palavras: *Eu não quero voltar*. Ele tenta ao máximo soterrar aquele pensamento, mas, agora que está livre, exposto à luz do sol, é difícil escondê-lo.

Ao fim da Michigan Avenue, depois da antiga e rochosa torre de água, eles avistam um pedacinho de praia. Alojada à sombra do imponente prédio Hancock, bem no final de uma das lojas comerciais mais movimentadas do mundo, existe um estranho tipo de oásis.

Eles atravessam a rua e caminham até a areia, que é macia e reluzente. O local está lotado de pessoas e toalhas. Assim, Hugo e Mae trilham um caminho até a margem do lago azul-esverdeado. Está agitado hoje, um lembrete da tempestade da noite passada. Hugo segura os tênis numa das mãos enquanto se aproxima do lago. Quando a água avança sobre seus pés, ele estremece.

— Está congelante — comenta, encantado, e Mae se aproxima também.

Ela pega a câmera, girando num círculo para capturar a água abaixo e o céu acima, e então o sol refletindo nos prédios atrás. Ela ri quando uma onda molha suas pernas, encharcando a bainha de seu vestido. O som da risada de Mae faz Hugo se sentir leve. Ao olhar para baixo, ele avista um pedaço de vidro marinho meio enterrado na areia molhada e se abaixa para pegá-lo, pensando nas pedras no prédio, cada uma marcando um ponto no globo. Ele guarda o objeto no bolso, feliz por ter capturado um pedacinho desse dia, dessa cidade, desse momento.

Depois de alguns minutos, Mae volta a subir para a areia, e Hugo a segue. Eles deitam de barriga para cima, com os braços jogados sobre os olhos, as bocas cheias do gosto granulado da areia. Ela coça e é quente e maravilhosa, e Hugo pensa que poderia ficar ali para sempre.

— Não podemos dormir, ok? — diz ele. — Ou corremos o risco de perder o trem.

Mae vira a cabeça para olhá-lo, e Hugo consegue ver as sardas em seu nariz.

— Nós estamos acordados há, tipo, duas horas. Você já precisa de um cochilo?

— Está sol — responde ele. — E eu continuo com jet lag.

— Você pode dormir no trem. Agora precisa falar comigo.

— Eu também não poderia argumentar que nós podemos dormir agora e falar depois? — pergunta ele, reprimindo um bocejo, mas ela só torce o nariz de uma maneira que ele acha irresistível.

— Como vocês decidiram pegar um trem? E por que para cá?

— Bem, eu não tenho carteira de motorista e Margaret odeia dirigir, então isso excluiu a possibilidade de irmos de carro.

— Você não tem carteira de motorista?

— Tem um carro e oito pessoas na minha casa. Fica meio difícil de praticar. Além disso, eu sempre achei trens românticos — explica ele, então sente o rosto queimar no segundo seguinte. — Não desse jeito. Só quis dizer... Eles são meio nostálgicos, sabe?

Mae sorri.

— Minha avó conta que uma vez deixou o coração num trem.

— Com um garoto? — pergunta Hugo. — Ou com a bagagem?

— Com um garoto.

— Que bom. Com sorte, o meu não estava na minha carteira.

Ela estende o braço e coloca a mão no peito de Hugo, que sente seu batimento acelerar sob o toque.

— Nada disso — diz, com o rosto muito próximo. — Ainda está aí.

— Foi ideia dela — continua ele depois que Mae afasta a mão. — Margaret reservou o negócio todo. Na época, eu achava que era porque queria passar mais tempo comigo, e para que eu estivesse presente quando ela chegasse a Stanford. Mas agora não tenho tanta certeza. Acho que talvez sentisse culpa.

— Por quê?

— Por me deixar para trás.

Ambos ficam quietos, observando um pássaro voar em círculos. Então Mae vira a cabeça na direção dele.

— Bem — diz ela —, você está aqui agora.

Hugo enfia a mão no bolso e pega o pedaço de vidro marinho, verde-claro e incrivelmente liso. Ele o vira na mão, vendo-o brilhar no sol, então fecha a mão ao redor da pedra.

— Eu estou aqui agora — repete ele.

Mae

Parecem ter passado anos desde que eles estiverem na Union Station pela última vez. Mas foram apenas 24 horas. Enquanto esperam nos bancos de madeira envernizados, uma ligação de vídeo da avó aparece na tela de Mae. Ela já está começando a andar para longe ao atender, com a intenção de encontrar um canto silencioso, mas, quando o rosto da avó aparece, a primeira coisa que ela diz é:

— *Espera.*

Mae para no meio de um corredor, confusa.

— O que foi? — pergunta ela, olhando para o telefone.

Vovó está sentada no assento de janela do seu apartamento, a cerejeira-negra atrás dela já amarelando. Faz tanto tempo que Mae não a vê ali, em seu habitat natural, que não consegue evitar se sentir um pouco emocionada.

— Volte para onde quer que estivesse — ordena a avó com um tom severo, seu rosto um pouco perto demais do celular. — Quero dar uma olhada nesse seu rapaz.

— Nem pensar — responde Mae, relanceando para Hugo, que está sentado no banco onde ela o deixou, lendo seu livro de fatos sobre os Estados Unidos. — Eu não vou fazer isso.

— Eu te dou vinte dólares.
— Vovó.
— Cinquenta.
— Não!
— Eu deixo você escolher os filmes no Dia de Ação de Graças. Mae ri.
— Tá bom.

Quando volta, Hugo ergue os olhos do livro e diz:

— Você sabia que Chicago não é chamada de Cidade dos Ventos porque venta muito?

— Sim — responde Mae, então vira o telefone. — Vovó, esse é o Hugo.

Hugo encara a tela, momentaneamente assustado. Então dá um tchauzinho.

— Olá!

— Ora, não é que você é bonito? — fala a avó, chegando tão perto da tela que seu nariz desaparece e só sobra um par de olhos azuis lacrimosos e uma testa franzida. — Mae tinha me dito, mas eu precisava ver por conta própria.

— Eu não... — começa a dizer Mae, então olha para Hugo. — Eu não disse nada disso para ela.

Hugo dá uma risada.

— Prazer em conhecê-la. Ouvi tantas coisas adoráveis sobre você pela sua neta.

— Escuta, eu conheço Mae há muito tempo, então pensei que poderia te dar algumas dicas — responde a avó. — Em primeiro lugar, ela está sempre com um olho atrás da câmera, então às vezes você precisa afastá-la da lente para ela não cair.

— Uma vez — diz Mae. — Isso aconteceu uma vez.

— E ela tem medo de altura, então não inventa de surfar em cima do trem nem nada do tipo.

— Anotado — fala Hugo, assentindo com a expressão muito séria.

— Ela odeia aranhas...

— Dessa eu já sabia.

— E fala *muito*.

— Vocês sabem que eu ainda estou aqui, certo? — diz Mae, seus olhos vagando para o quadro da estação, onde o número da plataforma do trem deles acabou de aparecer. — Ei, nós temos que ir.

— Última coisa — continua a avó, olhando para Hugo. — Ela é uma das melhores pessoas que eu conheço. E é um partidão. Então seja bom para ela, ok?

Mae fecha os olhos por um segundo, morta de vergonha.

— Valeu, vovó — fala ela ao aproximar o celular do rosto de novo. — Eu amo você. Ligo quando chegarmos a Denver.

Vovó dá um tchauzinho.

— Boa viagem!

Depois de desligar, Mae se vira para Hugo.

— Bem, essa é a minha avó. Ela é...

— Brilhante — completa ele com um sorriso. — Vamos nos certificar de que eu esteja por perto quando você ligar para ela de Denver. Assim, posso ouvir o resto das dicas.

Esse trem é maior do que o anterior, com dois andares e um vagão de observação numa das extremidades. Um atendente chamado Duncan, um homem branco baixinho com cabelo muito ruivo, guia os dois até a cabine, que é praticamente igual à anterior, com duas poltronas e uma cama suspensa dobrada.

Mas desta vez, quando ele os deixa sozinhos, não há silêncio desconfortável nem incerteza. Desta vez, assim que ele vai embora, Hugo dá um passo à frente e segura o cotovelo dela, e Mae ergue a cabeça para olhá-lo, e eles sorriem um para o outro como se fossem guardiões de um grande segredo.

— Ainda tem areia no seu cabelo — informa ela, estendendo o braço para espaná-lo.

Antes que consiga fazer isso, Hugo a envolve nos braços e eles voltam a se beijar.

Mae passou a manhã inteira querendo fazer isso. Sentada em frente a ele na lanchonete, andando ao seu lado na Michigan Avenue, deitada ao seu lado na praia: o desejo estava abaixo e ao redor de todos os seus pensamentos, um rufar sob cada gesto, cada palavra, cada olhar.

Ela sabe que isso, seja lá o que for, não pode durar. Daqui a alguns dias, eles vão descer em estações diferentes, seguir em direções diferentes. Mas ela não se importa. Porque, por ora, eles têm isto: uma felicidade tão grande que não deixa espaço para preocupações.

Quando Duncan volta, ele precisa pigarrear diversas vezes até ser notado, parado no corredor. Eles se separam tão rápido que Hugo quase cai na poltrona.

Duncan apenas encara intensamente seu caderno, tentando não rir.

— Me desculpem por interromper, mas vocês dois vão se juntar a nós para o jantar esta noite?

Depois de fazerem as reservas, o celular de Mae vibra e ela o pega antes que Hugo possa ver a longa fileira de pontos de exclamação que Priyanka mandou, seguida por uma segunda mensagem que diz *Me liga*.

— Preciso fazer uma ligação rápida — avisa ela para Hugo. — Então eu vou só...

— Não, fica aqui — responde ele. — Me encontra no vagão de observação quando acabar.

Ao sair, ele se abaixa para beijá-la na bochecha, e ela espera até ouvir seus passos na escada de metal antes de ligar. Só o que Mae diz quando sua amiga atende é *oi*, mas é o suficiente para fazer Priyanka começar a rir imediatamente.

— O que foi? — pergunta Mae, sorrindo para o telefone.

— Nada. É só que eu consigo praticamente ouvir você sorrindo. Não é nem um pouco a sua cara.

— Ei! Eu sorrio.

— É, mas raramente por causa de um *garoto*.

Mae se joga na poltrona e apoia os pés no assento de Hugo.

— E aí, como vai a vida na faculdade?

— Nem pensar. Vamos falar sobre você primeiro. Me conta tudo.

E assim ela faz. Quando chega à parte em que eles se beijaram na noite passada, Priyanka volta a rir.

— Só você usaria a cantada da sua avó para pegar um cara — diz ela. — Aposto que não acha mais que esses filmes são tão irreais, hein?

— Não é nada disso — retruca Mae. — É só um casinho.

— Não é *nada*.

— Como você sabe?

— Porque um casinho sugere que não significa nada. E dá para ver que isso significa.

— Não, um casinho é uma medida de tempo. E esse tem prazo de validade.

Priyanka suspira.

— Pare de ser tão... você.

— O que isso quer dizer? — pergunta Mae, indignada.

— Só quero dizer que está tudo bem querer se entregar e curtir. Você está num trem pegando um cara que mal conhece. É romântico.

Mae dá uma risada.

— Há uma semana você achava que ele ia me matar.

— Bem, ele não matou. E você parece muito feliz. Então não fica pensando demais. Só...

A linha fica muda. Quando Mae abaixa o telefone, ele não tem mais sinal. Ela espera alguns minutos. Como o sinal não volta, ela manda uma mensagem breve:

Mae: Desculpa, caiu. Mas estou indo curtir. Você não fica feliz por eu estar seguindo seu conselho?

A mensagem volta, mas não há nada a ser feito sobre isso agora, então ela ziguezagueia pelos outros vagões de dormitórios. Passa pelo restaurante, onde as toalhas já estão postas, e entra no observatório. Hugo está num dos assentos virados para as enormes janelas arredondadas que vão até o teto. Quando Mae senta ao seu lado, ele se vira com um sorriso.

— Como vai sua amiga?

— Bem. A ligação caiu.

— Espero que não antes de você conseguir contar a ela sobre mim — diz com um sorrisinho, e ela dá um soco no braço dele.

— Alguém está se achando.

Ele ri.

— Alguém ouviu que beijava bem esta manhã.

— Alguém deveria tomar cuidado para não ficar metido demais.

— Alguém vai tentar ao máximo — responde Hugo, apoiando os pés na borda e olhando pelas enormes janelas as casas que passam num borrão. — Vai ser incrível quando estivermos nas montanhas, né?

Mae assente e tira a câmera da bolsa, pronta para capturar as mudanças no cenário à medida que eles seguem para oeste, primeiro por Iowa e Nebraska, depois na direção de Denver, onde vão chegar na manhã seguinte.

— Como seu assistente de direção, eu sinto que deveria ter prioridade de escolha desta vez — comenta Hugo.

Ela dá uma risada.

— Essa é uma bela promoção para alguém que não conseguia fechar a boca durante o primeiro dia das filmagens. Quais são suas pretensões salariais?

Para sua surpresa, ele se aproxima e lhe dá um beijo rápido, então volta a se recostar, parecendo satisfeito consigo mesmo.

— Acho que estamos quites por enquanto. A não ser que queira conversar sobre algum tipo de aumento.

Ela segura a frente da camiseta dele, puxando-o de volta para perto, e desta vez o beija com mais vontade. Quando eles se afastam, ela está sorrindo loucamente. E ele também.

— Eu diria que está começando bem — diz ela. — O que mais tem a oferecer?

Hugo aponta com a cabeça para um casal mais velho, sentado a algumas cadeiras de distância. Há um tablet apoiado numa bandeja embaixo da janela. A tela mostra um mapa digital com um ponto azul indicando a rota deles. Eles também têm binóculos, uma bússola e dois pacotes de Fruittella.

— Você poderia perguntar para eles. Claramente não são marinheiros de primeira viagem.

A maneira como ele diz "marinheiros" é tão charmosa que Mae se sente desesperada para beijá-lo de novo. É o suficiente para lhe dar vontade de escrever uma lista de palavras de pronúncia engraçadas — *fronha*, *grogue* e *guloseima* — e pedir que ele as recite a tarde toda. Mas, em vez disso, ela começa a ajustar as configurações da câmera.

— Boa escolha.

— Então, o que você faz com isso, no fim das contas?

Ela ergue o olhar para ele.

— Como assim?

— Seus filmes. Você posta em algum lugar? Faz exibições? Manda para os amigos? Se meu nome vai ficar famoso, eu preciso saber onde encontrá-lo.

— Eu tenho um site — responde ela, ainda mexendo nos botões.

— Coloco meus favoritos lá.

— E quanto ao restante?

Ela dá de ombros.

— Aprendo com eles e sigo em frente.

— Então você pode passar semanas...?

— Meses.

— ... num filme e nunca mostrá-lo a ninguém?

— Claro. Se eu não ficar feliz com ele.

— Com que frequência isso acontece?

— Bastante — responde ela com ar de resignação. — Tenho uma pasta no meu computador chamada "Rejeitados", que é assustadoramente cheia. Às vezes você termina o filme e ele simplesmente não tem magia.

— Foi o que aconteceu com a USC?

— Aquilo foi diferente. — Mae olha para o casal com seus mapas e bugigangas. O homem oferece um pacote de Fruittella, e a mulher pega uma bala do topo. — Sabe quando você pensa que está prestes a comer uma Fruittella rosa, mas percebe tarde demais que é uma laranja?

Hugo sorri.

— Eu gosto da de laranja.

— Bem, então você é estranho — responde ela, dando um chutinho brincalhão nele. — Mas eu não gosto. E realmente achei que estivesse mandando uma bala rosa para a USC.

— Você não faz ideia do que deu errado?

Uma parte dela quer contar a Hugo o que Garrett disse. Mas toda vez que ela pensa sobre a crítica, sente-se um pouco irritada e mal consegue se concentrar.

Impessoal? Sério?

Ela tentou assistir ao filme mais uma vez na noite antes da viagem, já compondo o texto que mandaria a Garrett, que envolvia uma certa quantidade de "na verdade". No fim das contas, não teve coragem. Agora havia uma palavra anexada ao fracasso, algo específico demais para ignorar, e ela não sabia ao certo se queria vê-lo através dos olhos de Hugo. Mesmo assim, a palavra continuava a repassar por sua cabeça, teimosa e persistente.

— Menor ideia — responde ela para Hugo, que não parece convencido, mas também não insiste.

Eles estão bem fora da cidade agora, as casas ficando mais esparsas à medida que o trem avança pelo estado. O vidro das janelas está ligeiramente amarelado, deixando tudo com um tom de sépia e passando a sensação de que estão num dos filmes antigos da vovó.

Mae olha ao redor. Algumas pessoas estão se divertindo com um jogo de tabuleiro numa das mesas, um neto ensinando ao avô como tirar uma selfie, dois homens bebendo cerveja e falando sobre a colheita de trigo desse ano, um jovem casal lendo. Todos a caminho de algum lugar, atravessando o país em alta velocidade nesse longo tubo de metal.

— Eu realmente amaria assistir — comenta Hugo, e Mae o olha, um pouco confusa.

— O quê?

— Seu filme.

— Ah — responde ela com uma careta. — Acho que não.

— Você pode pelo menos me dizer do que se trata?

— Hugo...

Ele não parece desencorajado.

— Posso chutar, então? É sobre um ornitorrinco dançarino?

— O quê? — Ela solta uma risada surpresa. — Não.

— É sobre um porco-espinho que não consegue encontrar o caminho de casa?

— Não exatamente.

— É sobre o primeiro homem a ganhar um torneio de boliche com uma bola de tênis? — pergunta ele com um sorrisinho. — Ou uma mulher que engole um chiclete e descobre uma árvore de chicletes no estômago anos depois? Ou uma garota que foge para a Antártica e se torna a melhor amiga de um leão-marinho? Ou um garoto com uma cicatriz na testa que vai para uma escola de magia?

Mae está balançando a cabeça.

— Tenho bastante certeza de que esse último já foi feito.

— Já sei — diz Hugo, ficando animado. — É sobre *você*?

— Não — responde ela, deixando escapar um sorriso. — Não exatamente.

Ele a olha de perto, tão perto que ela se remexe desconfortavelmente.

— Ora — conclui ele —, então talvez esse seja o problema.

Hugo

Ao se aproximarem de Iowa, a paisagem se estende como se alguém tivesse passado um rolo de massa sobre ela: lisa, baixa e infinita. Hugo não consegue se acostumar com as plantações de milho, quilômetros e quilômetros delas, até onde consegue ver. Elas ondulam ao vento como se fossem feitas de água, cheias de redemoinhos e turbilhões. Ele deseja poder esticar a mão para fora da janela e deixá-la roçar nas folhas leves como penas.

Mae está do outro lado do vagão, batendo papo com um casal sobre o filme. Quando Hugo fecha os olhos por um segundo, o pensamento volta a borbulhar.

Eu não quero voltar.

As palavras efervescem dentro dele, tão brilhantes quanto um diamante.

Um corvo passa voando do lado de fora, planando sem esforço na mesma velocidade do trem, e Hugo se dá conta de que sua mente já está seguindo na ponta dos pés nessa direção, girando sobre um globo imaginário.

Não seria para sempre, pensa ele. E os argumentos começam a se enfileirar na sua cabeça, um por um, numa procissão cegamente esperançosa.

As pessoas tiram anos sabáticos o tempo todo. E ele tem um pouco de dinheiro guardado, de empregos de verão e de quando os seis posaram como modelos para uma loja de departamento local quando crianças (um capítulo profundamente vergonhoso da vida deles). Não é muito, mas ele poderia fazer um esquema econômico, achar voos em promoção e ficar em albergues. Viver de amendoins em pubs aleatórios se precisasse. Ele já se provara capaz de ir de Londres a Denver, pelo menos (só que sem a carteira).

Talvez ele pudesse simplesmente adiar a bolsa de estudos e começar a universidade no outono seguinte, graduar-se um ano depois dos outros, dando a si mesmo a oportunidade de tentar algo novo, de pegar o que sentiu esta semana e carregar consigo por todo o ano.

Porque a questão é justamente esta: só se passaram alguns dias, mas ele já se sente diferente. E agora que sabe, como pode fazer qualquer outra coisa além de seguir em frente?

A ideia se agita no seu peito como um pássaro numa gaiola, e Hugo olha ao redor à procura de Mae, subitamente ansioso para contar a ela. Ao final do vagão movimentado, ela está sentada a uma mesa com um casal de judeus hassídicos, o caderno aberto à sua frente enquanto os escuta. Ele sorri, novamente impressionado pelo seu fervor. Mas então Hugo se imagina tentando explicar seu plano para ela sem parecer que só quer passar um ano à toa, e sente sua empolgação começar a esmorecer.

Mae sabe exatamente o que quer, e esse nunca foi o forte de Hugo. Agora que encontrou alguma coisa, agora que tem um plano — ou ao menos o começo de um —, ele quer ter certeza antes de contar a ela.

Eles passam o resto da tarde fazendo entrevistas: um professor de economia de Idaho que enviuvou recentemente, uma família de Singapura em sua primeira viagem aos Estados Unidos, mãe e filha fazendo uma peregrinação para Salt Lake City. Poucas pessoas recusam. Uma ri na cara deles, outra — um homem branco grisalho e barbudo — simplesmente mostra um dedo para eles. Mas a maioria tem histórias para contar e está ansiosa para compartilhá-las. No fim das contas, o casal que avistaram mais cedo — Louis e Katherine — está comemorando sua aposentadoria recente cheio de determinação: de Washington até São Francisco.

"E depois?", perguntou Mae, e Katherine sorriu.

"Exatamente."

Ao fim, Hugo não resistiu e fez uma última pergunta:

"Qual é a sua cor preferida de Fruittella?"

"Eu gosto das vermelhas e das laranja", disse Louis, "e ela gosta das cor-de-rosa e amarelas."

"E é assim que dá para saber que somos perfeitos um para o outro", adiciona Katherine.

Durante o jantar, Hugo e Mae se sentam em frente a duas mulheres brancas de cinquenta e poucos anos, Karen e Trish, irmãs que estão voltando de uma visita à mãe em Iowa.

— Ela mora numa fazenda? — pergunta Hugo, levando em consideração o que viu do estado até agora. Mas ambas riem dele.

— De onde você é, querido? — pergunta Trish.

Ela tem cabelo loiro cacheado e usa um batom muito vermelho e uma camisa com pequenas lantejoulas. Sua irmã, Karen, é mais discreta: tem a mesma cor de cabelo, mas o dela é longo e liso, usa óculos e pouquíssima maquiagem. Ambas o espiam com curiosidade explícita pelo outro lado da mesa.

— Inglaterra — responde ele.

Para sua surpresa, as duas dizem "awwn" e franzem o nariz de uma maneira que alguém poderia fazer ao se deparar com um filhotinho de gato.

Ele sente que Mae o observa, entretida, mas não retribui o olhar porque sabe que, se o fizer, vai se distrair com a maneira como ela franze os lábios quando está pensando, ou como o vestido que ela está usando hoje — de um amarelo tão ensolarado que ele não consegue parar de admirar — sobe um pouco quando ela se senta, e como, mesmo que ela seja muito mais baixa do que ele, suas pernas parecem tão longas.

— Vocês já estiveram lá? — pergunta Hugo às irmãs, que riem.

— Não, nós nunca *estivemos* lá — diz Karen, imitando seu sotaque. — Mas quem sabe um dia. Com certeza eu ia adorar ver aquele castelo. Como se chama? Aquele onde a rainha mora.

— O Palácio de Buckingham — responde Hugo. — Mas ele fica em Londres. Eu sou de um lugar chamado Surrey, que não fica muito longe de lá.

— Então como você acabou num trem em Iowa?

— Como é que qualquer um acaba num trem em Iowa? — brinca Mae, e ambas desviam a atenção para ela.

— Você não é da Inglaterra — observa Karen.

— Não, eu sou de Nova York. Mas também não da cidade, só do estado.

— Como vocês dois se conheceram?

— É uma longa história — diz Hugo, buscando a mão de Mae por baixo da mesa.

Ela segura a mão dele, e Hugo sente um calor instantâneo se espalhar por seu corpo. Do lado de fora, o sol está baixo, lançando longas sombras pelos campos de milho. Eles passam por um rebanho de vacas, uma estrada com uma picape empoeirada e barulhenta, uma cidadezinha com uma bandeira americana tremulando bem acima das construções. De alguma forma, parece irreal passar deslizando por tudo desse jeito, como se fosse um cenário de filme.

Depois de fazerem os pedidos — um bife para ele, um prato com frango para ela —, eles devolvem o cardápio. As irmãs estão na segunda taça de vinho, e Trish dá uma piscadela para eles.

— Se você tivesse acabado de passar seis dias com a nossa mãe, também estaria bebendo.

— Amém — responde Karen, erguendo a taça.

— E aí, como é a Inglaterra? — pergunta Trish.

Hugo dá de ombros.

— Sabe como é, basicamente chá e bolinhos. Esse tipo de coisa.

Ele está brincando, é claro, mas as duas assentem com muita seriedade.

— Você faz faculdade aqui ou lá? — pergunta Trish.

— Nenhum dos dois — diz ele. — Ainda.

Deve haver alguma coisa na voz dele que a desencoraja a insistir, porque ela assente e olha para Mae.

— E você?

— Começo na USC na semana que vem — responde ela. — É para onde estou indo agora.

— Ora, que maravilha — comenta Trish, então dá uma cotovelada em Karen. — É uma maravilha, não é?

Karen assente.

— Maravilha. Meus três ainda são pequenos, mas eu amaria se eles passassem para algum lugar assim um dia. Ou fossem para a Inglaterra — fala ela, olhando para Hugo. — Você está com saudade de casa?

Ele abre um sorrisinho.

— Vocês me odiariam se eu dissesse que não?

— Acredite em mim — afirma Trish —, a gente entende. Acabamos de passar uma semana vendo novela e aprendendo a fazer crochê. O conceito de casa pode ser superestimado.

— É só que eu nunca realmente estive em qualquer outro lugar — explica ele. — E é legal ficar sozinho por um tempo. Mas só faz alguns dias. Tenho certeza de que vou começar a sentir saudade deles em breve.

— Você tem irmãos ou irmãs?

Hugo lança um olhar para Mae, então responde:

— Os dois. Somos seis.

— Mais velhos ou mais novos?

Ele hesita, como sempre faz nesse ponto da conversa.

— Somos da mesma idade, na verdade. Somos sêxtuplos.

As duas o encaram sem expressão.

— Nós somos todos...

— Sim, querido, nós sabemos o que sêxtuplos são — fala Trish, balançando a cabeça. — É só que... Uau! Seis irmãos? Todos da mesma idade?

Ele assente.

— Vocês são idênticos?

— Alguns de nós. Mas eu sou o mais bonito.

Quando Mae ri, ele sente uma onda de prazer. Atrás deles, um homem careca com um bigode pontudo se vira no assento.

— Você disse que é um sêxtuplo?

Hugo faz que sim com a cabeça, notando quantas pessoas o estão encarando. As mesas são pequenas e próximas, um restaurante inteiro enfiado num vagão de trem.

— Minha prima tem trigêmeos — continua o homem —, e eu achava que *isso* já dava muito trabalho.

A algumas mesas de distância, uma mulher entorta o pescoço para falar com Hugo.

— Eu sou gêmea — informa ela baixinho, parecendo tímida.

Hugo percebe que metade dos passageiros do trem o encara. Ele está acostumado a esse tipo de coisa em casa, onde os seis são relativamente conhecidos; apesar de que, mesmo lá, é raro que alguém o reconheça quando não está com os irmãos. Uma vez, quando ele estava em Londres com Margaret, um grupo de menininhas o parou para perguntar se ele era um dos Seis de Surrey. Elas deram risadas quando ele respondeu que sim e pediram autógrafos em dois recibos, uma capa de celular e até no antebraço de uma delas. Mas normalmente é preciso do grupo todo para atrair qualquer tipo de atenção.

Nos Estados Unidos é diferente. Os livros sobre eles não foram publicados desse lado do oceano, e não há muitos leitores do blog pelo país também. Americanos têm seus próprios famosos. Então ele atribuiu a maioria dos olhares que recebeu à cor da sua pele ou ao fato de que estava viajando com uma garota branca. Ou, talvez, se fosse otimista, à sua altura.

Mais uma vez, ele não é mais só o Hugo. Ele é um sexto de algo maior.

E, mesmo em meio à animação geral do vagão, às perguntas curiosas e aos rostos ansiosos, isso parece um tipo de perda.

O garçom chega, balançando a cabeça ao servir os pratos.

— Cara, eu tenho cinco irmãos e irmãs também, mas não consigo imaginar lidar com todos nós ao mesmo tempo. Sua mãe é uma baita heroína.

— Quantos sêxtuplos têm no mundo? — pergunta Karen ao começar a cortar o frango. — Não podem ser muitos.

— Não sei ao certo — responde Hugo em meio a uma garfada de alface. — Nunca conheci outros.

— Você é famoso, então?

Ele dá de ombros, sem querer entrar no assunto.

— Basicamente só na nossa cidadezinha.

— É difícil lembrar o nome de todos? — quer saber Trish.

— Eu já estou bem craque a essa altura.

— Vocês todos se dão bem? — pergunta o homem às suas costas. — Ou brigam muito?

— Nunca — responde Hugo, e uma onda de risada se espalha ao seu redor. — Nem uma vez.

— Você tem um favorito?

— Tenho. Eu.

— Seus pais têm um favorito?

— Têm. Eu.

— Vocês vão pra faculdade todos juntos? — pergunta Trish.

E Hugo sente o espaço ao seu redor desinflar novamente. Ele pisca, tentando pensar numa resposta, então mastiga um pedaço do bife lentamente.

Mae o observa por um segundo, então coloca uma das mãos sobre o joelho de Hugo, que nem tinha percebido que estava balançando a perna embaixo da mesa.

— Acho que isso ainda está sendo decidido — diz ela.

E Hugo a encara, surpreso. É como se Mae tivesse conseguido olhar dentro da sua cabeça. Talvez ela tenha razão. Talvez não esteja decidido, no fim das contas.

Do outro lado da mesa, Trish toma um gole de vinho, Karen desvia a atenção para a janela e o homem às suas costas se vira para a própria mesa. Lentamente, o vagão-restaurante volta aos seus barulhos usuais enquanto o mundo lá fora emerge na escuridão.

Trish faz um meneio de cabeça para Mae.

— Então, se você mora aqui — diz ela, desviando o olhar para Hugo — e ele mora lá, como isso funciona?

Hugo não tem tempo de se deleitar com o fato de que ela concluiu que Mae e ele são um casal. A pergunta o atinge com força no peito, tirando seu fôlego.

— É — completa Karen —, o que vai acontecer quando vocês dois descerem do trem?

Por um segundo, ambos ficam quietos. Então Mae olha para Hugo, que retribui o olhar. Embaixo da mesa, a mão dela desliza para longe de seu joelho.

— Essa é uma ótima pergunta — responde Mae.

Mae

Quando Mae acorda, tudo está parado. O barulho grave do motor desapareceu, e o trem não se mexe. Há uma luz vermelha difusa no corredor, mas, fora isso, o quarto está tão escuro que ela precisa de algumas tentativas para encontrar a cortina. Ela a abre, mas tudo o que vê é o próprio reflexo turvo.

Acima dela, Hugo está roncando. Ela escuta o som estável e tranquilizador. Na primeira noite, Mae tentara ficar acordada o máximo que pôde, ansiosa sobre o próprio ronco, que Priyanka uma vez comparou ao som de um javali morrendo. Mas acabou adormecendo. Quando acordou, algumas horas depois, escutou o assobio irregular dos roncos de Hugo na cama de cima e percebeu que não era a única.

Depois disso, parou de se preocupar tanto.

Agora ela se senta, abaixa-se para não bater a cabeça, e calça os sapatos. No corredor, para e olha o celular. São mais de três da manhã, a parte mais intensa da noite. As cortinas estão puxadas nas outras cabines, portas fechadas e trancadas. Mae puxa a porta deles suavemente ao sair, então anda na direção dos banheiros, onde se surpreende ao ver Duncan recostado numa das portas principais. Seu rosto está pressionado contra a janela. Ele gira um cigarro apagado entre os dedos. Quando se vira, parece levar um susto.

— Não consegue dormir? — pergunta ele, apoiando um dos ombros contra as portas pesadas. — É difícil se acostumar a essas camas.

— Onde estamos?

Ele gesticula na direção da janela, para a vasta escuridão além dela.

— No paraíso — responde ele e, quando ela o olha sem expressão, ele ri. — Brincadeira. Fiz essa piada em Iowa há algumas semanas. Ela funcionou melhor lá. — Ele ergue uma sobrancelha. — *Campo dos sonhos*? Não? Deixa pra lá. Estamos em Nebraska.

— Isso não é uma estação.

Ele relanceia para a escuridão.

— Não.

— Então por que estamos parados?

— Problemas mecânicos.

— É alguma coisa séria?

Duncan dá de ombros.

— Ainda não sei.

— Nós podemos ir lá fora?

— Agora não. Mas se parecer que vamos ficar aqui por um tempo, eles provavelmente vão nos deixar pegar um ar mais tarde. Uma vez ficamos presos por onze horas e pedimos para entregar pizzas na linha do trem. Foi incrível.

Mae olha ao redor. Não é como se ela fosse exatamente claustrofóbica. Quando tinha onze anos, leu uma história sobre um diretor que gravou um filme inteiro agachado no banco traseiro de um carro. Depois disso, criou o hábito de encontrar esconderijos, quase matando seus pais de susto quando a descobriam em armários, cestos e guarda-roupas. Ela não tinha qualquer problema com espaços pequenos.

Isso é diferente, um leve senso de irrealidade. Ali, no meio do nada, presa num trem em meio ao breu profundo, ela não consegue evitar se sentir à deriva. É como se não fosse só o trem que estivesse parado, como se o próprio tempo tivesse pausado por um momento.

À luz fluorescente do trem, ela vê olheiras escuras sob os olhos de Duncan, que coloca uma das mãos sobre a boca para encobrir um bocejo. Ela o olha com mais atenção e percebe que ele não pode ser muito mais velho do que ela.

— Seus turnos são de quantas horas?

— Não são tão ruins. Eu dormi um pouco mais cedo.

— Você está sempre nessa rota?

— Sim! Chicago para Emeryville. Eu salto, sinto o cheio da baía, dou meia-volta e sigo direto para cá. Então durmo por três dias e faço tudo de novo.

— Você deve conhecer bem essa parte do país.

— Só o que consigo ver pela janela — responde ele, dando de ombros. Ele abre um sorriso que deveria ser charmoso. — Então, onde está seu namorado?

Mae não se dá ao trabalho de corrigi-lo. Gosta do som da palavra: *namorado*.

— Dormindo.

— Vocês estão juntos há quanto tempo?

Ela não responde. Em vez disso, caminha até o outro par de portas, na extremidade oposta do vagão. Do outro lado da janela suja, o céu está tomado de estrelas. Há uma barulheira de metal contra metal do lado de fora, e Mae olha para Duncan.

— Esse som pode ser um bom sinal — diz ele —, ou um mau.

Ela olha de relance para o celular, pensando de repente na sua casa. Seus pais acordam cedo; provavelmente estão à mesa da cozinha nesse momento, discutindo sobre a quantidade ideal de xícaras de café. Ela começa a passar pela lista de contatos favoritos quando percebe que está sem sinal.

— Essa rota tem um sinal bem inconsistente — diz Duncan. — Estamos numa zona morta agora.

— Do jeito que você fala, parece o começo de um filme de terror.

Ele ri.

— Eu nunca consigo assistir a esses negócios.

— Nem eu. — Ela volta a olhar para as estrelas. — O que acontece se ficarmos presos aqui por um tempo?

— Ficamos presos aqui por um tempo. Eu e o Reymond, do vagão-restaurante, sempre fazemos apostas sobre os atrasos. Estamos apostando se vai levar mais ou menos de seis horas.

— Você acha que vai ser mais ou menos?

— Mais. Já se passou uma hora, e não parece que vamos sair daqui tão cedo.

— Ei, Duncan, posso fazer uma pergunta?

— Claro.

— Qual é o seu maior sonho?

Ela não está com a câmera, mas percebe que quer saber mesmo assim. Ele não hesita nem por um segundo. É como se respondesse a essa pergunta todo santo dia:

— Um chalé num lago. Talvez em Wisconsin. Eu abriria um buraco no gelo para pescar durante os invernos e usaria um barco durante os verões. Talvez teria um cachorro para ficar comigo na varanda. Sem trabalho. Sem horários. Sem passageiros. — Ele abre um sorrisinho. — Sem ofensas.

— Imagina.

— Só essas estrelas — continua ele, batendo com o dedão na janela. — Mas sem o vidro.

Mae assente.

— Parece ótimo.

— Com certeza.

Ela não pergunta a palavra dele para definir o amor. Duncan ainda está olhando para as estrelas com uma expressão pensativa, e Mae sente que é o suficiente como resposta.

— Boa noite, Duncan — diz ela com um sorriso.

Ele dá um tchauzinho.

— Boa noite, Margaret Campbell, quarto 24.

Mae se encolhe ao ouvir isso, o lembrete que a acompanhou por metade da travessia do país. Ela não é a namorada de Hugo. Ela não sabe o que é, mas não é isso.

Só aproveita, aconselhara Priyanka, o que nunca tinha sido um problema para Mae. Na verdade, é o que esse tipo de coisa sempre foi: divertido, tranquilo e descomplicado. Não existe motivo para a situação atual ser diferente.

Não é como se ela não acreditasse no amor. Mas ver as histórias de outras pessoas se desenrolarem sempre fora como assistir a um filme que ela nunca teria escolhido por conta própria. Em algum lugar deve haver uma versão mais parecida com os filmes da cabeça dela: vívidos, coloridos e únicos.

"Você é muito fechada", falou a avó uma vez. E o alerta de Priyanka sobre ela ser muito cautelosa com o coração ainda ecoava nos seus ouvidos.

Mas elas estavam erradas. Seu coração não é o problema.

O problema é que Mae nunca conheceu alguém que, de fato, quebrasse suas barreiras.

Quando chega à porta da cabine, Mae faz uma pausa momentânea. Abaixo dos seus pés há uma leve vibração, quase como o ronronar de um gato, mas nada mais. Depois de alguns segundos, a vibração desaparece e o trem para até mesmo de deslizar. Eles estão simplesmente presos.

Trens são feitos para se manterem em movimento. As pessoas também. Eles deveriam estar a caminho de algum lugar, cortando a escuridão, em vez de amontoados ali sob ela.

Ela desliza a porta para abri-la. Hugo ainda está dormindo, com o rosto afundado no travesseiro e o braço pendurado para fora. Ela sobe na cama e o observa por um segundo. Então, incapaz de resistir, fica na ponta dos pés e beija seu nariz.

Seus olhos estremecem e, quando se abrem, ele parece sonolento e sem foco.

— Hugo? — sussurra ela.

— Oi?

— Isso meio que parece um sonho, não é?

— É — diz ele, então volta a fechar os olhos. Mae está prestes e voltar para sua cama quando ouve a voz dele novamente. — Um sonho bom?

— Sim — responde ela.

E ele chega para o lado, deixando espaço para ela subir e se deitar em sua cama. Não é gracioso. Ela se atrapalha para encontrar os degraus e bate a cabeça no teto. Quando tenta rastejar para o lado dele, seu pé fica preso na rede de segurança. Mas acaba conseguindo se aconchegar no espacinho e, quando Hugo passa os braços ao seu redor, ela sente o coração dele bater contra as suas costas até adormecer.

Hugo

Logo antes do amanhecer, Hugo acorda com um sobressalto. Há uma luz fraca por trás das cortinas, e o trem sacode abaixo deles. Um dos seus braços está jogado por cima do ombro de Mae, seu nariz afundado no cabelo dela. Ele não se lembra de quando ela subiu na cama, mas de alguma forma também parece que sempre esteve ali, enroscada ao seu lado nesse espaço minúsculo.

Mae respira suavemente, assobiando um pouco a cada inalação. Ele se desenlaça com cuidado, pegando o celular embaixo do travesseiro. O brilho da tela ilumina o quarto, e Hugo se vira de lado para não a acordar. Passa um pouco das cinco horas, o que significa que está no fim da manhã em casa. Ele encontra uma mensagem do pai com a foto de uma mesa de café da manhã. Nela se encontram sete pratos com pilhas de bacon, ovos e torrada, e um vazio no meio.

Volta logo pra casa, diz a mensagem. *Estamos com saudade*.

Hugo abaixa o celular, cheio de um desespero arrebatador.

Uma passagem de uma peça de Samuel Beckett que ele leu na aula de literatura desse ano surge em sua cabeça: "Eu não posso continuar, eu vou continuar."

As palavras tinham mexido com alguma coisa dentro dele mesmo na época, mas agora parecem um rufar de tambores, e ele volta a acender o celular para escrever a Alfie. Vai ser a primeira opinião que ele vai receber da família, e isso faz seu coração bater loucamente.

Hugo: E se eu não voltar?
Alfie: Nunca??
Hugo: Não, eu estava pensando mais num ano sabático.
Alfie: Você está de sacanagem?
Hugo: Não, não estou.
Alfie: Caramba. Isso seria o completo oposto de dar uma de Hugo.
Hugo: Você acha que nossos pais me matariam?
Alfie: Sim.
Hugo: Mas, depois disso, eles ficariam de boa?
Alfie: Desde que você vá pra universidade em algum momento.
Hugo: George nunca me perdoaria.
Alfie: Você sabe como ele é. Só gosta de manter o grupo unido. Mas tenho certeza de que vai se conformar em algum momento.
Hugo: Talvez.
Alfie: É, talvez.
Hugo: É um pouco louco, não é?
Alfie: Não sei. Meio que faz sentido. Você nunca esteve nessa de coração.
Hugo: Mas agora estou.
Alfie: Então você abriria mão da bolsa de estudos?
Hugo: Se tudo der certo, só vou adiá-la por um ano.
Alfie: Melhor checar para ter certeza de que não somos um acordo em pacote. Cinco de seis não é um mau negócio, mas você sabe que eles podem não ver dessa forma.
Hugo: Eu não faria isso se fosse atrapalhar a vida de qualquer um de vocês.

Alfie: Mas você realmente quer fazer isso?
Hugo: Muito, muito mesmo.
Alfie: Então espero que eles digam sim.

Hugo apoia o telefone no peito, olhando-o subir e descer na luz cinzenta. Ele se sente preso em algum lugar entre o sono e o despertar. Antes que possa pensar melhor, começa a buscar seus contatos por um nome: Nigel Griffith-Jones, presidente do Conselho, Universidade de Surrey.

Quando termina o e-mail, ele volta a pensar na mensagem do pai, no prato vazio em meio aos outros cheios. Então respira fundo e aperta o botão de "Enviar".

Horas depois, quando Mae começa a se remexer, Hugo ainda está acordado. Está encarando o teto, sentindo-se ligeiramente paralisado pelo que fez. Ela dá um giro para encará-lo, com o cabelo embaraçado, mas ainda com o cheiro do shampoo de lavanda do hotel, e descansa a mão em seu peito de maneira tão casual que ele volta a relaxar.

— Eu ronquei? — pergunta ela, bocejando.

— Só... bastante.

Ela ri.

— Você não é muito silencioso também. Há quanto tempo está acordado?

— Um tempinho — responde ele.

E deve haver algo estranho em sua voz, porque ela ergue a cabeça para olhá-lo. As beiradas da cortina estão entremeadas com luz, e seus olhos ainda estão sonolentos e sem foco.

— O que estava fazendo?

— Planejando um pouco, me preocupando um pouco, pensando um pouco.

— Sobre?

Ele se pergunta se Mae consegue sentir seu coração batendo sob a mão.

— Sobre a possibilidade de tirar um ano sabático.

Ela o encara.

— Sério?

— Sério — diz ele, permitindo-se um leve sorriso. — Mandei um e-mail para uma pessoa do conselho da universidade para ver se é possível adiar a bolsa. Quero ter certeza antes de criar expectativas muito altas.

— Suas expectativas já estão altas — comenta ela, olhando para ele com carinho. — Você já contou pra sua família?

— Só pro Alfie. George vai odiar a ideia. E meus pais vão pensar que eu não sei me virar sozinho ou que quero só vagabundear por um ano. Mas eu não faria isso só por diversão. Óbvio que eu amaria ver um pouco do mundo. Mas é muito mais do que isso.

Mae descansa o queixo no peito dele, escutando.

— Eu quero mais tempo — continua ele, um pouco sem ar. — De alguma forma, sempre foi mais fácil para os outros. Ser um indivíduo e fazer parte do grupo. Mas estar aqui esta semana... me fez perceber que eu preciso de espaço para descobrir isso por conta própria. — Ele estende a mão e prende o cabelo dela atrás da orelha. — Sei que você não é uma pessoa de fazer desvios...

Ela franze a testa.

— Como assim?

— Só quero dizer que você sabe exatamente o que quer, o que é uma coisa boa. Mas acho que isso talvez também possa ser. — Ele passa um dedo pelo dorso da mão dela, perdido em pensamentos. — Eu já contei para você que minha mãe costumava me chamar de Urso Paddington? Eu era especialista em me perder.

Ela sorri para ele.

— Talvez ainda seja.

— Eu passei a vida toda seguindo a minha família, e essa é a primeira oportunidade que eu já tive de ficar sozinho. Simplesmente acho que não estou pronto para que ela acabe. — Ele dá uma risada. — Isso faz algum sentido, ou pareço alguém em crise de meia-idade?

— Faz total sentido.

Ele assente.

— Só espero que a universidade deixe. Alfie acha que talvez eles só estejam interessados no pacote completo.

— Pacote completo de quê?

— Sêxtuplos — diz ele, sem emoção. — Sempre foi assim que funcionou. Entrevistas, fotos e propagandas; tudo, na verdade. As pessoas sempre querem o engradado completo.

Mae revira os olhos.

— Vocês são pessoas, não latinhas de cerveja. Além disso, é só por um ano, certo? Eles ainda vão ter os seis alguma hora.

— Não sei se vão ver dessa forma. Seria diferente se eu tivesse um bom motivo...

— Você tem.

— Que eu quero ficar à toa por um ano e viajar pelo mundo?

— Não é ficar à toa — corrige ela. — Você mesmo acabou de dizer. E mesmo que fosse... e daí? É o seu sonho.

— Há cinco minutos.

— Não — diz ela, olhando-o com seriedade. — Você sabe há muito tempo que quer algo diferente. Só levou um tempinho para descobrir o quê.

— Não consigo decidir se você é a garota mais esperta que eu já conheci ou se é tão louca quanto eu.

Os olhos de Mae ficam brilhantes e risonhos.

— Por que não posso ser os dois? — pergunta ela, animada.

Abaixo, seu celular emite um coro de *dings* conforme eles entram numa área com sinal.

— É melhor a gente levantar — diz ela. — O café da manhã deve acabar em breve.

— Calma aí, que horas são? — pergunta Hugo enquanto Mae se inclina por cima dele para abrir a cortina, deixando a luz entrar e revelando uma paisagem reta e terrosa. — Nós perdemos a parada?

— Não, eles teriam nos acordado. Ficamos presos por um tempo ontem à noite. Você estava meio adormecido.

Ela já está rastejando para longe dele, soltando a rede de segurança para poder colocar as pernas para fora e descer ao lado da cama de baixo. Ela aterrissa com um barulho alto.

— Não existe uma maneira graciosa de fazer isso, né? Vamos lá. Quero panquecas. E bacon.

Hugo fecha os olhos por um segundo, voltando a pensar na mensagem do seu pai com uma pontada de culpa. Quando os reabre, Mae está desconectando o celular do carregador. Quando começa a rolar a tela por uma longa sequência de mensagens, seu rosto empalidece e ela agarra a beira da cama para se estabilizar.

— O que foi? — pergunta Hugo, com um nó no estômago. Mae é sempre tão inabalável que ele fica assustado em vê-la assim.

Ela ergue o olhar como se tivesse se esquecido de que ele estava ali.

— Droga! Está sem sinal de novo.

— Vai voltar em Denver. Está tudo em…

— Não, não está — responde ela, balançando a cabeça. Ela parece prestes a chorar. — Minha avó teve um derrame.

O coração de Hugo palpita diante da dureza da palavra.

— Sinto muito — diz ele, por mais que soe aflitivamente insuficiente. — Ela vai ficar bem?

— Não sei — fala Mae, impotente. — Acho que sim. Meus pais estão a caminho do hospital agora. O médico disse que foi leve, então felizmente ela vai ficar bem. Mas...

— Mas ainda é muito assustador — completa Hugo, e ela assente sem olhar para ele, com a cabeça curvada sobre a tela.

Ele se sente travado pela incerteza, sem saber se deve descer e abraçá-la ou continuar onde está. O que acabou de acontecer é grande e, no grande esquema das coisas, eles mal se conhecem. Faz menos de uma semana. Mas não é o que parece.

Não é nem um pouco o que parece.

O trem começa a desacelerar, e um anúncio ressoa pelos alto-falantes.

— Fort Morgan, Colorado — informa a voz entrecortada. — Estamos em Fort Morgan. Temos quinze minutos aqui, o que é o suficiente para fumar um cigarro e pegar um pouco de ar, mas não para sair da plataforma. Então fiquem à vontade para desembarcar, mas se mantenham atentos ao apito.

Mae pega o moletom de capuz do gancho perto da porta.

— Eu só vou... — diz ela, mas não termina a frase. Em vez disso, calça os chinelos, destranca a porta e sai da cabine.

Por alguns segundos, Hugo fica onde está, sentindo-se um balão com um furo de alfinete, o ar escapando tão devagar que é difícil dizer se está realmente acontecendo.

Quando ele finalmente pula sem jeito para fora da cama e veste uma camiseta e uma calça, o trem já está parado. Ele inala uma lufada de ar frio ao descer para a plataforma. Não tem muita coisa ali, só uma pequena estação e um estacionamento de cascalho. Outras pessoas do vagão deles também desceram, algumas fumando, outras semicerrando os olhos para o céu na esperança de que o sol apareça, apesar de haver uma fileira de nuvens se reunindo a distância.

Ele avista Mae bem mais para cima, perto do motor, parecendo muito pequena e sozinha. Enquanto Hugo se aproxima, ela abaixa o celular, que estava pressionado contra o ouvido dela, e o encara por um segundo, como se cogitasse jogá-lo nos trilhos. Então ela se curva para a frente e coloca as mãos nos joelhos, tentando se recompor.

— Estou bem — diz ela quando ele se aproxima, com a cabeça ainda abaixada.

— Você não precisa estar.

— É, mas eu estou. — Ela inspira, então ergue as costas. Ele vê que o contorno dos seus olhos está avermelhado. — É só esse maldito... Em que droga de lugar a gente está, aliás?

Ele lança o olhar para a placa da plataforma às suas costas.

— Fort Morgan, Colorado.

— Eu sei! Só quis dizer... Como tem tantos lugares neste país sem sinal telefônico? — pergunta ela, acenando com o celular. — É maluquice.

— Maluquice — concorda ele, e o rosto de Mae suaviza.

— Eu preciso ligar para os meus pais.

Ele dá um passo para mais perto.

— É claro.

— Você não precisa... Olha, vai ficar tudo bem. Ela fez quimioterapia na primavera. Acho que isso simplesmente pode acontecer às vezes. Mas vovó passou por coisa muito pior. Ela vai superar. Ela sempre supera. Vai ficar tudo bem.

Hugo coloca as mãos em seus braços, e ela fica imóvel.

— Você tem permissão para ficar preocupada.

— Eu sei — retruca ela com aspereza, remexendo-se para longe.

Hugo não se move. Ele se inclina de modo que seus rostos fiquem na mesma altura e vê que os olhos de Mae estão cheios de lágrimas.

— Tudo bem ficar triste — sussurra ele.

Ela balança a cabeça, mas seus lábios estão tremendo.

— Estou bem.

— Para de repetir isso. Sou eu. Você pode falar comigo.

— Eu mal conheço você — afirma ela, olhando-o com raiva.

Hugo dá um passo para trás, magoado. Ele tenta fazer uma expressão neutra, mas dá para ver que fracassou. Os ombros dela murcham.

— Desculpa — diz ela depressa. — Não foi o que...

— Não, você tem razão. — Ele chuta uma pedra no chão e a observa deslizar pelo cimento.

O trem faz um barulho alto ao lado dele, como ontem, quando as ondas quebravam na praia. Além dos trilhos há uma torre de água enferrujada e um canteiro de obra distante, mas, fora isso, a paisagem é reta, cinzenta e silenciosa, nada para ver por quilômetros. Todo esse vazio mexe com algo dentro de Hugo, e ele deixa o pensamento flutuar para a superfície de novo, feito um balão colorido.

Eu não quero voltar.

— De verdade — insiste ela, colocando uma das mãos no braço dele. — Eu não quis dizer aquilo.

— Eu sei — responde ele, porque sabe mesmo.

Não é ela. É só o muro que ela ergue de vez em quando. Mas ele já conseguiu derrubar tijolos o suficiente a essa altura para ver através dos buracos.

Para *vê-la*.

— A verdade — explica ela, incapaz de fazer contato visual — é que você provavelmente me conhece melhor do que muitas pessoas na minha vida. O que é uma coisa estranha de se dizer, visto que só faz poucos dias.

— Não é, na verdade — diz Hugo com um sorriso. — Não é nem um pouco estranho.

Ela assente, e ele também. Então o apito ressoa e o condutor, que estava por perto, grita para os passageiros que continuam na plataforma:

— Todos a bordo!

Acima deles, o sol começa a brilhar por entre as nuvens. O trem faz mais barulho agora, sibilando, estalando e soltando um vapor quente enquanto eles andam ao longo da sua extensão. No meio do caminho, Hugo se abaixa para pegar a pedra cinza. Ele a guarda no bolso. Então Mae segura a mão dele e os dois percorrem o resto do caminho juntos.

Mae

Mae quase bate de cara num poste de metal ao sair do trem em Denver, mas é salva por Hugo. Puxando-a pela mochila, ele a desvia. Ela está ocupada enviando mensagem para Papi, então Papai, e então os dois, para garantir. Também já escreveu para a avó diversas vezes, por mais que saiba que ela deve estar dormindo.

Tudo o que Mae deseja é falar com um deles. Qualquer um. Faz quarenta minutos desde que o seu sinal voltou, e depois de oito ligações e mais de uma dezena de mensagens, ela ainda não ouviu uma notícia, o que só piora sua dor de estômago.

— Você não acha meio estranho que aqui também se chame Union Station? — pergunta Hugo.

Ela lança um olhar vazio para ele.

— Igual à estação de Chicago. Você acha que Denver imitou Chicago, ou foi o contrário? Ou talvez houvesse um sujeito chamado Union que realmente amasse estações de trem, e ele construiu...

— Hugo?

— Oi?

— Você ficaria ofendido se eu ficasse sozinha esta tarde?

Ele inclina a cabeça para um lado.

— É por causa da minha teoria sobre as estações?
— Não — responde ela, sorrindo sem querer.
— Então eu entendo totalmente.

No hotel, que tem uma vaca em tamanho real esculpida no lobby, eles fazem check-in no balcão.

— Está no nome de Margaret Campbell — informa Mae, novamente tentando não pensar demais no assunto.

Aquilo não a incomodava no começo. Afinal, é o seu nome também. Mas agora, cada vez que eles entram num trem, ou informam seus dados ao final de um serviço de refeição, ela é lembrada de que Hugo deveria estar viajando com a ex. Mae queria que isso não a incomodasse tanto.

— Alguma correspondência para Hugo Wilkinson? — pergunta ele, observando com esperança enquanto o atendente confere uma pilha de envelopes. Mas não há nada. — Parece que eu continuo quebrado.

Mae pega a carteira.

— Tudo bem. Você pode pegar um pouco mais emprestado.

— Como você sabe que eu tenho como pagar de volta?

— Eu não sei — responde ela, dando de ombros.

Ele enfia a mão no bolso e lhe entrega um botão azul igual aos da sua jaqueta.

— Como garantia.

— Obrigada — diz ela, aceitando o botão com ar solene. — Mas você sabe que podemos simplesmente usar um aplicativo, certo?

— Certo. Apesar de que provavelmente não seria nem de perto tão confiável quanto um botão.

Ela assente.

— Verdade.

Eles deixam as mochilas no quarto, então voltam ao andar de baixo, passando pela escultura da vaca gigante, e saem pelas portas giratórias. O céu está de um azul-claro e sem nuvens.

Hugo respira fundo.

— Que cheiro é esse? — pergunta ele, e Mae ri.

— Acho que é de ar fresco.

Ele inspira de novo, parecendo satisfeito, então se vira para ela.

— Olha, isso é meio constrangedor, mas eu vou precisar de um pouco de espaço agora.

O coração de Mae se infla inexplicavelmente, e ela sorri para ele.

— É mesmo?

— É — confirma ele. — Não sei se alguém já disse isso para você, mas você pode ser meio grudenta, sabe? E eu acho...

— Tá bom — responde ela, rindo. — Já estou indo. Você vai ficar bem?

Ele coloca uma das mãos no peito.

— Eu? Eu vou ficar bem. É com você que eu me preocupo. Não dou três minutos até você começar a morrer de saudade de mim.

— Três?

— Talvez nem dois.

— Ei — diz ela, e Hugo assume uma expressão mais séria. — Obrigada.

— Imagina. Só dá uma ligada se precisar de qualquer coisa, tá?

— Pode deixar.

Assim que eles se separam — Mae seguindo numa direção aleatória, Hugo em outra —, ela tenta ligar para os pais de novo, mas as chamadas vão direto para a caixa-postal. Ela manda outra mensagem para a avó e espera por um segundo, torcendo por uma resposta. Mas ainda nada.

A distância, as Rocky Mountains estão sobrepostas contra o horizonte, imponentes e com o topo branco. Mae encara as montanhas por um momento, sentindo-se muito pequena. Ela enfia o celular no bolso traseiro da calça jeans e começa a caminhar na direção oposta.

Enquanto espera um sinal abrir, ela nota como é espaçoso ali, as ruas largas e arejadas abaixo do extenso céu azul. É tão diferente das calçadas apertadas e movimentadas de Nova York, a única cidade na qual ela já passou algum tempo considerável.

"Você sabe do que eu mais sinto falta de Manhattan?", disse a avó uma vez quando estava morando com eles.

Papai, que nunca resiste a uma oportunidade de implicar com ela, foi o primeiro a responder:

"Os ratos?", sugeriu ele, fazendo-a grunhir. Ao contrário de Papi, que cresceu lá, Papai só morou na cidade por alguns anos depois da faculdade, e é muito mais feliz em Hudson Valley, onde há mais árvores do que pessoas.

"A maneira como você nunca está sozinho", respondeu a avó com ar sonhador.

"Exatamente", disse Papai com um sorrisinho. "Por causa de todos os ratos."

Mae sabe que ele não odeia a cidade. Não de verdade. Foi onde conheceu Papi, onde eles levaram Mae do hospital para casa, onde sua vida toda começou. Ele pode resmungar sobre o cheiro da cidade, as multidões, o metrô e o calor no verão. Mas, em grande parte, só está dando à vovó uma desculpa para defender o lugar que ela ama, uma pequena gentileza disfarçada de outra coisa.

É nisto que Mae está pensando ao caminhar pelas ruas de Denver: em milhares de lembranças da avó. Mas quando ela percebe o que está fazendo, balança a cabeça, tentando dispersar os pensamentos. Porque isso não é um memorial. Vovó vai ficar bem. Ela sempre fica bem.

Tem uma livraria chamada Tattered Cover na esquina oposta. Ela parte para lá, ansiosa por uma distração. Do lado de dentro está quente e convidativo, com enormes vigas de madeira e fileiras e fileiras de estantes. Mae respira fundo, inalando aquele perfume particular de papel e cola. Quando seu celular finalmente toca, ela está dando a segunda volta na loja, nas profundezas da seção de autobiografia. Ao ver que é Papi, corre de volta para a rua antes de atender, com o coração na garganta.

— Como ela está? — diz em vez de *alô*. — Onde vocês estavam? Está tudo bem?

— Está tudo bem — responde ele, com a voz embargada. — Estamos no hospital.

— Como está a vovó?

— Está bem. Foi um derrame leve, mas eles fizeram um monte de testes. O médico acha que ela vai ficar bem.

— Foi por causa da quimioterapia?

— Eles não sabem ao certo. Ela passou por muito este ano. Pode ter sido qualquer coisa. Mas todos nós sabemos que um derramezinho não é páreo para a sua avó. Aparentemente, as enfermeiras também sabem. Ela fez pelo menos uma delas chorar jogando pôquer.

Mae afrouxa a mão que segura o celular.

— Posso falar com ela?

— Ela está dormindo agora, mas eu aviso que você ligou.

— Eu deveria estar aí — diz ela, o que é verdade, mais verdade até do que Papi sabe.

Se não tivesse mentido para eles, se não tivesse colocado na cabeça que precisava de uma aventura, Mae ainda estaria lá. Essa percepção é como um peso no peito dela, e ela dá um suspiro de tristeza.

— Eu deveria estar em casa com todos vocês.

— Está tudo bem, filha — diz Papi. — De verdade.

Ainda assim, ela sente uma pontada de culpa tão forte que suas pernas ficam um pouco trêmulas.

— Eu poderia pegar um voo esta noite — diz ela, dando giros, absorvendo o borrão de prédios antigos e montanhas distantes. — Deve ter um monte de voos saindo de Denver. Eu poderia chegar até…

— Mae, não faça isso — diz Papi, e ela para de repente. — Ela me disse que você falaria isso.

— Ela disse?

— Disse. Ela me mandou dizer para você parar de se preocupar e aproveitar a viagem.

Mae fica em silêncio por um momento.

— Eu deveria parar de me preocupar?

— Sinceramente? Eu mesmo ainda estou trabalhando nisso. Mas se tem uma coisa que eu aprendi na vida é a obedecer sua avó.

— Mas você vai me dar notícias, certo? E me avisar se qualquer coisa mudar? Vou pegar outro trem de manhã, e estarei em São Francisco na próxima tarde. Mas eu poderia saltar no caminho se precisarem...

— Mae, querida, está tudo bem. Nós vamos levá-la para casa amanhã. Ela só precisa descansar. Está tudo sob controle. De verdade.

Mae morde o lábio, mas o nó no seu peito já começou a afrouxar.

— Tudo bem. Bom, não deixa de dizer a ela que eu a amo. E ao Papai também.

— Pode deixar.

— E você — completa ela. — Obviamente.

Ele ri.

— Eu obviamente amo você também.

Hugo

Hugo se senta em um pub irlandês e assiste a uma partida de futebol numa televisão velha pendurada sobre as prateleiras de bebida.

— Vai, vai — diz ele quando o atacante do Chelsea avança com a bola pelo campo. Ela é roubada por um dos jogadores da defesa do Liverpool, e Hugo grunhe. — Puta merda.

Ele quase manda uma mensagem para George, o outro grande fã de futebol da sua casa. Mas então percebe que ainda não respondeu às mensagens do grupo da noite passada sobre os dormitórios, e a lembrança faz seu estômago revirar.

Quando a partida acaba, ele pede a senha do Wi-Fi para o barman e descobre que um e-mail de Nigel Griffith-Jones chegou há algumas horas, logo depois de eles descerem do trem. Hugo dá um longo gole na bebida antes de abrir a mensagem.

Caro Sr. Wilkinson,

Obrigado por sua mensagem inquirindo sobre a bolsa para a Universidade de Surrey, mas temo que não possamos acatar o diferimento desta vez. Como tenho certeza de que sabe — e poderá conferir caso consulte o acordo original com o falecido Sr. Mitchell Kelly —, essa oferta sempre foi condicionada à presença dos seis juntos na universidade.

De acordo com o desejo do falecido Sr. Mitchell, nós organizamos uma grande quantidade de publicidade em torno da sua matrícula iminente. Por causa dessas circunstâncias especiais, tenho certeza de que pode entender por que precisamos insistir para que todos vocês comecem no mesmo ano acadêmico.

Se houver outros fatores que eu deva saber em relação a esse pedido — qualquer razão de saúde médica ou mental, por exemplo —, por favor, me informe. Assim, poderemos conversar melhor. Adicionalmente, se for do seu interesse considerar a possibilidade de todos vocês começarem no próximo ano acadêmico em vez deste, estaremos abertos à discussão. Mas, nos termos atuais, temo que se você optasse por se recusar a cumprir os termos da bolsa de estudo, certas provisões contratuais implicariam na reavaliação dos outros cinco também.

Por favor, sinta-se à vontade para me ligar se tiver alguma pergunta. Caso contrário, aguardamos ansiosamente para receber você e os outros integrantes dos Seis de Surrey neste outono!

Atenciosamente,
Nigel Griffith-Jones
Presidente do Conselho
Universidade de Surrey

Decepção desabrocha dentro de Hugo. Por um tempo ele só fica parado ali, sentindo o futuro se estreitar ao seu redor. Por um breve momento, o futuro poderia ser estações de trem empoeiradas em cidadezinhas remotas, oceanos azuis intermináveis e paisagens montanhosas. Agora tudo voltou a diminuir: entrevistas nas quais os seis explicam o quanto amam estar na universidade juntos, um quarto minúsculo dividido com George, jantares em casa nos fins de semana.

É como se uma luz tivesse sido apagada, e onde antes havia uma série de cores brilhantes, só restou preto e branco.

Seu primeiro instinto é mandar uma mensagem para Mae, mas ela tem coisas mais importantes com que se preocupar. Não é uma grande tragédia ser forçado a ir para casa e frequentar gratuitamente uma universidade de ponta. Então, em vez disso, escreve para Alfie:

Hugo: Nada feito.

Alguns minutos depois, a resposta chega:

Alfie: O que eles disseram?
Hugo: Um por todos e todos por um.
Alfie: Foi mal, mano. É um saco às vezes ser um mosqueteiro.
Hugo: Poderia ser pior.
Alfie: Como?
Hugo: Nós poderíamos ser sétuplos.
Alfie: Ou óctuplos.
Hugo: Você contou para algum dos outros?
Alfie: Não.
Hugo: Não conta, então.
Alfie: Não vai ser tão ruim, sabe.
Hugo: Eu sei.
Alfie: Você pode viajar no verão que vem. Ou depois que nos formarmos. O mundo não vai a lugar nenhum.
Hugo: Eu vejo você em poucos dias, ok?
Alfie: Até mais.

Ele abre uma nova mensagem, então suspira antes de escrever para George:

Hugo: A cama de cima é minha.
George: Sério? Você topa?
Hugo: Eu topo.
George: Perfeito! Vai ser divertido. Prometo.
Hugo: Mal posso esperar.

Ele pausa por um momento antes de mandar essa última mensagem, questionando se deveria usar um ponto de exclamação. Mas, no fim das contas, não consegue se forçar a fazer isso.

Em seguida, ele sai para uma caminhada, tentando desembaralhar todos os pensamentos que giram em sua cabeça. Ele anda até o rio, passando pela estação onde eles pegarão o trem na manhã seguinte, e o estádio de basquete, calmo e silencioso sob o sol do fim da tarde.

As ruas são margeadas por armazéns antigos e, quando Hugo passa por uma loja estilo Velho Oeste, não consegue resistir. Ele entra para experimentar um chapéu de caubói.

— Acho que não combina comigo — diz para a vendedora, semicerrando os olhos para o chapéu alto demais, que o faz parecer um personagem de desenho animado.

Ela o analisa no espelho.

— Talvez você só precise de botas para combinar.

Hugo ri, mas isso o lembra de que ele continua sem dinheiro, então ele sai da loja e manda uma mensagem para sua mãe, que responde imediatamente.

Hugo: O cartão de crédito não veio para Denver.
Mãe: Ele pode ter resolvido ficar um pouquinho mais na praia.
Hugo: Muito engraçado. Você pode ver se tem como eles mandarem para o meu hotel de São Francisco?
Mãe: Pode deixar. Você está se virando bem? Está com saudade da gente? Ainda tem todos os seus outros pertences?

Hugo: Sim, sim e sim.
Mãe: Você está amando, né?
Hugo: Estou mesmo.

Ele quer falar mais. Quer contar sobre seu e-mail para o reitor e a resposta decepcionante. Mas não importa. Já está acabado. Falar o que ele vem pensando — quão relutante está em voltar para casa — só a deixaria preocupada.

Em vez disso, ele manda uma mensagem curta para o pai:

Hugo: Também estou com saudade de você. Mas não tanto quanto estou da comida da mamãe.

Então ele abre um mapa, tentando decidir aonde ir em seguida. Mas, no fim, está muito distraído para passeios turísticos, então volta para o hotel.

Ao atravessar o lobby, ele avista Mae numa das poltronas estofadas, com fones no ouvido e o computador equilibrado nos joelhos. Por um segundo, ele só observa a maneira como ela se inclina por cima da tela com um olhar de intensa concentração, e sente uma onda de afeto tão forte que não tem certeza se deveria correr na direção dela ou fugir na direção oposta.

Quando ele se aproxima, fica assustado ao ver que seus olhos estão cheios de lágrimas.

— Você está bem? — pergunta ele, alarmado. — Sua avó...?

— Não, ela está bem. Ou vai ficar.

Hugo exala, aliviado.

— Que bom. Isso é... ótimo.

— Eu sei — concorda ela, exalando também. — Eu ainda não falei com ela, mas soube que ela vai para casa com meus pais esta noite, parece que vai ficar bem.

— Então por que as lágrimas?

— Ah, eu estava só... — Mae ri meio sem jeito ao tirar os fones, então vira o computador para que ele veja o vídeo pausado. — Estava vendo a entrevista da Ida.

— Ah — fala ele, sentando na cadeira em frente. — Faz sentido.

Tem um harpista tocando num canto do lounge, e as últimas notas de uma música vibram pelo cômodo. A pequena plateia aplaude, agradecida, e Hugo se junta a eles. Quando volta a olhar para Mae, ela está sorrindo.

— O que foi?

Ela parece tímida.

— Eu meio que senti sua falta.

— Eu meio que senti sua falta também — diz ele, sentindo o coração balançar. Hugo olha para as mãos. — Me responderam da universidade.

— E? — pergunta ela, mas seu tom é desanimado, e ele percebe que Mae já sabe. Provavelmente já sabia desde que Hugo chegou.

Ele balança a cabeça.

— Disseram que não.

— Só isso? — pergunta ela, já parecendo ligeiramente amedrontadora. — Só disseram que não?

— Eles querem todos os seis por motivos de publicidade. O que não me surpreende, honestamente. Eu só não tinha me dado conta de que fazia parte oficial do acordo, e acho que só estava torcendo para que eles pudessem...

— Isso é absurdo. Eles não estão comprando pães de cachorro-quente. Vocês são seis pessoas diferentes, com personalidades diferentes. — Ela pausa, franzindo o cenho. — O problema é que eles têm uma bela história agora. E se você não quer fazer parte dela, precisa contar uma melhor.

— Como assim?
— O que você disse no e-mail?
Hugo dá de ombros.
— Perguntei se seria possível adiar a bolsa.
— Só isso?
— Mais ou menos.
— Francamente — diz ela, revirando os olhos. — Da próxima vez, por favor, não mande um e-mail com potencial para mudar sua vida no meio da noite sem me consultar, ok?

Mesmo sem querer, Hugo ri.
— Ok.
— Olha, eis o que fazer — começa ela. — Eu conto histórias. E histórias são mágicas. Confia em mim. Você não pode simplesmente falar que quer pular um ano. Precisa explicar por quê. Criar uma história. Contar tudo o que quer fazer. Contar quanto está sofrendo por seguir cegamente o mesmo caminho de todos os seus irmãos. Falar que precisa de um ano para se descobrir, e que vai voltar uma pessoa melhor e mais focada, que vai ser melhor para todo mundo.

Por alguma razão, ele está achando tudo isso levemente engraçado. Por mais que saiba que ela está falando sério, não parece capaz de apagar o sorriso do rosto.

— Hugo — diz Mae, colocando as mãos nos joelhos dele —, eu não estou brincando. Se você não acredita nos seus motivos, por que eles acreditariam?

— Tudo bem. — Ele ergue as mãos. — Tudo bem. Eu vou tentar.

Mae parece imensamente satisfeita. Levanta e empurra seu laptop para ele.

— Que bom. Vou subir e tomar um banho. Você fica aqui e trabalha.

E, assim, ela vai embora. Hugo encara o computador. *Será que ela está certa?* O e-mail da universidade parece bastante definitivo, mas não doeria tentar se explicar um pouco melhor. Ele fecha a janela com o vídeo da entrevista de Ida, a cabeça já zumbindo de argumentos. Mas bem no momento em que vai abrir um documento em branco, nota uma pasta chamada *Rejeitados*.

Ele paralisa, lembrando da conversa do outro dia. É quase certo que está ali o filme que ela mandou para a USC, aquele do qual ela nunca quer falar. Agora que ele só está a uns dois cliques de distância, Hugo está se coçando para vê-lo.

Ele deixa o mouse pairar sobre a pasta por um momento, inundado por curiosidade.

Mas, no último minuto, ele apenas se recosta na cadeira. Seria uma traição de confiança grande demais.

Em vez disso, Hugo abre um novo documento, encarando a tela branca por alguns segundos.

Ele pensa: *Por que eu ainda não posso voltar pra casa.*

Ele pensa: *Por favor, só me deixa pular este ano.*

Ele pensa: *Talvez alguns segundos não façam mal.*

Então ele clica na pasta *Rejeitados* e a abre.

Há facilmente duas dúzias de arquivos ali, todos com nomes enigmáticos como *Aquela terça* ou *Fim de semana típico* ou *Dia de neve*. Tem um chamado *Papai* e outro chamado *Papi*. Um chamado *Compras* e outro *Você está aqui*. Ele quer ver todos eles, quer mergulhar dentro da cabeça dela. Mas então avista o que se chama *USC* e vai direto nele.

Quando o abre, a janela fica preta com um pequeno texto que diz "Produções Mae Day". Ele tira os fones de ouvido do bolso e os coloca, olhando ao redor para ter certeza de que ninguém está olhando. Então aperta o play.

Tem uma cena de nuvens e um pouco de música, então a câmera desce num plano sequência impressionante e dá zoom numa garota mais ou menos da idade deles andando em direção a uma casinha amarela.

Eu deveria parar de assistir, pensa Hugo.

Mas não faz isso.

Ela estende a mão para a maçaneta, então muda de ideia e se senta nos degraus da varanda enquanto duas vozes masculinas saem pela janela, discutindo sobre de quem é a vez de dobrar a roupa lavada. A câmera se aproxima do rosto da garota enquanto ela escuta.

O trabalho de câmera é impressionante, e todas as cenas parecem estilizadas de uma forma verdadeiramente característica, vívidas e lustrosas e destacadas de uma maneira única. Mas ele não consegue deixar de notar que tem alguma coisa um pouco superficial sobre elas também, alguma coisa um pouco distante.

Apesar de que talvez seja esse o objetivo. Hugo honestamente não tem certeza.

Alguém chega pelas costas dele, e Hugo fecha o computador tão rápido que quase o faz deslizar para fora do colo. Quando se vira para olhar, é só uma mulher de meia-idade com uma taça de vinho. Ela lança um olhar engraçado ao passar pelo espaço estreito ao lado da sua cadeira, aproximando-se de um grupo de casais reunidos perto do harpista. Seu coração está martelando quando ele reabre o computador e fecha a janela e a pasta, apagando seus rastros.

Ele olha mais uma vez para o documento em branco e decide trabalhar no e-mail mais tarde.

Ao sair do elevador no oitavo andar, Hugo tenta assumir uma expressão que passe menos culpa do que ele sente. Mas suas mãos estão suadas, e seu estômago, dando piruetas. Ele acha que talvez devesse contar a Mae antes de se entregar.

Quando passa pela porta, ela se inclina para fora do banheiro e sorri. Está de pijama, com o cabelo molhado, e o quarto inteiro está cheio de vapor.

— E aí? — pergunta Mae.

Hugo a olha, assustado, antes de perceber que ela está falando sobre o e-mail.

— Comecei a escrever — diz ele. — Mas vou terminar amanhã.

Ela termina de escovar o cabelo e aparece na porta outra vez.

— Isso significa que você acha que é uma boa ideia?

— Acho — responde ele, e o rosto de Mae se ilumina.

Ela se aproxima dele cheirando a sabonete e algo mais, algo limpo e que lembra limão, e ele está prestes a confessar tudo, sentindo-se impotente diante de tanto aroma cítrico. Mas então ela passa os braços ao redor da cintura dele e fica na ponta dos pés para beijá-lo.

E, simplesmente assim, ele se esquece de todo o resto.

Mae

Na manhã seguinte, Hugo ainda está esquisito.

O trem está atrasado, então eles ficam num sofá da estação, que é limpa, clara e cheia de cadeiras confortáveis, luminárias bonitas e mesas baixas de madeira, fazendo-a parecer mais uma sala de estar do que qualquer outra coisa.

Mae está com o computador aberto, tomando notas ao passar pelas várias entrevistas que eles gravaram até então. Hugo está sentado ao lado dela, balançando o joelho. Eles veem os trens indo e vindo do lado de fora e um fluxo constante de pessoas entrando na estação, suas vozes ecoando pelo espaço cavernoso.

— Vou pegar um café — diz ela. — Quer um?

Hugo fica de pé tão de repente que a assusta.

— Eu pego — declara ele, e então acaba tropeçando por cima da mesa na frente deles, embolando as longas pernas. Ele mal consegue se ajeitar antes de esbarrar no laptop de Mae.

— Você está bem? — pergunta ela, mas Hugo sai apressado sem olhá-la.

Mae observa, entretida, enquanto ele desaparece dentro de uma das lojas, então logo reaparece, correndo em direção a ela. Antes que ele possa perguntar, ela diz:

— Um *latte* de baunilha com leite desnatado, por favor.

Ele assente timidamente e sai em disparada de novo.

Mas só leva poucos minutos para voltar.

— Eu não tenho dinheiro — afirma, e Mae lhe entrega o cartão de crédito.

— Compre alguma coisinha gostosa pra você também — brinca ela, mas ele nem consegue sorrir.

Ela franze a testa para as costas do moletom cinza de Hugo enquanto ele volta para a cafeteria, perguntando-se o que há de errado. Nada aconteceu na noite passada — eles assistiram a um filme horrível na TV e dormiram —, mas talvez tenha sido isso? Talvez ele estivesse esperando mais alguma coisa? Afinal, ele teve uma namorada por quase quatro anos, o que é praticamente uma vida. É bem possível que esperasse fazer mais do que só ficar de conchinha ao dividir uma cama com uma garota. No entanto, ele não *parecia* chateado. Só um pouco distraído. Mas até aí... ambos tinham preocupações na cabeça. Além disso, foi ele quem dormiu primeiro, roncando tão alto que Mae precisou ficar aumentando o volume da TV antes de finalmente desistir e desligar as luzes.

Quando ele volta, está segurando dois copos descartáveis de café; um deles traz as palavras *You Go* escritas na lateral, o que a faz rir. Ele lhe entrega o café dela, então afunda no sofá, com os olhos no relógio ao dar um gole.

— Tudo bem, *You Go*? — pergunta ela com um sorrisinho, mas ele só assente.

Dando de ombros, ela pega o celular e encontra uma mensagem de Priyanka, que vinha pedindo notícias da avó: *Alguma novidade?* No momento em que ela vai responder, outra mensagem brota na tela, e seu coração dá um salto.

Vovó: Então você não é a única a ter uma grande aventura.
Mae: Oi! Como está se sentindo??

Vovó: Estou bem. Voltando hoje para casa com seus pais superpreocupados. Vou confessar uma coisa... Sentirei falta desses médicos. Eles não param de flertar comigo.
Mae: Imagino.
Vovó: Como está o trem?
Mae: Estou prestes a embarcar de novo.
Vovó: E como está o garoto?
Mae: Muito bonitinho.
Vovó: E como está minha neta preferida?
Mae: Com saudade de você. Muita.
Vovó: Eu também estou com saudade dela.

Depois disso, Mae fica mais calma, sentindo os ombros finalmente relaxarem. Não importava que ela já tivesse recebido notícia dos pais; precisava falar com a avó em primeira mão. E agora que o fez, o mundo parece ter voltado ao lugar certo.

Ela dá um gole no *latte* enquanto passa pelos arquivos de vídeo do seu computador, tentando decidir qual vai ser o formato do filme. As entrevistas estão ficando boas — elas são comoventes, emocionantes e bastante reais —, mas ela ainda não tem certeza de como juntá-las de uma forma que faça o filme parecer uma única peça coesa, em vez de uma coleção aleatória de partes.

Mae não percebe que Hugo está observando por cima do seu ombro até ele espirrar. Então ela se vira, assustada por quão perto ele está, com o rosto a centímetros do seu. Ela consegue ver o impressionante tamanho dos seus cílios e um pouco de barba por fazer perto da linha do seu maxilar, que ele deve ter deixado passar na hora de se barbear. Ela sente uma súbita vontade de tocá-la.

— Posso fazer uma pergunta? — diz ele, e ela assente, curiosa.

Seus olhos assumem um tom castanho dourado devido à luz que entra pelas gigantescas janelas sobre eles, e há um vinco em sua testa enquanto ele encara a tela do computador. Olhando para ele, Mae sente uma forte onda de... o quê? Carinho? Atração?

Talvez seja só o fato de que ela já está começando a sentir falta dele.

— O que você vai fazer — continua ele — se eles disserem que não?

Ela sabe na mesma hora a que ele se refere.

— Vou continuar tentando — responde com firmeza. — Já marquei um horário com o reitor de admissões para discutir a transferência.

— Já?

— Já. Às quatro da tarde do primeiro dia de aula. E se isso não funcionar, eu vou voltar no dia seguinte. E no próximo. E se, ainda assim, eles não me deixarem tentar de novo, eu vou fazer outro filme, então outro, até ter um tão bom que eles precisem ouvir.

O olhar de Hugo é de admiração.

— Eu gostaria de amar alguma coisa da maneira como você ama fazer filmes.

— Você quer viajar.

— Eu quero fugir. Não é a mesma coisa.

Mae dá de ombros.

— Parece o mesmo, no fim das contas.

No quadro acima das portas, o horário do trem deles muda: outro atraso. Hugo dá um longo gole no café, então recosta a cabeça no sofá de couro com um suspiro.

— Eu não consegui escrever o e-mail.

— Bem, por sorte, nós temos mais 34 horas num trem, então...

Ele balança a cabeça.

— Eu não consegui dormir ontem à noite, então tentei recomeçar e só... Tudo pareceu tão frívolo. Não importava o que dissesse, eu sempre acabava parecendo um bobo que não quer se dar ao trabalho de ir à universidade mesmo quando ela está sendo oferecida de bandeja. Eu parecia a pior versão possível de mim mesmo e, honestamente, nem eu tenho certeza...

— É só uma ressaca — diz Mae, e os olhos dele se arregalam.

— Eu não estou... — gaguejou ele. — Eu não...

— Não — explica ela com um sorriso. — Só quero dizer que... Quando eu tenho uma ótima ideia para um filme, é como ficar bêbada. Sabe aquela sensação zonza que a gente tem quando está muito animado sobre alguma coisa? É empolgante porque é repleto de potencial. Mas então você acorda na manhã seguinte e a realidade já bateu. Você começa a se perguntar se a ideia foi realmente tão boa quanto você pensou e, de repente, enxerga todos os buracos no plano, e aquela onda da noite anterior começa a passar. Essa é a ressaca.

— Tudo bem. Eu estou um pouco de ressaca, então.

Uma mulher passando com duas crianças pequenas lança um olhar severo antes de apressar as crianças para longe. Mae e Hugo dão uma risada.

— O que estou dizendo é que só as melhores ideias sobrevivem à ressaca. E eu acho que a sua é uma delas. Não desista sem lutar só porque está com medo.

— Eu não estou...

— Está, sim. E tudo bem. É assustador pensar em fazer algo diferente. Em especial algo desse tipo. Sair por aí sozinho por um ano, deixar sua família para trás, correr tantos riscos. Eu acho que é muito corajoso. Mas não vai simplesmente acontecer. Se é isso o que quer, você precisa fazer sua própria mágica. Colocar tudo em jogo.

Ele inclina a cabeça para um dos lados, com uma expressão difícil de ler.

— Eu faço se você fizer.

— Como assim? — pergunta ela, piscando.

A maneira como Hugo a encara com tanta intensidade faz seu coração acelerar.

— Colocar tudo em jogo.

— Eu não...

— Você deveria aparecer nele.

— O quê?

— No seu filme. Quando você fala assim... Bem, você é um pouco inspiradora. E é disso que seu filme precisa. Não deveria ser só sobre a história das outras pessoas. Deveria...

— Não estamos falando sobre mim — diz ela, corando de repente.

— E não importa o que você pensa que deveria ou não deveria ser. O filme não é seu. É meu.

— Eu sei. Só o que estou dizendo é que você é incrível no que faz, e também é incrível no geral. E eu acho que se o filme fosse um pouco mais pessoal...

Mae fica tensa, sentindo a palavra mandar uma onda de dúvida por seu corpo. Ela semicerra os olhos para Hugo.

— O quê?

— Só que talvez, se ele fosse mais pessoal, teria um impacto maior.

A frase a deixa sem fôlego. Ela o encara por um segundo, tentando não deixar a reação transparecer.

— É literalmente uma coleção de histórias pessoais — diz ela, com a boca seca. — A maioria delas sobre amor.

— Certo. Certo. Mas não é exatamente pessoal para *você*, é? É claro, a essência é um pouco diferente desta vez, mas se você a apresentasse com a sua própria...

— *Desta vez?* — pergunta ela, e ele paralisa. Então seu rosto afrouxa e seus olhos se enchem de pânico, e Mae entende de uma vez tudo o que aconteceu.

Ela relanceia para o computador, então de volta para Hugo, boquiaberta.

— Você assistiu.

Ele engole em seco. A culpa está toda espalhada por seu rosto. Ele nem tenta esconder.

— Me desculpa. Eu só...

Mae se levanta de repente, fazendo o café balançar dentro do copo.

— Eu *disse* — fala ela com a voz severa. — Eu disse que não queria mostrar meu filme para você.

— Eu sei, é só...

— E você foi lá e assistiu mesmo assim?

Seu rosto fica quente quando ela pensa nele assistindo ao filme, incerta se está com mais raiva ou vergonha. De qualquer forma, é como se o chão tivesse desaparecido.

— Eu não consigo acreditar que você fez isso.

Hugo se levanta sem jeito do sofá, parecendo balançado.

— Desculpa — diz ele, um pouco sem fôlego. — Eu só...

— O quê? — retruca ela, então repete: — *O quê?*

— Eu realmente queria assistir.

Ela o encara, pega de surpresa pela honestidade inesperada.

— Por quê? Por que você se importa tanto?

— Porque eu queria saber mais sobre você — diz ele, elevando a voz e fazendo com que dois empresários no sofá atrás deles se virem um pouco, balançando o jornal. Ele toma fôlego para se acalmar antes de voltar a falar. — E achava que o filme poderia ser uma grande peça no quebra-cabeça, mas aí acabou que não era exatamente...

— O quê? — pergunta ela, com um olhar raivoso.

— Nada.

— *Hugo.*

Ele muda o peso de um pé para o outro, olhando para o chão.

— Não sei. Não era uma peça do quebra-cabeça, afinal.

— O que isso significa? — pergunta ela numa voz fria.

Mas algo dentro de Mae está desmoronando porque ela sabe de alguma forma o que ele vai dizer em seguida, como se estivesse esperando por isso desde o primeiro momento da conversa.

— Só que... O filme é incrível. Mas acho que pensei que haveria mais de você nele. — Ele ergue os olhos para Mae. — Achei que fosse mais pessoal, de alguma maneira.

Mae volta a se sentar no sofá, tentando não parecer que acabou de levar um soco no estômago. Mas é como ela se sente. É tão pior vindo dele, o que não faz sentido, porque ele nem sabe o que falou. Não de verdade. Garrett estava sendo crítico, mas Hugo... Ele estava simplesmente procurando por Mae no filme.

E é por isso que magoa tanto. Porque ele não a encontrou.

É como se seu coração, seu coração cauteloso e insuficiente, tivesse sido pisoteado.

Quando ele se senta na outra extremidade do sofá, ela o olha com exaustão.

— Desculpa — repete ele, observando o rosto dela. — Não me dê ouvidos. Eu nem sou muito de filmes. Além disso, só assisti a vinte por cento dele.

— Ótimo — diz Mae. — Então eu só estou vinte por cento irritada com você agora.

Ele parece esperançoso.

— Jura?

— Não!

— Eu não achei que seria nada de mais.

Ela dá uma risada fria.

— Bem, mas é. Pode não ter parecido pessoal para você, mas é *muito* pessoal pra mim. Pensei que estivesse contando uma história com significado. Pensei que estivesse colocando meu coração inteiro ali, e é bem horrível descobrir que não é o suficiente.

— Mae...

— Não — diz ela, balançando a cabeça. — Sabe qual é a pior parte? Você agiu pelas minhas costas. Tipo, como você se sentiria se eu vasculhasse seu celular sem pedir?

— Aqui — fala ele, tirando o aparelho do bolso e empurrando para ela. — Você pode. Você deveria. É justo.

Mae consegue segurar o celular logo antes de ele escorregar para o chão.

— É óbvio que eu não faria isso. Só não consigo acreditar que *você* faria.

— Desculpa — repete ele, desolado. — Eu sou um bobo. Sei disso. Mas eu odiaria se isso significasse...

— O quê?

— É só que... eu gosto de você. — Há uma nota de desespero em sua voz. — Muito. E isso foi estúpido pra caramba da minha parte. Mas eu ficaria arrasado se mudasse alguma coisa entre a gente.

O celular dele, ainda na mão de Mae, emite um alerta, depois outro.

— Eu não sei o que isso tudo é para você — continua ele, com os olhos fixos nos de Mae. — Mas quero que saiba que tem significado para mim. E que a última coisa que eu gostaria é que você perdesse a confiança em mim. Porque eu acho que talvez... — Ele relanceia para o celular quando ele bipa de novo. — Eu sei que parece maluquice, mas eu acho que talvez...

— O quê? — pergunta ela de novo, com mais impaciência desta vez.

Ele dá de ombros.

— Acho que estou me apaixonando por você.

Mae inspira com força, sentindo o coração balançar. Ela o encara, surpresa demais para responder. A distância, ela escuta uma voz anunciando que o embarque para o trem deles vai começar em breve, mas é só quando o telefone de Hugo volta a apitar que ela desvia o olhar do garoto.

— Mae — chama Hugo, mas ela não está mais escutando.

Está ocupada demais lendo o nome na tela. Leva um momento para ela registrar, mas quando o faz, Mae entrega o celular para Hugo.

— É a Margaret — informa, levantando-se para recolher suas coisas. — Ela quer ver você amanhã.

Hugo

A cabeça de Hugo está uma confusão quando eles embarcam no trem. É Mae quem entrega as passagens para serem escaneadas, quem os guia até a cabine, quem reorganiza as malas na estante de bagagem como peças de um quebra-cabeça para que as deles caibam. Ele a segue no automático, chocado com a discussão que acabaram de ter e com sua confissão ao final dela.

Mae nem olha para Hugo, e ele não a culpa.

Ele baixa os olhos para o celular, que continua apertado na sua mão. Margaret escolheu o pior momento possível para mandar uma mensagem. Será que ela tem algum tipo de sexto sentido, ou é só o universo conspirando contra ele?

Hugo não precisa abrir as mensagens para lembrar o que elas diziam. Já estão inscritas no seu cérebro:

Margaret: Adoraria ver você quando chegar a SF. Posso encontrá-lo em qualquer lugar. Precisamos conversar.
Margaret: Estou com saudade.

Ele se esforça para sorrir quando a atendente, uma mulher chamada Azar, passa espremida por ele e volta ao corredor para acomodar os outros passageiros. À porta da cabine, ele observa Mae revirar o interior da mochila. Ela está usando uma calça jeans rasgada e uma camiseta listrada de azul e branco, com o cabelo preso num coque bagunçado, e não fala nada pelo que parece ser uma eternidade. O espaço real entre eles pode ser pequeno, mas, para Hugo, parecem milhões de quilômetros.

A voz do condutor ecoa pelos alto-falantes:

— Se você acabou de se juntar a nós em Denver, seja bem-vindo. Este é o California Zephyr, fazendo paradas a caminho de Emeryville. O café da manhã está sendo servido neste momento no vagão-restaurante, e a próxima parada será Winter Park, Colorado, em pouco mais de duas horas. Aproveitem a viagem, pessoal.

Mae pega a bolsa da câmera.

— Acho que vou subir e fazer algumas entrevistas.

Hugo entende que não foi convidado, mas sente uma onda de pânico ao pensar em Mae indo embora quando ainda há tanto a ser dito. Ela pendura a bolsa no ombro, então o olha com expectativa, esperando que ele saia da frente da porta.

— Me desculpa — diz ele mais uma vez. O trem começa a se mover e a luz do sol entra pela janela. — Eu não deveria ter assistido ao filme. E sobre a outra coisa...

— Hugo.

— Você pode, por favor, me deixar...?

— Podemos fazer isso mais tarde?

— Eu só quero ter certeza de que você saiba que...

— Por favor — diz ela, e algo em seu tom o faz assentir e dar um passo para fora do caminho, com o corpo inteiro zumbindo de arrependimento.

— Tá. Tudo bem.

O braço dela roça no dele ao passar. Hugo quer pegar a mão de Mae e tentar mais uma vez. Em vez disso, com o coração desolado, ele simplesmente se vira e a observa percorrer o curto corredor e subir as escadas estreitas.

Quando ela vai embora, ele se joga numa das poltronas do quarto deles e assiste à paisagem mudar conforme o trem começa a subir as Rocky Mountains. Eles passam por rios, ranchos e campos de gado, superfícies rochosas verticais e riachos pontilhados por pescadores. Tudo ligeiramente irreal, como algo saído de um antigo filme de velho-oeste. De tempos em tempos, a breve escuridão de um túnel os engloba e, por alguns segundos, parece que nunca vai voltar a haver luz.

Em 34 horas, eles estarão em Emeryville, Califórnia, que fica logo do outro lado da baía de São Francisco. No plano inicial, ele chegaria com Margaret, é claro, então passaria algumas noites num hotel perto de Fisherman's Wharf antes de seguir para Stanford. Quando eles terminaram, ele supôs que ela iria direto para Palo Alto, e lhe ocorre nesse momento que talvez a única razão para ela estar em São Francisco é para vê-lo.

Precisamos conversar.

Estou com saudade.

Sem pensar direito, ele desbloqueia o celular e encontra a última foto que Margaret e ele tiraram juntos. Os dois tinham ido passar um dia em Brighton, e ela insistiu que tirassem um selfie perto da água. Mas, ao fazerem isso, uma gaivota deu um rasante tão perto da cabeça deles que ambos gritaram e pularam para longe. Somente as penas da cauda apareceram num canto da foto; o resto foi ocupado pelos dois de boca aberta, meio rindo e meio gritando, com os cabelos louros de Margaret voando para trás conforme ela começava a fugir para fora da foto.

"Cabeça de passarinho", disse ela, balançando o punho com falsa raiva.

Mais tarde Margaret o obrigou a levá-la nas costas porque as sandálias plataforma que ela insistira em usar estavam machucando seus pés. Então reclamou sobre a comida do café onde eles almoçaram, e deu um chilique quando ele se recusou a sair do fliperama até superar seu recorde no Skee-Ball. Os dois estavam tensos ao voltarem para o trem, irritados um com o outro da maneira como sempre pareciam estar ultimamente. Mas então outra gaivota passou, essa bem acima deles, e Margaret franziu a testa e murmurou "Cabeça de passarinho", e isso fez ambos desabarem numa risada de novo.

Ele abre as mensagens.

Ok, digita, então apaga lentamente.

Para sua surpresa, uma chamada de vídeo de Alfie aparece na tela. Quando ele atende, Hugo fica ainda mais impressionado ao ver todos os cinco tentando ocupar um lugar na tela.

— Ei, mano — diz Alfie, seu rosto ficando maior do que de todos os outros. — Só pensei em ligar para ver como você está indo.

Talvez seja a briga com Mae, ou talvez só o fato de que ele nunca passou tanto tempo longe dos outros, mas a imagem de todos os rostos juntos é assoberbante. Para o horror de Hugo, ele sente os olhos se encherem de lágrimas.

— Não vai dar uma de manteiga derretida pra cima da gente — diz George com um sorriso. — Achei que quisesse ser um grande descobridor do mundo.

Isla, parada acima do ombro de George, abre um sorriso radiante para a câmera.

— Ele está com saudade da gente.

— Certo, mas de quem você está com *mais* saudade? — pergunta Alfie. — Tipo, nós queremos um placar.

— Estou com saudade de todos vocês — responde Hugo, sincero.

Poppy empurra Alfie para o lado com o cotovelo, suas tranças box braids balançando ao se aproximar da tela.

— A outra Margaret Campbell está aí?

— É, deixa a gente ver — pede Oscar, esticando o pescoço.

George espia por cima do ombro dele.

— Nós adoraríamos dar um oi.

— Ela está em outro vagão agora — explica ele, tentando manter a voz leve, mas eles o conhecem bem demais, e Hugo vê suas expressões mudarem.

— Por quê? — pergunta Isla com cautela. — O que aconteceu?

— Nada. Está tudo bem. Ou vai ficar.

Poppy fica mais séria.

— Você gosta dela, né?

O instinto de Hugo é rir ou fazer piada, mas ele está exausto demais para fingir.

— É — admite ele. — Gosto.

— Sabia — diz Alfie.

— Sei que é meio estranho para vocês por causa da Margaret — diz Hugo, ainda se dirigindo praticamente só a Poppy —, e não é como se eu tivesse planejado isso. Mas eu só...

— Hugo — chama Poppy, tombando a cabeça para o lado da maneira como sempre faz quando está pensando sobre alguma coisa. — Se você gosta dela, tenho certeza de que ela é ótima.

Ele suspira.

— Ela é. E eu gosto.

— Muito bem, então — fala ela, em um tom profissional. — Seja lá o que você tenha feito, só peça desculpas.

Isla assente.

— Mas não daquela sua maneira agitada e afobada. Fala exatamente o que você fez de errado e seja sincero.

— E conta como você se sente em relação a ela também — sugere Oscar, do nada. Todos se viram para ele, surpresos, mas ele só sorri. — O que foi? Acho importante ser honesto.

— E se não funcionar? — pergunta Hugo, com a voz um pouco embargada.

— Vai funcionar — afirma Poppy e, por mais que ela não tenha como saber, há algo tão tranquilizador na frase que ele apenas assente.

— Tá bom — diz Hugo. — Valeu.

— Depois conta como foi — pede Isla, e os outros concordam com a cabeça. Todos menos Alfie, que pigarreia de maneira exagerada.

— Sabe — começa ele —, essa ligação não tinha bem o objetivo de ser uma sessão de terapia em conjunto. Nós estamos ligando para contar que marcamos um horário com a universidade amanhã.

Hugo franze a testa.

— Por quê?

— Para dizer a eles que somos um por todos e todos por um — responde George.

Quando Hugo só o encara, sem entender, ele dá de ombros.

— Se eles não vão deixar você tirar um ano sabático, então nenhum de nós vai pra lá.

— O quê? — pergunta Hugo, chocado demais para pensar em qualquer outra coisa. Ele segura melhor o celular e olha para Alfie, que parece bastante satisfeito consigo mesmo. — Alfie, eu pedi para você não contar!

— Ah, e você não sabia que eu tenho a língua solta? — responde Alfie, dando de ombros. — Além do mais, foi ideia do George.

George dá um sorriso culpado.

— Olha, se essa família fosse um bolo...

— Sério? — diz Poppy, revirando os olhos.

— Eu posso ser o açúcar nessa metáfora? — pergunta Alfie.

— Nossa, agora me bateu uma fome — comentou Oscar.

— Só o que estou dizendo — continua George — é que eu gosto quando estamos todos juntos. Mas também quero que você seja feliz. E dá pra ver que você está. Então nós queremos ajudar.

Hugo pisca algumas vezes, perigosamente à beira das lágrimas.

— Isso é... — Ele balança a cabeça. — Isso é incrivelmente generoso. Mas não posso deixar vocês fazerem isso.

— Tá tudo bem — garante Oscar. — Nós só vamos blefar.

— Se eles disserem que não, a gente vai deixar pra lá — explica Isla. — Não é como se tivéssemos outras opções a essa altura, e nós realmente queremos ir pra lá. Mas imaginamos que uma demonstração de solidariedade possa ajudar sua situação.

Hugo balança a cabeça.

— E se eles levarem a sério?

— Vamos dar um jeito — diz Alfie. — Mas vale a tentativa, né?

Hugo tenta imaginar a cena: os cinco marchando para dentro do escritório do conselho, apresentando suas demandas, argumentando a seu favor. Todos eles o olham com expressões diferentes: Poppy está determinada e George protetor; Isla está preocupada e Oscar interessado, o que é um elogio gigantesco vindo de Oscar. Alfie, é claro, está só estufado de orgulho pela boa ação que está fazendo. Hugo sempre fora capaz de ler seus irmãos melhor do que qualquer um, e sabe que, para cada um, isso é uma expressão de amor. Mas também sabe que não pode deixá-los seguir com esse plano.

— Vocês são todos incríveis — diz ele, com a voz repleta de sinceridade. A verdade é que ele se sente um pouco mal com tudo isso. — E essa oferta significa o mundo pra mim. Mas não é trabalho de vocês resolver a minha situação.

— Não tem problema nenhum — afirma Isla. — De verdade.

Poppy assente.

— Nós só queremos que você seja feliz.

— Eu vou ser — garante Hugo. — Não me importo de ir pra casa. Não de verdade. Vou viajar no próximo verão, em vez disso. Ou nas férias. Vai ficar tudo bem.

— Palhaçada — diz Alfie. — Você quer ficar. Você sabe que quer. Então por que não nos deixa tentar?

— Não — declara Hugo com mais firmeza. — Só... Por favor, não façam nada. Eu amo vocês por terem oferecido, mas está tudo bem.

Isla o olha com ceticismo.

— Acho que você deve ter batido o recorde da maior quantidade de vezes que alguém já disse *tudo bem* numa conversa.

A conexão falha, congelando os rostos na tela. Então, com a mesma rapidez, eles voltam a se mexer.

— Hugo? — chama Poppy. — Acho que estamos perdendo você.

Ele força um sorrisinho.

— Nunca.

— Acho que ela estava falando do sinal, mano — diz Alfie, e tanto Poppy quanto George se aproximam para socá-lo.

— Eu sei — afirma Hugo quando a imagem pisca de novo. — Olha, é melhor eu ir. O serviço é meio instável entre as estações. Mas obrigado de novo. Sério. Vocês são os melhores.

— Mas eu sou melhor que os outros, né? — brinca Alfie.

Hugo ri.

— Não. Você está empatado com os outros quatro. Nos vemos em alguns dias.

— Não vai ser tão ruim, Hugo — garante Poppy, mas antes que ele consiga descobrir a que parte ela está se referindo (ao pedido de desculpa para Mae ou ao fim da viagem, à volta para casa ou ao começo da universidade), o vídeo é cortado.

Tem um pontinho de sujeira na janela. Hugo fica o observando subir e descer enquanto eles passam por campos de cavalos e gado, ovelhas e cabras. Num cruzamento, um rancheiro se inclina para fora da picape para ver o trem passando ruidosamente, e um campo de flores selvagens ondula ao vento às suas costas.

Depois de alguns minutos, ele guarda o celular no bolso e se levanta.

Mae está no vagão de observação, sentada sozinha em uma das mesas. Sua cabeça está inclinada sobre a câmera quando ele senta no banco do reservado à sua frente.

— Esse lugar é do Sr. Bernstein.

— Quem?

— Sr. Bernstein. Estamos no meio da entrevista. Ele estava me contando agora mesmo sobre como pediu a esposa em casamento antes de partir para o Vietnã.

— Para a guerra?

— Não, de férias. — Ela ergue o olhar para ele. — Brincadeira.

— Escuta — diz ele —, eu sinto muito pelo que aconteceu mais cedo.

Ela o olha com firmeza.

— Qual parte?

— Todas.

— Você não precisa sentir muito sobre Margaret, sabe? — diz ela, mexendo nas lentes da câmera. — Você tem todo o direito de vê-la. Tem muita história envolvida e...

— Eu sei — concorda ele. — Mas eu *sinto muito* pelo filme. Não deveria ter assistido. Ponto final. Eu quebrei sua confiança, o que é uma coisa horrível de se fazer. E também sinto muito sobre...

— Hugo.

— Olha, eu sei que provavelmente não deveria ter dito daquele jeito. Mas quero que saiba que não foi um erro. É como eu me sinto. Eu gosto de você, Mae. Muito. Esta semana tem sido incrível por sua causa e eu juro...

Ele para de repente e ergue o olhar para o senhor de calças apertadas demais que assomou sobre ele do nada.

— Você deve ser o assistente de direção — fala o Sr. Bernstein, apertando sua mão. — Também vai fazer perguntas?

Hugo se pega assentindo.

O Sr. Bernstein parece satisfeito.

— Bem, o que gostaria de saber?

— Eu gostaria de saber — começa Hugo, então volta a olhar para Mae — se você se sente do mesmo jeito.

— Sobre o quê? — pergunta o Sr. Bernstein, claramente confuso.

Mas ambos o ignoram. Mae está encarando Hugo, cujo coração se alojou em algum lugar próximo à garganta. Ele crava as unhas na palma da mão enquanto espera que ela diga alguma coisa. Mas sua expressão é indecifrável.

Um ano parece se passar.

Então outro.

Ai, meu Deus, pensa Hugo. *O que foi que eu fiz?*

O Sr. Bernstein continua os observando, e Hugo sente o rosto esquentar. Embaixo deles, o trem sacoleja ao avançar mais para dentro das montanhas vermelhas e irregulares, que se erguem de ambos os lados como a paisagem de algum sonho estranho e distante.

E talvez seja isso o que essa coisa toda seja: um sonho.

Talvez chegar ao destino não vá ser diferente de acordar.

A cada segundo que se passa, ele tem mais e mais certeza de que isso foi um erro terrível, um desastre colossal, uma ideia absolutamente sem noção.

Mas então o pé dela encontra o dele embaixo da mesa e, quando Hugo ergue os olhos, Mae está sorrindo.

Seu coração volta a relaxar, feito uma rolha soltando de uma garrafa, e ele se sente tão inundado por alívio que precisa fazer de tudo para não desmoronar. Ele ergue as sobrancelhas para ela, e ela assente, um movimento tão suave que seria difícil de perceber se você não o estivesse esperando.

Hugo dá um sorrisinho para ela por cima da mesa.

— E aí, nós vamos fazer isso ou não? — pergunta o Sr. Bernstein, olhando de um para o outro, e Mae ri, ainda encarando Hugo.

— Parece que vamos fazer isso — responde ela.

Mae

— Sua vez — diz ela quando eles voltam à cabine depois do jantar.

Eles estão em Utah agora, e o céu está claro, transformando as montanhas ao redor em silhuetas. Hugo pressiona a testa contra a janela e olha para baixo, onde um rio estreito corre placidamente ao longo do trilho.

Ele se vira, surpreso.

— Sério?

— Sério.

— Mas achei que você não quisesse que eu fizesse parte disso.

Ela o analisa por um momento, os olhos castanhos e o cabelo escuro, a maneira como sua boca está retorcida de modo a só revelar uma covinha. A gola da camiseta dele está torta e, por alguma razão, isso faz seu coração bater mais forte. Ela se inclina para ajeitá-la, deixando seus rostos próximos, fazendo os dedos roçarem no pescoço dele, então, incapaz de se conter, Mae lhe dá um beijo rápido antes de voltar a sentar.

— Mudei de ideia — diz ela.

A boca de Hugo se retorce para o outro lado.

— Mas por quê?

— Não sei. Acho que quero escutar suas respostas.

Não é exatamente verdade, mas também não é exatamente mentira. E isso o faz sorrir.

— Bem, o Sr. Bernstein vai ser difícil de superar — fala ele. — Assim como aquela professora... June? Ela quase me fez chorar.

— Quase? — pergunta Mae.

E Hugo estende o braço para enlaçar sua cintura, rindo ao puxá-la para o assento dele. Ela fica equilibrada de um jeito esquisito, meio no colo dele e meio inclinada para o lado, mas não importa porque ele a está beijando, desta vez com um tipo de intensidade desesperada. Quando, depois de alguns minutos, eles se separam, ambos com a respiração acelerada, ele se inclina para a frente e dá um último beijo na ponta do nariz dela.

— Então — fala ele, abrindo espaço para ela, deixando os dois sentados ombro a ombro numa poltrona feita para uma pessoa. — Vinte e uma horas para São Francisco.

Mae sente o ar escapando dos pulmões com um assovio. De repente, isso não parece nem perto de muito.

— Então mais dezesseis horas até eu partir para Los Angeles — completa ela.

— E depois mais 24 até eu voltar para a Inglaterra.

Ela descansa a cabeça no ombro de Hugo, que apoia o queixo em seu cabelo.

— Não é o suficiente.

— Não — concorda ele com a voz pesada —, não é.

Ela olha além dele para onde as últimas poucas nuvens ralas estão entremeadas de dourado. Utah, então Nevada, então Califórnia. Ela mal pensa no fato de que vai começar a faculdade na semana seguinte, que tudo o que precisa fazer é atravessar alguns poucos estados e seguir ao sul pela costa até chegar lá, no lugar onde passará os próximos quatro anos.

"Seu mundo vai ficar tão grande", tinha dito a avó antes de ela partir, e Mae se impressiona com quanto ele já cresceu, com Hugo ao lado dela e o gigantesco céu do oeste se estendendo diante deles.

Os dois passaram o dia todo fazendo entrevistas. Agora sua cabeça está cheia de histórias, todas vibrando loucamente. Mae mal pode esperar para juntar todas elas, todas essas vidas que se cruzaram enquanto eles serpenteavam ao longo do país por diferentes motivos.

No entanto, ela estava mentindo sobre Hugo.

Não é que tenha mudado de ideia sobre entrevistá-lo. Ela continua não achando que ele pertence ao filme. É outra coisa. Algo mais importante.

O pensamento lhe ocorreu mais cedo, quando ele estava sentado do outro lado da mesa no café do trem, com o rosto tenso ao esperar pela resposta a uma pergunta que ele não tinha realmente conseguido formular direito. Mae se deu conta de que, não importa o que aconteça nas próximas 21 horas num trem, e depois nas dezesseis horas em São Francisco, eles vão precisar dizer adeus no fim.

E ela vai sentir saudade dele.

Não parece uma palavra grande o suficiente, mas é tudo o que há: ela vai sentir saudade. Mesmo agora, e de maneira improvável, parece que um buraco começou a se abrir no peito dela. Então Mae decidiu que quer levar alguma coisa consigo. Se não pode ficar com ele inteiro, Mae quer pelo menos tentar capturar um pedacinho minúsculo.

— Como isso funciona, então? — pergunta Hugo, notando que ela está de olho na câmera, posicionada na prateleira do lado da outra poltrona. — Eu vou responder às mesmas perguntas de todo mundo? Ou vou ganhar perguntas especiais porque sou tão...

— Chato? — pergunta ela com um sorrisinho.

Ele bate com o ombro no dela.

— Eu ia dizer adorável. Mas pode ser.
— Você vai responder às mesmas perguntas de todo mundo.
— Sabe, se eu estivesse entrevistando você...
— O que não é o caso.
— ... eu nunca faria as perguntas padrão.
— O que você perguntaria?

Ele pensa um pouco.

— Eu perguntaria qual foi o melhor conselho que sua avó já te deu.
— Ela disse que eu deveria tentar conhecer um garoto bonitinho no trem — responde ela, e Hugo dá uma risada.
— Disse mesmo? — pergunta ele, incrédulo.

Mae assente.

— Bem, ela parece extremamente esperta. Eu com certeza iria querer ouvir mais sobre ela. E sobre os seus pais também.
— O que tem eles?
— Como eles são? Como se conheceram? Como foi crescer com dois pais?

Ela está prestes a responder o que sempre responde quando fazem essa pergunta: "Foi uma sorte. A maior sorte do mundo. Porque meus pais são os melhores."

No corredor, uma porta se abre e várias vozes se misturam. Mas ali dentro está silencioso, apenas o som da respiração deles e o rugido do trem abaixo de tudo. Eles poderiam estar em qualquer lugar e em lugar nenhum, mas, de alguma maneira, se encontraram ali.

Subitamente Mae sente-se grata por tudo: pela passagem extra e pela forma como ela os uniu apesar de tudo, pela grandeza do mundo e pela improbabilidade de um momento como esse.

Hugo a observa com um olhar tão carinhoso que ela se lembra das palavras de Priyanka. *"É como o sol"*, dissera ela, *"no sentido de que torna tudo mais vivo e alegre."*

Mae também se lembra da própria fala.

Você pode se queimar.

Mas ela não se sente assim nesse momento. Nem um pouco.

Mae abre um sorriso triste para Hugo.

— Foi difícil algumas vezes.

— Tenho certeza.

— Não por causa deles. Eles são os melhores. Mas é uma cidade pequena e eu era a única com pais gays. — Ela dá de ombros. — As pessoas podem ser babacas, sabe?

— Sei bem, na verdade — responde Hugo, sério. — Apesar de que você parece bem equipada para lidar com esse tipo de coisa.

— Talvez. Mas ainda pode machucar. Eu me lembro de uma vez em que meu pai foi me buscar na escola. A secretária nova não queria me deixar ir embora com ele porque nós não temos o mesmo sobrenome. Foi horrível. Não importava que fosse o meu nome do meio, ou que nós fôssemos iguaizinhos, ou que ele já tinha me buscado um milhão de vezes antes daquele dia. Ela não cedia. Então a gente simplesmente teve que ficar esperando no escritório dela, ambos morrendo de raiva, até Papi vir nos buscar. — Ela balança a cabeça. — Outra vez, eu estava no parquinho com Papi e um garoto se aproximou e disse que ficou sabendo que ele não era meu pai "de verdade". Como se biologia fosse a única coisa que contasse.

— O que você fez? — perguntou Hugo, com os olhos arregalados.

— Dei um soco na barriga dele — respondeu ela com um sorrisinho. — Eu só tinha seis anos. Nem sempre fui tão calma, tranquila e controlada quanto provavelmente deveria ter sido.

— Pode ser difícil ignorar essas coisas.

Ela assente.

— Você e seus irmãos eram muito zoados na escola?

— Não tanto. O fato de sermos seis ajudava. Mas você deveria ver a seção de comentários no blog da minha mãe. — Ele assobia e balança a cabeça. — Se você alguma vez se perguntou onde a galera racista, sexista e antigramática gosta de passar o tempo, não precisa procurar mais.

— Que horrível — comenta Mae, assustada, mas ele só dá de ombros.

— Minha mãe não se abala mais tanto por eles, nem a gente. Não que eu fosse recusar socar alguns deles na barriga. Mas é mais fácil de ignorar do que na vida real.

— É, mas eles ainda estão por aí.

— Eles ainda estão por aí — concorda ele, afundando o nariz no ombro dela.

Mae pega uma das mãos dele e começa a traçar as linhas da sua palma, sentindo uma onda de prazer quando ele a vira e segura a mão dela dentro da sua.

— E quanto ao blog? — pergunta ela. — Você lê?

Ele ri.

— Não se eu puder evitar.

— Eu gostei do post sobre como você e Alfie...

— O quê? — Ele solta um grunhido. — Você leu?

— Bom, eu não diria que sou uma leitora assídua nem nada assim, mas eu precisava fazer meu dever de casa sobre você.

Ele balança a cabeça, mas uma de suas covinhas aparece, então ela sabe que ele está entretido.

— Qual foi o post? Alfie e eu nos metíamos em bastante confusão quando éramos pequenos.

— A história sobre como vocês fugiram para Londres.

— Certo — diz Hugo, cruzando os braços sobre o peito. — Isso foi ideia do Alfie.

Ela esperava que ele fosse rir. Em vez disso, Hugo assumiu uma expressão grave.

— O que foi? — pergunta ela, e ele suspira.

— Eles me ligaram mais cedo, quando você estava fazendo entrevistas. Alfie contou aos outros sobre o e-mail da universidade, e todos estavam planejando defender o meu caso amanhã. Até o George.

— Uau — fala ela, sorrindo. — É muito legal da parte deles.

— Eu falei para eles não seguirem com o plano.

Ela assente.

— Imaginei.

— Não quero que arrisquem a própria bolsa — explica ele, coçando os olhos. — E, honestamente, não posso deixar que lutem as minhas batalhas. Não mais.

— Concordo — diz Mae, olhando-o com cuidado. — É por isso que acho que você deveria lutar por conta própria.

— Um e-mail não vai mudar nada — argumenta ele num tom impaciente o bastante para sinalizar que não quer discutir. — Sei que você acha que eu estou de ressaca, mas não estou. A verdade é que eu estava bêbado antes. E agora estou sóbrio.

— Tudo bem, mas...

— Não teria funcionado. — Ele se levanta abruptamente, deixando Mae sozinha na poltrona. — Eu não falei com meus pais nem fiz qualquer pesquisa. Também não verifiquei minha conta bancária. E agora o conselho acha que eu não quero estudar lá, e estou com medo de Alfie e os outros irem falar com a universidade mesmo assim e perderem as bolsas. Essa coisa toda é simplesmente...

— Hugo.

Ele comprime os lábios.

— Foi uma ideia idiota.

— Às vezes elas são boas para você — argumenta Mae, sorrindo ao pensar na avó. Mas Hugo continua com os lábios apertados numa linha reta. — E aí? Você vai simplesmente voltar pra casa no fim da viagem?

— Sim — diz ele, sentando-se na poltrona oposta. — Eu vou simplesmente voltar pra casa no fim da viagem.

Eles se encaram, insatisfeitos. Um silêncio tenso paira entre os dois até Hugo finalmente apontar para a câmera.

— Perdemos um pouco o fio da meada com essa entrevista, né? — pergunta ele com a voz cheia de esforço. Quando ela não responde, ele se inclina para a frente e tamborila na mesinha. — Devo perguntar sobre algum assunto menos controverso?

— Tipo o quê?

— Não sei. — Ele abre um sorrisinho. — Ex-namorados?

Mae lhe lança um olhar.

— Como assistente de direção, meu trabalho é conseguir a entrevista mais completa possível — justifica Hugo.

— Não era eu quem deveria estar entrevistando *você*?

— Você realmente não vai me contar?

— Sinceramente — responde ela —, não tenho muito a contar. Eu estava saindo com uma pessoa durante o verão, mas não era nada sério. Nada tipo...

Ela para, envergonhada. Mas o rosto de Hugo se ilumina tão depressa e com tanta intensidade que ela não consegue evitar sorrir também.

— Houve alguns antes — continua ela, ainda distraída pelo brilho no olhar de Hugo. — Mas nenhum deles significou qualquer coisa. Acho que talvez tenham significado na época, mas não mais. Eram só divertidos.

Ele ergue as sobrancelhas.

— E agora?

— Agora não tem diversão alguma — declara ela.

Aquilo tinha a intenção de ser uma piada, mas Hugo lhe lança um olhar magoado. Mae leva alguns segundos para absorver o real significado do comentário.

Não tem diversão alguma, percebe ela, porque está prestes a acabar.

Hugo

Estava muito escuro para filmar a entrevista na noite anterior. Quando eles terminaram de conversar, o sol já tinha deslizado completamente para trás das montanhas, deixando o vidro da janela de um tom roxo-escuro.

— Se eu tivesse pelo menos uma luz decente comigo — murmurou Mae ao tentar encontrar um bom ângulo com a câmera. Depois de um tempo ela desistiu e, conforme o trem seguia pela paisagem crua de Utah, eles passaram as últimas horas na total escuridão, deitados juntos na cama de baixo, assistindo a um filme italiano chamado *Cinema Paradiso* no celular de Mae.

— É triste ou feliz? — perguntou Hugo enquanto eles se ajeitavam.

— Os dois — respondeu ela, e estava certa.

Durante a sequência de beijos, Hugo deu uma olhada e notou que Mae estava chorando.

— Tá tudo bem? — sussurrou ele, e ela assentiu.

— Essa é a parte preferida da minha avó.

— A minha também — disse ele, puxando-a para perto.

E eles adormeceram assim.

Mas agora é manhã, o que significa que está na hora. Eles já tomaram café e suas camas foram dobradas de volta em formato de poltrona — esta é a última vez que irão realizar esse "truque de mágica" em sua cabine.

Estão em algum lugar perto do topo de Nevada. Tudo lá fora é de um tom laranja terroso vívido, uma cor que Hugo nunca viu, com uma ocasional montanha acidentada se erguendo do solo. O sol ainda está subindo e, de acordo com Mae, a luz está perfeita.

— Só um minuto — diz ela, e Hugo se recosta, contente em observá-la trabalhar.

É adorável a ideia de ser entrevistado por ela. Muito melhor do que as entrevistas que precisará dar no futuro, nas quais ele vai se sentar com repórteres representando desde o jornal dos alunos ao *Sunday Times* e lhes fornecer uma versão descomplicada de si mesmo, aquela que é simplesmente grata pela bolsa de estudos, feliz em estar com seus irmãos e empolgada sobre tudo o que está por vir.

Não será uma mentira, porque ele sente todas essas coisas.

Mas também não vai ser exatamente verdade.

Quando Mae está finalmente pronta — a câmera estabilizada num tripé improvisado construído com um par de tênis e uma escova de cabelo —, ela se senta inclinada para a frente e olha bem nos olhos de Hugo.

— Então.

— Então — repete ele —, você provavelmente quer saber como é possível alguém ser tão bonito.

Ela ri.

— Não exatamente.

— Como alguém pode ser tão charmoso, então?

— Eu quero saber qual é o seu maior sonho — explica ela, baixando os olhos para a câmera, e Hugo usa esse momento para se recompor.

— Certo. Bem, você meio que já sabe.

Mae olha para Hugo como se ele fosse burro.

— É, mas agora tem uma câmera.

— Sim. Certo. Ok. — Ele engole com dificuldade e encara as lentes. — Bem, eu nunca tive um sonho de verdade. Tudo era apresentado para mim de certa maneira, e nunca me ocorreu que as coisas pudessem ser diferentes. Mas então eu entrei neste trem e tudo mudou. — Ele relanceia para a terra tostada pelo sol do lado de fora. — É como se eu estivesse vivendo num mapa durante a vida toda e só tivesse percebido agora que o mundo na verdade é um globo. E, mesmo que eu precise voltar, agora eu sei disso. Não tenho como deixar de saber.

Mae ergue os olhos para encontrar os dele, mas não diz nada.

— Estou começando a reparar que muita gente não investe muito em sonhos. As pessoas pensam neles como se fossem planetas distantes que elas nunca esperam alcançar de verdade. O objetivo era que eu saísse da minha vida por uma semana, mas essa é outra coisa que ninguém conta: uma vez que você chega lá, nunca é o bastante. Sempre há mais planetas para ver. — Ele sorri e balança de leve a cabeça. — Isso faz parecer que meu sonho é ser astronauta, né?

Ela sorri para ele.

— Eu espero que você os veja um dia.

— Eu também — concorda Hugo.

— Então, qual é o seu maior medo? — pergunta Mae, e ele sente o coração dar um solavanco, como se tivesse sido puxado com uma corda.

Ele tem muitos medos. Demais para contar.

Mas naquele momento, bem naquele momento, seu maior medo é dizer adeus a ela.

Em vez disso, Hugo responde:

— Tubarões.

Mae revira os olhos para ele.

— Ah, vai. Com quantos tubarões você já se deparou na Inglaterra? Me dá alguma coisa real.

Ele pensa um pouco, ainda com o coração agitado.

— Tenho medo de não ser o bastante sozinho — responde Hugo finalmente. — Eu amo ser um sêxtuplo, de verdade. Pode ser legal fazer parte de um bando, sempre ter alguém por perto, saber que nos apoiamos em qualquer situação, compartilhar experiências de uma vida toda. É incomum, eu acho, ter irmãos que se conhecem tão bem. E pode ser realmente incrível. Mas eu não quero só ser um sexto de alguma coisa durante a minha vida inteira também. É por isso que esta semana significou tanto para mim. E por que eu não queria que ela precisasse acabar.

Hugo fecha a boca, sem saber o que mais dizer. É estranho falar com Mae e com a câmera ao mesmo tempo. Ele não sabe onde a entrevista acaba e a conversa entre eles começa, quais partes são públicas e quais são particulares.

Mas ela só assente e passa para a próxima pergunta:

— O que você mais ama no mundo?

— Eu amo... — começa ele, sentindo-se perigosamente perto de adicionar a palavra *você*.

Ele se distrai com a ternura dos olhos de Mae e a maneira como ela o olha, pelo sol que ainda nasce do lado de fora da janela, pela impossibilidade de estar ali (em Nevada, de todos os lugares) com essa garota que ele conhece há tão pouco tempo, mas que mal aguenta pensar em perder.

— Eu amo... — repete ele, então bate com os nós dos dedos na janela. — Isto.

— O trem?

— Sim — diz Hugo. — E a janela. E a vista. É de pirar a cabeça, não é? Estar tão longe da vida real. Ver tantas coisas inteiramente novas. — Ele balança a cabeça, maravilhado. — Eu amo os meus pais, mesmo quando não os amo. E eu amo meus irmãos e irmãs, mesmo quando eles parecem pessoas demais. Amo meus amigos da escola e minha ex-namorada e meus professores, mesmo os que costumavam me dar bronca por sonhar acordado. Amo meu quarto em casa, mesmo quando Alfie volta do rúgbi e seus pés fedem. Amo os livros da minha mãe, mesmo que eles sejam constrangedores. Amo esta viagem e a maneira como ela aconteceu, e o fato de eu poder estar aqui com você. Amo o que esta viagem me fez perceber sobre mim mesmo. E que faísca acendeu dentro de mim. Mas, mais do que tudo, eu amo isto.

Mae segue o olhar dele até a janela de novo, então desliga a câmera.

— Escuta, você precisa escrever aquele e-mail, tá?

— Eu já falei...

— Não importa. Você precisa contar tudo isso a eles.

Eles deixaram o último deserto para trás agora, e o trem desacelera ao subir as montanhas. Em pouco tempo eles avistam florestas densas de pinheiros e, a distância, áreas de neve remanescente.

O que significa que estão quase lá.

— Você não fez a última pergunta — fala Hugo.

Mae sorri para ele, mas não volta a ligar a câmera.

— Achei que você fosse só responder "pizza".

— Que tipo de ser humano compararia amor à pizza? — pergunta ele, esperando que ela fosse rir.

Mas, em vez disso, Mae o olha com seriedade.

— Alguém que não sabe muito sobre o amor.

A família hospedada na cabine vizinha passa ruidosamente pelo corredor, as vozes das crianças menores ecoando pelo trem. Quando se afastam, Hugo se inclina para a frente e apoia os cotovelos na mesinha bamba entre eles.

— Na verdade — começa ele, com um sorrisinho —, eu *ia* dizer "pizza".

Ela joga uma caneta em Hugo, que abaixa.

— Não ia nada.

— Eu ia — garante ele, por mais que não seja exatamente verdade.

Aquela pergunta ficou na sua cabeça a semana inteira, durante cada entrevista e as horas passadas com Mae, mas ele não foi capaz de chegar a uma resposta que capturasse o significado. A verdade é que o amor não é só uma palavra. Ao menos não para ele. Ele representa coisas diferentes para pessoas diferentes.

Com Margaret, o amor era como um cobertor, quase sempre quentinho e reconfortante, mas de vez em quando áspero e, perto do final, um pouco desfiado também.

Seus pais não têm nada perto de uma palavra. Em vez disso, quando pensa neles, o que Hugo imagina é o batente da porta da cozinha onde os dois marcam a altura dos filhos todo ano. É tão lotada de riscos e iniciais que a maioria das visitas supõe que as crianças rabiscaram ali quando eram mais novas. Para Hugo, no entanto, aquilo mede mais do que simplesmente a altura deles.

Para Alfie, a palavra é "amigo", que, de alguma maneira, é maior do que qualquer um dos títulos nos quais ele também poderia se encaixar: "irmão", "parente", "família". Isla é "conforto" e George é "estabilidade", os gêmeos guardiões do pequeno bando. Para Poppy, que é sempre a mais animada, é "risada". E Oscar odiaria ter uma palavra. Ele preferiria sem dúvidas alguma linha de código que mais ninguém conseguiria entender.

Os seis como uma unidade precisariam ser uma palavra totalmente diferente, é claro, e com certeza já houve muitas para descrevê-los ao longo dos anos. Mas eles não precisam sempre ser considerados uma unidade. Hugo entende isso agora mais do que nunca.

Ele não tem uma palavra para Mae ainda. A própria proximidade dela torna impossível pensar em qualquer palavra às vezes. Nesse momento ela é mais um sentimento, e isso é impossível de ser descrito.

— Pizza — repete ele. — Definitivamente pizza.

Ela balança a cabeça com exasperação fingida.

— Beleza, tudo bem. Então por quê?

— Porque — diz ele, dando de ombros — é quentinho e reconfortante.

Isso a faz rir.

— Certo. Não posso discordar. O que mais?

— E é sempre delicioso.

— E?

— Tem muitas opções. Todo mundo pode ter sua própria versão.

— E?

Ele pausa por um momento, pensando.

— E eu sempre achei incrível — fala ele, sentindo uma gargalhada subir borbulhando pelo seu corpo sem qualquer motivo exceto que ele está feliz agora, tão feliz que parece um sentimento grande demais para conter. — Mas, para ser honesto, eu não sabia quão incrível ele era até esta semana.

Alguns segundos mais tarde, alguém bate à porta. Quando Azar enfia a cabeça para dentro para perguntar sobre o almoço, os dois ainda estão sentados na mesma posição, sorrindo um para o outro, perdidos num universo só deles. Hugo quase sente como se estivesse embaixo da água e, ao olhar para a porta, tudo parece lento, como se fosse um sonho.

— Última refeição — diz Azar, fazendo Hugo rir.

— Vai ter pizza?

— Não no vagão-restaurante — responde ela. — Mas acho que eles têm daquelas congeladas na lanchonete. Não devem ser muito ruins.

— Não existe esse negócio de pizza ruim — afirma Hugo. — O que acha?

Mae está sorrindo para ele, o que é um alívio. Porque, nesse momento, Hugo não tem qualquer interesse no vagão-restaurante. Ele não quer bater papo com estranhos nem entrevistar ninguém. Ele não quer falar sobre o tempo ou escutar os planos das pessoas para o período que vão passar na Bay Area.

Ele só quer ficar com Mae, sozinhos no seu próprio cantinho do trem.

— Pizza, então — decide ela, com os olhos brilhantes.

Eles comem com bandejinhas de papelão na frente das enormes janelas curvas do vagão de observação. Numa ponta, um historiador faz um monólogo sobre a Caravana Donner. Na outra, um grupo de mulheres morre de rir com alguma coisa, suas explosões de gargalhadas dando ao vagão inteiro uma sensação alegre.

— Então... — diz Mae ao terminar a pizza.

Seus tênis estão apoiados sobre a beira da janela, seus joelhos dobrados próximos ao peito. Abaixo deles, as montanhas cobertas de verde deram lugar a um cânion, que passa a sensação de que eles poderiam cair da beirada a qualquer minuto. Deveria ser assustador, mas não é.

É eletrizante estar na beira de toda aquela quietude.

— Então — repete ele.

— Você vai se encontrar com ela?

Hugo não finge que não sabe de quem Mae está falando.

— Acho que sim — responde ele. — Acho que talvez ainda tenhamos coisas a dizer um ao outro.

— Faz sentido — concorda Mae, e não há qualquer malícia em sua voz. Nenhum sinal de irritação ou ciúmes. — Acho que você deveria.

Eles estendem os braços ao mesmo tempo, roçando as mãos no espaço entre os assentos, atrapalhando-se por um momento antes de conseguirem se segurar.

— Ei, como eles decidiram qual seria o seu último nome? — pergunta Hugo. — Seus pais.

Mae o olha com surpresa.

— Eles tiraram no cara ou coroa. Não curtiam muito aquela coisa de juntar os dois nomes com hífen. Por quê?

— Porque eu estava pensando... Se a moeda tivesse caído do outro lado, nós nunca teríamos nos conhecido.

Ela sorri e aperta a mão dele um pouquinho mais.

— Acho que é verdade.

— Enfim — diz ele, voltando a olhar pela janela.

— Enfim.

— Só mais umas duas horas agora.

— Então dezesseis em São Francisco. O que será que a gente faz?

— Bem, eu ouvi dizer que tem uma ponte...

Ela ri.

— E o nosso hotel é bem do lado de Fisherman's Wharf. Então a gente tem que ir lá.

— Ah, sim. Vamos dar oi para os leões-marinhos com certeza.

— E comer frutos do mar também.

Ele franze o nariz.

— Mas não com os leões-marinhos.

— Não, acho que num restaurante.

— E depois? — pergunta Hugo, porque eles entraram num túnel e tudo está escuro, e parece o momento certo para finalmente fazer a pergunta.

— E depois eu vou para Los Angeles — responde ela com a voz baixinha. — E você vai...

— Para casa — completa ele suavemente.

E as palavras parecem pairar entre eles por um momento, um soco no estômago, um lembrete, um relógio tiquetaqueando. De uma vez só, a luz volta a invadir o trem e Hugo olha para suas mãos entrelaçadas.

— É isso?

Ela mordisca o lábio, buscando uma resposta.

— Sinceramente — diz depois de alguns segundos —, eu não sei.

Os pinheiros do lado de fora são um borrão verde, e o mundo está passando rápido demais.

— Nem eu — admite Hugo, e os dois ficam em silêncio por um longo período.

— Cookies — diz Mae finalmente. — Acho que precisamos de cookies, não acha?

Hugo a observa descer as escadas que levam ao café antes de voltar a olhar para a janela, inquieto. Eles não estão longe de Emeryville. Depois vai ter a viagem de ônibus para São Francisco. E depois o quê? Ele decide que vai encontrar com Margaret amanhã, depois que Mae já tiver partido. Não quer desperdiçar nem um pouco do tempo que eles ainda têm, não quer que as duas coisas se misturem de jeito nenhum. Mae e ele vão tomar sopa de amêijoas em frente à baía, caminhar pelas montanhas e admirar a vista. E então vão passar uma última noite juntos antes de dizer adeus.

O celular dela começa a vibrar na beirada da janela. Hugo o pega para que não caia. É uma ligação de casa, e ele encara a tela até ela escurecer de novo. Mas, um segundo depois, chega outra ligação. Então outra. E mais uma.

Ele agarra o celular, com os nervos vibrando na mesma rapidez.

Um minuto mais tarde, uma mensagem do pai de Mae aparece na tela.

Papai: Ligue assim que puder. Bjs.

Hugo sente o coração afundar, porque ninguém liga tantas vezes se tudo está bem. Por um breve e insano momento, ele deseja não precisar contar para Mae. Ele deseja poder esconder o celular, jogá-lo para fora do trem, deixar que seja enterrado no fundo da montanha. Ele deseja poder protegê-la do que quer que venha a ser essa notícia.

O que parece nobre, mas, na verdade, é egoísta.

Porque, em grande parte, ele sabe que, no minuto em que ela falar com seus pais, algo novo vai entrar em movimento e ele vai ficar ainda mais próximo de perdê-la.

Hugo encara o celular em sua mão, com a mente revirando desesperadamente. Será que deveria devolver o telefone ao lugar onde estava e fingir que nunca viu a mensagem? Será que deveria simplesmente entregá-lo a ela quando voltar e deixar que leia a mensagem por conta própria? Ele olha para os outros passageiros no vagão movimentado à sua volta, todos conversando, rindo e apontando para a janela. Seu estômago afunda pelo que está por vir.

Então, antes que tenha mais tempo de pensar em como não está nada preparado para lidar com a situação, Mae volta.

— Aqui — diz ela, jogando uma caixa de cookies com gotas de chocolate para Hugo, que ele mal consegue segurar. Ao fazê-lo, o celular cai no chão.

Mae olha para o aparelho, depois de volta para ele, e seu sorriso falha.

Então Hugo se dá conta de que não importa quem vai contar.

É claro que ela já sabe.

Mae

Mae está zonza ao descer do trem pela última vez.

Ela segura o celular com força, as notícias ainda chacoalhando dentro dela: vovó tivera outro derrame de manhã, desta vez muito pior. E não resistiu.

Parece impossível, mas é verdade. Seu cérebro sabe disso. É só seu coração que ainda não acompanhou.

Ela já falou com seus pais quatro vezes e reservou um voo que vai sair do aeroporto de São Francisco em exatas três horas. Checou quanto tempo vai levar para ir da estação de trem ao aeroporto, e até se lembrou de deixar dinheiro suficiente para Hugo até seu novo cartão de crédito chegar.

Mas ainda não chorou.

Está determinada a não chorar.

Não é um truque tão difícil, no fim das contas. Só o que Mae precisou fazer foi evitar pensar no que aconteceu. Em vez disso, ela enfiou a informação num cantinho da mente e fechou a porta devagarzinho. Mais tarde ela vai abri-la. Mais tarde vai pensar nessa ausência que sempre soube que chegaria em algum momento, a perda tão grande que poderia engoli-la inteira.

Mas não agora. Ainda não.

Primeiro, tem um degrau para fora do trem. Um, depois outro. Então tem a plataforma, o peso da mochila e a porta da estação. Tem a parte de trás da cabeça de Hugo enquanto ela o segue, uma visão já tão familiar que faz seu peito doer.

Uma coisa de cada vez.

Essa estação não é grandiosa como as outras. É só um prédio cinza baixo que poderia facilmente ser uma agência de correios ou do departamento de trânsito. Mae segue a mochila de Hugo conforme ele avança por entre as fileiras de bancos de metal. Ele não disse muito na última hora; basicamente só ficou ali, uma presença sólida ao seu lado enquanto ela resolvia burocracias e avaliava informações. Por instinto, ele sabia que deveria segurar sua mão enquanto ela reservava um voo e lhe dar espaço enquanto ela falava com os pais. Sob a névoa do luto, do choque e da confusão, Mae ficou grata.

Ele para nas portas de vidro da frente do prédio para se certificar de que ela ainda está com ele, então sai em direção à luz do dia. Tem um ônibus fretado vagando pela rua, e alguns carros esperando pessoas na entrada circular, mas, fora isso, tudo está silencioso. São quatro da tarde de uma terça-feira na metade de agosto, e o mundo parece lento e sonolento.

Hugo abaixa a mochila ao lado de um banco de madeira, e Mae apoia a dela no mesmo lugar. Mas nenhum dos dois se acomoda. Em vez disso, ficam parados de maneira desconfortável, com um espaço pouco familiar entre eles.

— Já chamou um carro?

Mae balança a cabeça.

— Vou chamar agora — diz.

Mas ela é atingida por uma onda de pânico ao pegar o celular. Porque, no minuto em que fizer o pedido, um relógio vai começar a tiquetaquear. Uma contagem regressiva. E Mae não se sente pronta.

Hugo parece aliviado quando ela volta a baixar o celular.

— Eu odeio isso — diz ela e, pela primeira vez em horas, ambos sorriem.

— Eu também.

— É… um lixo — diz ela, o que faz Hugo rir.

— Verdade.

Ela joga a cabeça para trás.

— Nada disso parece real. Eu queria que tivéssemos mais tempo.

— Eu estou de boa, na verdade — diz Hugo, mas seus olhos estão brilhando. — Um pouco de espaço não cairia mal.

Mae ri e se encaixa entre os braços dele. Ela pressiona o rosto contra o algodão macio de sua camiseta, sentindo seu cheiro. *Não chore*, pensa de novo. Ela sabe que, se começar a chorar, pode demorar muito até parar.

— Você gostaria que eu fosse com você? — pergunta Hugo, e ela se inclina para trás e o encara com surpresa. — Eu posso ir, sabe. Fica no caminho de casa.

Por um segundo, Mae considera aceitar a oferta. Ela se imagina dormindo no ombro dele no avião, apresentando-o para os pais, segurando a mão dele no funeral. Tem uma longa e temível viagem à sua frente, e a ideia de levar um pedacinho de luz do sol consigo é mais do que tentador.

Mas ela sabe que isso é algo que precisa fazer sozinha.

— Hugo — diz ela, colocando uma das mãos no peito dele —, essa deve ser a melhor oferta do mundo.

— Mas?

— Mas você só tem mais dois dias antes de precisar voltar. Deveria aproveitá-los.

Ele comprime os lábios, fazendo suas covinhas saltarem e partindo o coração de Mae.

— Como eu vou aproveitá-los sem você? — pergunta ele, então se apressa para continuar antes que ela possa argumentar. — Eu poderia mudar a minha passagem.

Ela sorri para ele.

— Você não tem um cartão de crédito.

— Nós vamos dar um jeito — garante ele.

Mas os dois sabem que isso não vai acontecer. Eles só estão falando por falar agora, sabendo que, quando essa conversa acabar, todo o resto também irá.

— Eu gostaria de ver aquela ponte com você — comenta ela, torcendo um pedaço da camiseta dele na mão.

Antes que consiga falar mais alguma coisa, Hugo se abaixa e a beija. E é um beijo bom, longo e profundo, triste e verdadeiro. É um pedido de desculpas, uma promessa e um desejo.

— Eu quis fazer isso no momento em que vi você na Penn Station — revela Hugo, e ela revira os olhos.

— Quis nada.

— Quis, sim — afirma ele. — Ainda bem que você não tinha joanetes.

Mae sorri. Eles ainda estão se segurando e, por mais que ela tenha noção de quão dramática a cena deve parecer para as outras pessoas que esperam suas caronas — por mais que ela consiga praticamente ver a versão cinematográfica passando na sua cabeça, com música brega e tudo —, ela decide que não se importa. Não está pronta para soltá-lo ainda.

Isso a lembra do que Ida disse, sobre como os jovens acham que são os primeiros a fazer tudo: apaixonar-se e ter o coração partido. Sentir perda e dor. Ela entende agora. Porque parece impossível que alguém já tenha sentido o que Mae está sentindo, uma mistura tão específica de emoções que parece que ela a inventou, que *eles* a inventaram, os dois parados ali ao fim de uma longa jornada, tentando descobrir uma maneira de dizer adeus.

— Obrigada por ter me trazido — diz ela com a voz embargada. — Esse tempo pareceu mais do que uma semana no melhor sentido possível.

— Obrigado por ter vindo. Eu meio que não poderia ter feito isso sem você.

Um táxi encosta na entrada circular e deixa um homem com uma pasta. Hugo e Mae se entreolham, então ele a solta para erguer um dos braços. O motorista assente ao descer do carro.

— Precisam de ajuda com as bagagens?

— Só essa — diz Mae.

Quando o taxista pega a mochila dela, a de Hugo, que estava apoiada na sua, tomba para o lado. Eles observam enquanto o motorista carrega a mochila para o táxi e a guarda no porta-malas; então voltam a se encarar.

Hugo está olhando para ela de cima com aqueles olhos sem fundo, sua boca pressionada numa linha triste.

— Não é como se nós *nunca* mais fôssemos nos ver — diz ele, estudando o rosto de Mae. — Certo?

— Certo — responde Mae, por mais que pareça uma promessa grande demais para se fazer quando o mundo é tão imenso e o futuro é tão incerto. — Até lá, vamos manter contato.

— E você vai me mandar o filme quando estiver pronto.

— Só se você me mandar um rascunho do seu e-mail.

Ele ri.

— Você é um pouco mala, sabia?

— Sabia — responde ela com um sorriso.

Então ele se abaixa e seus lábios se encontram. Ela fecha os olhos e desaparece dentro dele pela última vez. O motorista toca a buzina (dois breves toques ruidosos), mas eles demoram a se separar. Quando o fazem, Mae sente como se tivesse deixado algum pedaço essencial de si para trás.

Não chore, pensa ela outra vez. *Ainda não.*

Hugo coloca uma das mãos na bochecha dela.

— Boa sorte em casa. Eu vou estar pensando em você.

— Eu... — começa Mae, então para abruptamente, pega de surpresa pelas palavras que se alinharam em sua cabeça: *amo você*. Ela não sabia que vinha pensando nelas nem que as vinha sentindo. Mas ali estão elas: grandes, assustadoras e importantes. Ela as engole e, em vez disso, completa: — Vou sentir saudade.

— Você não faz ideia — diz Hugo, então a puxa para um último abraço.

Depois ela se senta no banco traseiro do táxi, com os olhos ardendo, a mão fechada em volta do botão azul que Hugo lhe deu em Denver. Eles passam pela Bay Bridge, com a água reluzente e as colinas povoadas de São Francisco aparecendo de uma vez só, e não tem nada que ela queira mais do que chorar, mas não o faz. Ainda não.

Está quase escuro quando ela entra no avião, um voo noturno de volta a Nova York. Ela adormece quase imediatamente, exausta pelo dia anterior, e acorda horas mais tarde para ver o sol nascendo sobre Manhattan, os rios dos dois lados da ilha de um tom inflamado de laranja. Faz apenas uma semana que Mae esteve ali para se encontrar com Hugo, e ela não consegue deixar de pensar em quão estranho é viajar por tanto tempo e para tão longe — atravessar um país inteiro de trem — apenas para voltar numa única noite.

Seus pais estão esperando na área de restituição de bagagem. Quando ela os avista, seu coração dá um pequeno suspiro. Ambos parecem estranhamente desalinhados. Há uma sombra de barba na linha do maxilar de Papi. Os olhos de Papai estão vermelhos e com olheiras. Talvez seja porque eles tiveram que acordar no meio da noite para buscá-la, ou talvez por não terem dormido nada, ou talvez seja apenas o luto. Não importa. Eles estão ali agora, e Mae também. Quando ela chega ao fim da escada rolante, se joga nos braços deles como se estivesse voltando de alguma grande viagem.

— Não acredito que não pude dar adeus — diz ela com o rosto afundado no paletó de tweed familiar do Papai, e ambos a abraçam com mais força. — Eu queria...

Mae não consegue terminar a frase; tem muitas coisas que ela queria.

— Ela quis que você ficasse com isso — diz Papi, afastando-se para colocar a mão no bolso.

Ele tira um pedacinho de cartolina: uma antiga passagem de trem de Nova York para Nova Orleans.

E é aí que ela finalmente começa a chorar.

Hugo

Hugo está sentado no banco traseiro de um táxi, segurando com força a pedra azulada que pegou do lado de fora da estação. Ele abre o zíper da frente da mochila e a guarda dentro de um dos bolsos, onde ficará segura junto das outras que coletou ao longo do caminho. Não é tão impressionante quanto a coleção daquele prédio em Chicago, mas é alguma coisa. De qualquer maneira, elas têm muito significado.

À medida que o carro entra na cidade, ele não consegue se livrar da sensação de que algo está errado. Não é só o fato de estar com saudade de Mae. Ele já sente tanta saudade dela que nem faz sentido. Mas tem outra coisa que ele não consegue definir bem o que é, uma sensação formigante na parte de trás da cabeça.

Ele entende no momento em que está fazendo check-in no hotel, que milagrosamente está disposto a mudar o nome da reserva. Enquanto o atendente verifica se o seu cartão de crédito chegou, Hugo tamborila no balcão, então se dá conta de que deveria ter se oferecido para acompanhá-la ao aeroporto. Ele se inclina sobre os calcanhares e grunhe. Que tipo de idiota se oferece para ir até Nova York para um funeral antes de pensar no *aeroporto*? Isso faria muito mais sentido. Mas agora ela está lá e ele aqui, e é isso.

— Para o senhor — diz o atendente, voltando com um envelope branco e fino com o logotipo da companhia de cartão de crédito. Hugo suspira de alívio. Finalmente. — Precisa de mais alguma coisa?

— Só da chave, obrigado.

O lugar inteiro tem um tema náutico, as paredes cobertas de pinturas de boias salva-vidas e gaivotas, presumivelmente por causa da proximidade do hotel com o Fisherman's Wharf. Tem até um timão pendurado sobre a cama, que está coberta por uma manta que diz *S.O.S.* em grandes letras maiúsculas. Hugo larga a mochila em cima dela, então volta a sair, ansioso demais para se sentar.

Do lado de fora, o ar está carregado de sal. Hugo caminha direto para a água, pontilhada por barcos. Mais além, ele consegue ver a silhueta rochosa de Alcatraz e, a distância, o leve contorno da Golden Gate Bridge. Ele deveria estar animado, já que sempre quis conhecer esse lugar. Em vez disso, há uma sensação amarga no seu estômago, porque ele deveria estar ali com Mae, e tudo parece um pouco desbotado sem ela.

É só quando ele começa a andar até o píer com os leões-marinhos que se dá conta de que, na verdade, deveria estar ali com Margaret.

Ele para a fim de responder sua mensagem.

Hugo: Café amanhã de manhã?
Margaret: Blz. Vou pesquisar alguns lugares e aviso, ok?
Hugo: Por mim tudo bem.

Por perto, duas gaivotas estão brigando por uma casca de pão, e todo aquele grasnado lembra Hugo de que ele tem que mandar uma mensagem para sua mãe também:

Hugo: Recebi o cartão de crédito. Obrigado por resolver isso por mim. Com amor, Paddington.

Ele volta a observar a baía, dando-se conta de que conseguiu cruzar os Estados Unidos quase sem qualquer dinheiro, o que é ou imensamente impressionante ou inteiramente idiota. É provável que seus pais fossem escolher a segunda opção, e Hugo se questiona: talvez eles só o tenham deixado ir porque sabiam desde o início que o filho voltaria rápido feito um bumerangue.

Uma vez ele leu uma história sobre uma zebra que fugiu de um zoológico. Durante algumas horas, ela se divertiu horrores, ziguezagueando pela autoestrada e fugindo da polícia. Mas eventualmente foi capturada de novo, e é claro que o desfecho foi considerado um final feliz. Porque não havia uma maneira de ela sobreviver por conta própria, não é mesmo?

Além disso, todo mundo sabe que zebras são animais de bando.

Ele decide pular a visita aos leões-marinhos.

Em vez disso, Hugo caminha até ver a ponte — de um tom brilhante de vermelho, algo saído de um cartão-postal. Depois, continua até chegar a uma pequena praia que dá vista para ela. Hugo se senta na areia fria e observa as cores desbotarem, mudando de dourado para rosa, de rosa para roxo e, por fim, de roxo para cinza. Quando o sol desaparece completamente, ele se levanta e volta a pé para o hotel na escuridão crescente, cansado e solitário e pronto para dormir numa cama em formato de barco.

Em algum momento da noite, Hugo acorda, sentindo o movimento imaginário do trem embaixo de si. Ele estende a mão para o celular, torcendo para encontrar uma mensagem de Mae, mas não é o caso. Em vez disso, há uma mensagem de Alfie:

Alfie: Eu fui eleito para descobrir como foram as coisas com Margaret Campbell, parte dois.
Hugo: Ela foi embora hoje.

Alfie: Caramba. Você deve ter mandado mal mesmo no pedido de desculpas.
Hugo: Não, a avó dela faleceu.
Alfie: Ah... Sinto muito.
Hugo: Pois é.
Alfie: E agora?
Hugo: Nada. Ela foi embora.
Alfie: Certo, mas você gosta dela, né?
Hugo: Sim. Muito.
Alfie: Então não pode ser só isso...
Hugo: Acho que é. Ela foi embora, e eu vou voltar para casa em dois dias.
Alfie: Que droga, mano. Sinto muito mesmo.
Hugo: Valeu. Eu também.
Alfie: Ela se sentia do mesmo jeito, pelo menos? Alguma coisa acabou acontecendo?

Hugo pausa, encarando a tela iluminada do celular. Depois de um momento, ele escreve:

Hugo: Longa história.

Mas o que ele realmente está pensando é: *Tudo*.
Tudo aconteceu.

Mae

No caminho para casa, eles param numa lanchonete e todos pedem panquecas de mirtilo, as favoritas da vovó.

— Os médicos disseram que ela provavelmente não sentiu nada — conta Papi. — Ela estava cochilando e simplesmente não acordou.

Seus olhos estão marejados, mas sem lágrimas. Ele costuma ser o chorão da família, mas Mae consegue ver que está completamente esgotado. Ele dá um sorriso fraco, então volta às suas panquecas, e Papai assume a palavra. É isso o que ela mais ama sobre os dois, a maneira como carregam um ao outro, de forma silenciosa e automática, quando o outro precisa.

— Mas eu acho que, de alguma maneira, ela sabia — continua ele, colocando uma das mãos sobre a de Papi, que a segura. Eles se entreolham. — Depois do primeiro derrame, a maneira como estava falando era quase como se...

— Como se estivesse dando adeus — conclui Papi.

Mae abaixa o garfo.

— Queria que vocês tivessem me contado — diz ela sentindo um nó na garganta. — Se eu soubesse, estaria lá.

O que ela não diz é isto: ela *deveria* estar lá.

O único motivo pelo que não estava, o motivo pelo qual estava a milhares de quilômetros de distância, era porque ela havia mentido para eles.

— Ela sabia disso também — respondeu Papai. — E não era o que ela queria. Vocês duas já tinham se despedido.

— Tudo bem, mas não para...

— Mae — interrompe Papi, olhando para ela por cima da garrafa de xarope de bordo e do porta-guardanapo e das canecas de café que deixam marcas nas mesas. Sua voz está estranhamente calma. — Essa é a questão. Você quase nunca sabe quando está dando adeus a alguém para sempre.

Mae assente, sem palavras.

— Está tudo bem — completa ele suavemente. — Ela sabia o que havia no seu coração.

No caminho de casa, eles escutaram a trilha sonora de *Titanic*, a favorita da vovó. Os três sempre reclamavam quando ela colocava essa trilha para tocar, mas vovó a amava de maneira irredutível e teimosa. "Seus cretinos, vocês não saberiam reconhecer uma grande obra de arte nem se ela lhes mordesse no traseiro", dizia ela, o que fazia Papi revirar os olhos e lembrá-la de que ele gerencia uma galeria de arte e Papi é professor de história da arte. Ainda assim, ela não cedia.

Agora Mae escuta aos crescendos da música e sente a emoção em cada nota. *Talvez vovó estivesse certa*, pensa ela, e suspeita de que não será a última vez.

Em casa, ela anda de cômodo em cômodo, passando a mão por vários itens: a cadeira da vovó na mesa da cozinha; seu casaco preferido, que ainda está pendurado perto da porta dos fundos; a caneca verde que ela sempre usava para o chá da tarde. No quarto de hóspedes, onde vovó morara durante grande parte do ano passado, Mae se demora perto da porta. Ela não percebe que tem alguém atrás dela até Papai pigarrear.

— Eu a amava — comenta ele. — De verdade. Mas, nossa... esse perfume.

Mae ri. Também consegue senti-lo. O problema não é o cheiro em si, de lavanda com um toque de outra coisa, mentolado e herbáceo. É a quantidade que ela usava, a nuvem que a seguia pela casa.

— Melhor cheiro do mundo — diz Mae, respirando fundo.

Mais tarde, depois de todos tirarem um cochilo, eles se sentam à mesa da cozinha, dolorosamente conscientes da cadeira vazia, e revisam o que precisa ser feito para o funeral do dia seguinte. Papi lê a lista final de aperitivos para a recepção. Quando termina, Papai dá um sorrisinho para Mae.

— Melhor do que comida de trem, hein?

— Na verdade, não era tão ruim — conta ela. — Eles tinham um belo cardápio. E comemos umas coisas boas quando estávamos fora do trem também. A melhor foi a pizza de Chicago. Nós acabamos totalmente com ela.

Mae pisca algumas vezes, inundada pelas lembranças daquela noite chuvosa. Toda vez que pensa em Hugo, sente como se seu coração estivesse sendo espremido. Está tão distraída que quase não ouve a pergunta seguinte.

— Então vocês se deram bem? — pergunta Papi e, quando Mae lhe lança um olhar vazio, ele completa: — Você e Piper?

— Ah — diz ela. — É.

É o tipo de *É* prolongado que torna claro que ela não sabe como vai continuar a frase. Sua mente começa a passar por todas as muitas coisas que ela poderia contar sobre sua futura colega de quarto: *Nós já somos melhores amigas* ou *Ela foi um pesadelo* ou *Vai ser melhor quando estivermos num dormitório e tivermos um pouco mais de espaço.*

Mas, no fim das contas, não consegue se forçar a mentir.

Talvez seja porque estão planejando um funeral nesse momento, ou por ela ter sentido mais saudade deles do que imaginava. Talvez seja a culpa por não ter estado ali, ou talvez seja por causa de Hugo, cuja ausência lhe parece um membro fantasma. Mas, seja qual for o motivo, ela se flagra dizendo:

— Na verdade, tem uma coisa que preciso contar a vocês.

Eles escutam enquanto ela desembucha a história toda: o post que Priyanka mandou para ela e a procura por uma Margaret Campbell; o vídeo que ela mandou para Hugo e o momento em que o conheceu na Penn Station.

Quando chega à parte em que eles embarcaram no trem, Papai está com o rosto tão vermelho, e Papi, com o rosto tão branco, que ela para.

— Vocês estão bem?

Eles a encaram.

— Desculpa por não ter contado antes. Se eu soubesse que isso ia acontecer, eu nunca teria...

Um músculo do maxilar de Papi começa a se contrair.

— Como vocês fizeram na hora de dormir?

— Como a gente fez, hum...

— Na hora de dormir.

— Bem, a gente não tinha realmente opção no trem. Mas tinha um beliche, então...

— E quanto aos dias *fora* do trem?

Mae se contorce no assento.

— Parece pior do que é.

— Veremos — responde Papi sem emoção.

— Hugo ia me dar os quartos de hotel, mas então ele perdeu a carteira em Chicago. Nós já tínhamos dividido um quarto menor no trem, então não pareceu nada de mais dormir...

— Dormir como?

— A gente pediu uma cama extra — explica Mae, decidindo que é melhor deixar qualquer logística além disso de fora. — Não fizemos nada de errado. De verdade.

— Então deixe-me ver se entendi direito: você mentiu para nós, saiu numa viagem de trem pelos Estados Unidos com um garoto que nunca tinha visto na vida, então dividiu um quarto com ele numa cidade estranha? — diz Papai numa voz estrangulada. — Claro. Você não fez *nada de errado*.

Papi abre e fecha as mãos.

— Vocês usaram... hã... — diz ele, tomando coragem para olhar para Mae, então rapidamente baixando os olhos de novo. — Vocês usaram... proteção, certo?

Ela grunhe.

— Nada aconteceu. Não desse jeito.

— Não *desse* jeito? — repete Papai, erguendo as sobrancelhas de novo. — Então isso significa que... que alguma coisa aconteceu?

— Olha, foi só... Eu não achava que vocês iam concordar se soubessem. — Ela ignora a expressão no rosto dos dois, que lhe diz que ela está totalmente certa, e continua: — Mas eu precisava ir. Foram vocês que disseram que eu precisava viver mais, e pareceu destino quando essa viagem simplesmente caiu no meu colo. Nunca foi sobre o garoto. A ideia era desenvolver meu próximo filme, e nós combinamos de dar bastante espaço um ao outro. Mas então... Não sei. Alguma coisa aconteceu. Nós realmente gostamos um do outro.

A preocupação sumiu do rosto de Papi, que a está observando com um sorriso interessado. Mas Papai ainda parece ligeiramente assassino.

— Eu juro, se ele tiver tocado num fio do seu cabelo...

— Ele tocou — diz Mae, tentando não rir. — Mas sério, está tudo bem. Ele é um cara legal. Vocês gostariam dele. E, de qualquer maneira, está tudo acabado agora.

— Que bom — responde Papai. — Se eu algum dia encontrar esse miserável...

Papi está rindo abertamente.

— Tudo bem, pode pegar um pouco mais leve com a ceninha de pai superprotetor.

— Não é uma ceninha — fala Papai de cara feia. — Ela acabou de passar uma semana num trem com um garoto aleatório. Ah, meu Deus! Ele *é* um garoto, né? Quantos anos tem esse cara?

— Dezoito — informa Mae. — Igual a mim.

Papai resmunga:

— Mesmo assim.

— Tudo bem — diz Papi. — Acho que isso conclui a parte sermão da nossa programação. — Ele gesticula para os papéis espalhados sobre a mesa diante deles: informação sobre o serviço de funeral, uma conta da funerária, impressões de várias orações e hinos. — Como já fomos lembrados, a vida é curta. Mae, nós teríamos preferido que você não tivesse mentido para nós. Mas provavelmente tem razão: teríamos dito não. O que passou, passou. Que bom que você se divertiu. E que bom que conheceu um garoto legal, apesar de que, como seu pai, preciso confessar que também estou feliz por essa parte da aventura ter acabado.

— Obrigada — diz Mae, sorrindo para ele com gratidão. — Realmente sinto muito. Apesar de que meio que achei que vocês já teriam descoberto a essa altura...

— Como? — pergunta Papai, ainda balançando a cabeça com indignação.

— Porque eu contei pra vovó.

— A única vez em que ela consegue guardar um segredo — comenta Papi, mas com uma voz carinhosa.

Papai suspira.

— Pelo menos me diz que você tirou alguma inspiração disso tudo.

— Tirei — afirma ela. — Acho que talvez eu tenha até tirado um filme disso.

— E aí? — pergunta Papi.

— E talvez até acabe sendo bom. — Ela dá de ombros. — Mas o que eu sei?

— Muito — declara Papai com uma intensidade que a surpreende. — Não se esqueça disso, ok?

Ela sorri para ele.

— Ok.

— Então — diz ele —, acha que pode deixar o seu velho dar uma espiadinha?

Mae se sente inexplicavelmente nervosa ao tirar o computador da mochila. Ela o coloca na mesa entre eles, que arrastam as cadeiras para mais perto.

— Não está nem remotamente perto de finalizado — explica ao abrir o arquivo. — Ainda não tenho um formato. Isso é literalmente só um bando de entrevistas, mas vai te dar uma ideia do que estou querendo fazer.

Essa não é a primeira vez que ela lhes mostra alguma coisa nesse estágio. Eles sempre foram a melhor plateia, ansiosos para ajudar e rápidos em elogiar. Mas desta vez ela está ansiosa demais para olhar para os dois. Em vez disso, apoia o queixo nas mãos e encara a tela, assistindo à sequência de antigos companheiros passar — Ida e Roy, Ashwin e Ludovic, Katherine e Louis.

É como se estivesse de volta ao trem.

— Meu maior sonho? — diz uma jovem chamada Imani, que eles entrevistaram do lado de fora dos banheiros tarde da noite no meio de Nebraska. — Eu já o conquistei.

— Qual é? — pergunta Mae, e o sorriso da mulher se alarga.

— O amor.

Talvez seja por estar em casa com seus pais, bem na frente da cadeira vazia onde sua avó costumava sentar. Ou talvez porque sente saudade de Hugo, a dor piorando a cada entrevista que assiste, lembrando-se da maneira como ele se sentava ao lado dela, com os olhos brilhando ao escutar todas as histórias. Ela já assistiu a esses vídeos uma dezena de vezes, talvez mais, mas desta vez uma coisa é diferente. Desta vez ela entende sobre o que o filme é.

E, ao que parece, não é uma história sobre amor.

É uma história de amor.

Sua mente está tão ocupada girando e analisando o que isso significa que, quando Hugo aparece na tela, ela quase tinha se esquecido de que ele fazia parte do filme. Mae não assistiu à entrevista dele desde que a filmou, não se permitiu, porque sabia que doeria demais.

E estava certa. No minuto em que escuta sua voz, ela sente o coração se contorcer.

— Mas então eu entrei neste trem — diz ele com aquele sorriso familiar — e tudo mudou.

— Uh, um britânico — comenta Papai, depois olha para Mae, que encara a tela com uma expressão congelada. — Calma aí! É ele?

Ela assente fracamente, e os dois estendem a mão para o botão do volume ao mesmo tempo.

— Aumenta — pede Papi, se inclinando para perto da tela.

De tempos em tempos, eles se entreolham por cima da cabeça dela, mas o foco de Mae não sai de Hugo. Atrás dele, o deserto passa depressa, e o som metálico dos trilhos oferece uma trilha sonora familiar. Mae nunca imaginou que seria possível sentir saudade de um trem como se fosse sua casa. Ou, por sinal, de uma pessoa.

Quando a entrevista acaba e a tela fica preta, Papai se vira para ela.

— Ele está apaixonado por você — afirma ele, olhando para ela com surpresa.

— O quê? — diz Mae, fechando o computador. — Não.

— Ele está — concorda Papi com um sorrisinho. — É óbvio.

Papai continua encarando.

— E você está apaixonada por ele também.

— Não estou.

— Está, sim. — Ele balança a cabeça. — Não acredito nisso.

— Em quê?

— Você fugiu e se apaixonou por um garoto num trem — diz ele, com a voz maravilhada. Então dá uma risada. — Vovó ficaria tão orgulhosa.

Hugo

Hugo acorda cedo, a luz fraca iluminando as beiradas da cortina. Para sua decepção, Mae ainda não mandou nenhuma mensagem. Mas Margaret mandou, sugerindo uma cafeteria bem na esquina, e ele fica impressionado com a coincidência até lembrar que ela sabe exatamente onde ele está hospedado. Afinal, ela deveria estar hospedada ali também.

No caminho para encontrá-la, Hugo se sente estranhamente agitado. De alguma maneira, aquilo parece tanto um primeiro encontro quanto uma traição. Quando chega ao café — uma lojinha virada para a rua com algumas mesinhas de vime do lado de fora, numa rua tranquila —, Hugo deseja estar em qualquer lugar exceto ali. Ele considera brevemente dar meia-volta e pular esse encontro. Mas então vê Margaret acenando para ele pela janela e enfia as mãos nos bolsos, respira fundo e entra.

— Combina com você — comenta Margaret, dando-lhe um beijo na bochecha.

Ela está usando um vestido que ele sempre amou, um azul-claro que combina com seus olhos, e seu perfume é tão familiar que o assusta.

— O quê?

Ela dá uma piscadinha.

— Viajar.

Hugo passa a mão pelo cabelo, sem saber se ela está implicando com ele.

— Quem diria que dormir num trem seria tão confortável? — diz.

Então seu rosto começa a queimar, porque é claro que ele vinha dormindo com Mae, e é claro que ela não sabe disso, e a situação toda parece uma confusão terrível e não há ninguém a culpar exceto ele mesmo.

— Sério? — responde Margaret. — Eu dei uma pesquisada nas cabines. Achei que teria me sentido uma galinha num poleiro naquelas camas.

— Suspeito que haja uma piada aí sobre me bicar até a morte — comenta Hugo.

Ela dá uma risada.

— Nada de bicadas antes do café.

Depois de pedirem, eles carregam as canecas para uma das mesas externas. Ainda está cedo, e a rua está quase toda vazia exceto por algumas pessoas correndo ou passeando com cachorros.

— Quando você chegou aqui? — pergunta Hugo, esquentando as mãos na caneca.

— Há uns dois dias. No fim das contas, é bem rápido de avião.

— Já me disseram isso.

— Então, como foi?

— Sinceramente? Você teria odiado.

— Mas você amou. Dá pra ver.

Ela assopra o café, espalhando o vapor, e Hugo desvia o olhar. Parece tão íntimo observar a maneira como seus lábios formam um *o* perfeito, um lembrete de quantas vezes ele já os beijou. Tem uma parte sua que ainda quer beijá-los, seja por amor ou tristeza, saudade ou nostalgia. É difícil ter certeza. Ela dá um gole, então ergue os olhos.

— E ela?

— Quem? — pergunta Hugo, então imediatamente se odeia pela reação.

Margaret fez parte da sua vida por muito tempo. Ela sabe quando ele está disfarçando. Além disso, eles terminaram. Não é contra as regras nutrir sentimentos por outra pessoa. Então por que se sente assim?

Ela lança um olhar decepcionado para ele.

— Hugo.

— Tá, tudo bem. Foi Poppy ou Isla?

— Nenhuma das duas. Foi Alfie. Eu esbarrei com ele na Tesco antes de viajar.

— Deveria ter adivinhado — diz Hugo com um suspiro. — Ele sempre teve a língua mais solta. Imagino que eu deveria ficar grato por ele ter conseguido não deixar escapar para nossos pais.

— Eles ainda acham que eu sou...? — pergunta ela, parecendo desconfortável.

— Não — responde Hugo depressa. — É só que... Você sabe como eles são. Não estavam morrendo de amores por essa viagem, para começo de conversa. E quando percebi o problema da passagem...

— O que tem a passagem?

— O pacote estava reservado no seu nome e eles não me deixaram mudar. Então eu precisava que outra pessoa fosse comigo, ou não teria conseguido ir.

— Calma aí — diz ela, fechando a cara. — Isso significa que você pediu pra alguma garota aleatória fingir que era eu?

— Não, claro que não.

— Então como foi?

Hugo engole em seco, percebendo como isso vai pegar mal. Mas ele não tem escolha.

— Eu, hum... Encontrei outra Margaret Campbell.

— Você fez *o quê*?

— Eu realmente queria vir — argumentou ele, impotente. — E a agência de viagens não queria mudar o nome. Então eu não tive outra opção. Alfie e George me ajudaram a escrever um texto... Calma aí. — Ele parou de repente. — Você achou que eu tivesse só convidado uma garota aleatória para ir comigo algumas semanas depois do nosso término?

Ela está olhando para Hugo como se ele fosse um completo idiota.

— Ué, não foi *isso* que você fez?

— Não... Não desse jeito. Eu precisava de alguém com o mesmo nome. Era só para as passagens e as reservas dos hotéis e essas coisas todas. Eu escolhi alguém que não era... Encontrei essa senhora de 84 anos da Flórida chamada Margaret Campbell.

Ela arregala os olhos.

— Você está apaixonado por uma mulher de 84 anos?

— Não — responde Hugo, tão alto que duas mulheres numa mesa próxima se viram. Ele abaixa voz. — *Não*. Ela estava com joanetes.

Margaret parece não ter certeza se ri ou chora.

— Então você encontrou uma versão mais jovem?

— Sim. Não. Não desse jeito. Era só por causa do nome — repete ele. — Não era para ser... — Ele pausa, franzindo a testa. — Calma aí. Quem disse que estou apaixonado?

— Alfie.

— Eu não estou apaixonado por ela.

— Alfie disse, com essas palavras: "Dá pra acreditar que nosso Hugo está borboleteando com uma garota nova pelos Estados Unidos, todo apaixonado?"

Hugo afunda o rosto nas mãos e grunhe.

— Sinto muito mesmo. Você sabe que ele é um completo idiota. Estava provavelmente só tentando deixar você com ciúmes.

— Bem — diz Margaret com um olhar estável —, funcionou.

Ele a encara, sobressaltado, por mais que saiba que não deveria estar surpreso. Era para essa direção, é claro, que a conversa estava indo desde o começo. O problema é que ele ainda não sabe como se sentir.

Margaret começa a estender a mão para a de Hugo por cima da mesa, então muda de ideia e a descansa na asa da caneca em vez disso.

— Olha, eu não faço ideia de quem seja essa garota. Acho um pouco estranho que tenha se envolvido com alguém com o mesmo nome que eu? Sim. Bastante. Mas isso não importa agora. A questão é que eu venho pensando muito sobre nós dois durante essas últimas semanas. E quando soube que você tiraria um ano sabático...

— Eu não vou tirar.

Ela franze a testa.

— Mas Alfie disse...

— Alfie diz um monte de coisa — responde ele com um sorriso.

— Bem, quando ouvi isso, pensei que talvez você estivesse vindo para cá passar mais do que alguns dias. Pensei que viesse para ficar. — Ela balança a cabeça. — Bobo, eu sei. Nós terminamos, e você estava com outra garota de qualquer forma. Mas eu só... Acho que só me perguntei se poderia haver uma segunda chance para nós dois.

— Margaret.

— Nós deixamos a peteca cair. Sei disso. Mas você é o único homem que eu já amei, Hugo. E talvez seja por causa de todas essas grandes mudanças, ou talvez só por saber que você estava tão longe essa semana, mas eu senti sua falta.

Mais uma vez, ela se mexe como se fosse pegar a mão dele. Então percebe o que está fazendo e para. Mas, desta vez, Hugo a encontra no meio do caminho. Ele não sabe o que está pensando. A verdade é que não está pensando, não de verdade. É mais um hábito do que qualquer outra coisa. Por tanto tempo, ela foi um lar para ele. E agora ele não sabe o que ela é.

— Não há ano sabático nenhum — diz ele suavemente. — Eu vou voltar pra casa amanhã. Nada mudou.

Não é verdade. Ao menos não para Hugo. Tudo mudou. Só não da maneira que Margaret esperava. Mas ele não diz isso.

— O que aconteceu para fazer você voltar?

Hugo gira a caneca de café sobre a mesa.

— Foi muito complicado com a bolsa de estudos.

— Ah — diz ela, entendendo na mesma hora. — Eles querem os seis juntos. Que droga, Hugo. Sinto muito.

— É provavelmente melhor assim — responde ele, então ergue a cabeça para ela com um sorriso constrangido. — Eu perdi minha carteira em algum lugar perto de Chicago.

Ela ri.

— É claro. Mas você ficaria bem. Não é tão perdido quanto pensa. É só que nunca teve que se virar sozinho antes.

— Isso não é...

— Você tem um pai acostumado a arrebanhar crianças de sete anos, uma mãe que literalmente registra cada passo seu e cinco irmãos e irmãs para seguir por aí. Você me tinha. Nunca realmente precisou tomar conta de si mesmo. Mas isso não quer dizer que não era capaz.

Ele sorri para ela.

— Obrigado.

— Honestamente, eu fico impressionada por você sequer estar pensando no assunto. Eu nunca esperaria que você fosse...

— O quê?

— Correr atrás do que deseja — diz ela, com uma expressão quase de desculpas, e Hugo encara sua caneca com uma pontada de culpa. Porque ele não fez isso. Não de verdade. — O que mudou?

Mae, pensa ele, por mais que não diga. Mas eles se conhecem bem demais, e Hugo consegue ver a faísca de dor nos olhos dela.

— Ah — diz ela. — Certo.

— Eu sinto muito, Margaret.

Tem duas manchas cor-de-rosa na bochecha dela, do tipo que brotam quando ela está tentando não chorar. Mas ela ergue o queixo mesmo assim.

— Tudo bem. Fico satisfeita por você estar feliz.

— Não sei se estou — responde ele. — Mas estou trabalhando nisso.

— Bem, você parece diferente. É como se algum tipo de faísca tivesse se acendido. — Ele consegue ver quanto a magoa dizer isso, quanto exige dela. Margaret empurra a cadeira para trás e se levanta. — Não deixe ela se apagar, ok?

Ele se levanta também, então dá a volta na mesa para abraçá-la. Eles ficam assim pelo que parecem anos, o nariz dela pressionado contra o ombro dele, o queixo dele apoiado sobre a cabeça dela. O coração de Hugo dói, não porque ele a ama — isso não é verdade há muito tempo —, mas porque ele já a amou, e esse tipo de sentimento nunca some por completo.

— Não vamos ser dramáticos — diz ela, dando um passo para trás e secando os olhos. — Nós já terminamos uma vez. Não precisamos de um segundo round.

Hugo ri.

— Ok.

— Então o que acontece agora?

— Com a gente?

— Com você — explica ela. — O que vai fazer agora?

— Agora? — Hugo sorri. — Eu tenho um e-mail para escrever.

Mae

Quando Mae acorda na manhã seguinte, ela se esquece de onde está por um segundo. Houve tantos quartos novos, tantas paisagens diferentes durante a última semana. Mas agora ela está em casa, na própria cama, com o familiar som do assobio do trem entrando pela janela.

Ela pega o celular, sentindo o coração afundar ao ver que não há nada de Hugo. Só pode significar que ele está com Margaret, e isso não deveria incomodá-la. Afinal, eles já se despediram e partiram para caminhos separados. Ainda assim, um abismo se abre no estômago dela ao encarar a tela.

Como está SF?, digita, então apaga.

Em seguida tenta de novo: *Estou com saudade.*

Mas apaga isso também. Não parece o suficiente.

O que ela realmente quer dizer é: *Você não faz ideia do quanto.*

E o que ela quer realmente saber é: *Você também está com saudade?*

Alguém bate à porta do seu quarto e Mae se senta, esperando ver um dos seus pais. Em vez disso, é Priyanka quem enfia a cabeça para dentro. Mae a encara por um segundo, então imediatamente cai em prantos.

— Caramba, você está bem? — pergunta Priyanka, apressando-se para se sentar na beira da cama.

Mae se joga para cima da amiga, envolvendo-a no abraço mais apertado do mundo.

— O que está fazendo aqui? — pergunta ela, voltando a se sentar direito e secando as lágrimas com a manga. — Você deveria estar na faculdade.

— Que nada — responde Priyanka. — Tenho bastante certeza de que eu deveria estar aqui.

Ela chuta os sapatos para longe e sobe na cama também, e as duas se deitam com o rosto virado uma para a outra, da maneira como costumavam fazer quando eram pequenas e dormiam uma na casa da outra. Mae achou que tinha acabado de chorar, mas uma lágrima solitária escorre pelo seu nariz.

— Você consegue acreditar que ela se foi?

— Não — responde Priyanka num tom solene. — Ainda não caiu a ficha.

— Pra mim também não.

— Não existe ninguém igual a ela.

Mae sente a garganta apertar e engole em seco, subitamente ansiosa para mudar de assunto.

— Parece mágico que esteja aqui. Como você está? Como vai a faculdade? Como está o Alex? — Mas antes que sua amiga consiga responder, Mae solta uma risada estrangulada. — Alex!

— O que foi? — pergunta Priyanka, lançando um olhar engraçado para ela.

— É só que... eu só estou percebendo agora quão *corajosos* vocês são.

— Como assim?

— Tipo, vocês estão apaixonados, o que já é louco o bastante — diz Mae. — Mas, para completar, vocês estão fazendo essa aposta enorme ao ficarem juntos apesar de toda a distância entre os dois.

É totalmente insano quando se para e pensa. Mas também muito, muito corajoso.

— O que aconteceu com você naquele trem? — pergunta Priyanka, rindo. — Quando a gente se despediu, você insistia que o amor era como uma pizza.

— Essa é a questão — responde Mae com um sorrisinho. — Acaba que é *mesmo*.

Priyanka balança a cabeça, maravilhada.

— Que diferença faz uma semana.

Mais tarde, depois que elas se atualizaram mais sobre Hugo e Alex e a faculdade e o trem, depois de contarem algumas histórias sobre a avó que fizeram ambas chorar e planejar conversar mais na noite seguinte, Priyanka vai para casa a fim de se arrumar para o funeral.

Sozinha novamente, Mae vai até o armário, passando pelas roupas até encontrar um vestido preto simples, o único que ela tem. Quando o puxa para fora, vê que tem um pedaço de papel azul preso com um alfinete à etiqueta. Mesmo antes de pegá-lo, sabe de alguma forma que é um bilhete de sua avó.

Por um momento, ela fica parada ali, abraçando o vestido. Tem poeirinhas flutuando à luz da janela, e a casa está silenciosa ao seu redor. Mae fecha os olhos. Depois se senta na cama e lê o bilhete.

Querida Mae,

Sinto muito por não termos conseguido nos despedir. Sei que provavelmente está com raiva de mim. Mas sabe como as pessoas sempre falam para pensar em alguma coisa feliz quando se está doente ou com medo? Bem, eu estava pensando em você. Em sua grande aventura.

Espero que tenha amado. Espero que tenha visto muito. E espero que tenha se apaixonado pelo garoto bonitinho do trem. Você tem um dos corações mais radiantes que eu já tive o privilégio de conhecer. Agora saia por aí e deixe que ele brilhe.

Seja boa. Seja corajosa. Seja você mesma.

Amo você,
Vovó

PS: Não deixe seu Papi comer bacon demais. E se certifique de tirar seu pai daquele paletó bobo de tweed às vezes. Ele não consegue mais abotoá-lo, e todos nós sabemos que nunca vai perder aqueles quilinhos. E garanta que ambos vão visitar você na Califórnia. Uma aventura não faria mal a eles. (A quem faria?)

PPS: Não seria a minha cara escrever este bilhete e não morrer, no fim das contas? Se eu me esquecer dele e você encontrá-lo quando voltar para casa no Dia de Ação de Graças e eu ainda estiver firme e forte, por favor desconsidere tudo o que eu disse acima e troque esse papel por um abraço.

Mae ainda está chorando quando se aproxima da escrivaninha para pegar a câmera. Ela a liga e a posiciona com cuidado sobre uma pilha de livros. Ainda está chorando quando se senta na beira da cama, com o vestido preto — que ela vai precisa usar no funeral em poucas horas — amassado no seu colo feito uma manta. É só quando começa a falar que as lágrimas finalmente param. Seus olhos devem estar vermelhos e sua voz um pouco trêmula, mas Mae não se importa. Isso não é sobre a sua aparência. É sobre *palavras*.

— Muito tempo atrás — diz ela, olhando direto para a câmera —, minha avó se apaixonou num trem. — Ela hesita, respirando fundo. — Cinquenta anos depois, o mesmo aconteceu comigo

Hugo

Hugo está sentado no bar de um restaurante mexicano, devorando uma cesta de nachos, quando recebe o e-mail.

Ele havia mandado o texto na noite anterior. Precisara do dia inteiro para escrevê-lo, o que deveria provavelmente ser constrangedor. Mas não era. Na verdade, ele nunca sentiu tanto orgulho de nada. Ele abriu o jogo, e essa era a única coisa que ele poderia fazer.

Quando terminou, Hugo pensou em mandá-lo para Mae, mas não o fez. O que disse a si mesmo foi que ela tinha coisas mais importantes na cabeça. Ele não deveria incomodá-la. Por isso ela não dera notícia. Mas a verdade era que a última semana lhe parecera um sonho, e Hugo ainda não tinha certeza de que já havia acordado.

Seu medo era que ela talvez já tivesse.

Em vez disso, ele o mandou só para Alfie, com um bilhete que dizia: *Se isso não der certo, eu vou com vocês. Mas precisava tentar mais uma vez.*

Agora, ao ver o nome Nigel Griffith-Jones aparecer no celular, ele o pega com pressa, esbarrando no copo e derrubando o refrigerante por todo o balcão.

— Desculpe — diz ele para o bartender, que balança a cabeça ao pegar um pano. — Eu sinto...

Mas ele não termina a frase. Está muito ocupado lendo o e-mail, pulando as palavras com os olhos.

Caro Sr. Wilkinson,

Obrigado pela resposta. Por mais que estejamos ansiosos para receber vocês seis no início do outono — na verdade, já estamos ansiosos há um bom tempo —, admiramos muito o seu argumento. Reconhecemos que a universidade talvez não seja o caminho certo para todos e que, como você muito bem apontou, vocês são seis pessoas diferentes e não uma unidade.
    Desse modo, gostaríamos de oferecer uma proposta. Estamos dispostos a adiar a bolsa de estudos desde que esteja disposto a se juntar a nós por alguns dias para participar da publicidade que organizamos para o começo do período. A ideia seria que falasse sobre seu iminente ano sabático e sobre como vai se juntar a nós no próximo outono, em vez deste. Temos certeza de que o falecido Sr. Kelly aprovaria tal decisão. Então, se ela lhe parecer aceitável, nos veremos no mês que vem. E ficaremos empolgados para ouvir mais sobre suas viagens quando chegar, no ano que vem!

Atenciosamente,
Nigel Griffith-Jones
Presidente do Conselho
Universidade de Surrey

Hugo levanta os braços e comemora, derrubando a cesta de nachos. O bartender grunhe.
    — Desculpe — repete Hugo, pulando do banco para começar a recolhê-los.

Mas ele mal presta atenção. Sua mente está disparando em um milhão de direções diferentes. Ele deveria contar aos seus irmãos e irmãs. Deveria começar a selecionar os lugares aonde vai. Deveria contar aos seus pais. Deveria reservar um voo. Deveria contar a Mae. Mais do que qualquer coisa, ele quer contar a Mae.

Um garotinho vem vagando da mesa vizinha e encara Hugo enquanto ele cata os nachos. Hugo ergue os olhos para ele com um sorrisão, praticamente explodindo de animação.

— Adivinha só? Eu vou viajar pelo mundo.

— Bom, eu vou comer um taco — responde o garoto, então corre de volta à sua mesa.

Hugo ergue um nacho na direção dele.

— Saúde.

Ao se levantar — sentindo a cabeça leve e um pouco zonza —, seu olhar recai sobre um mapa da Califórnia na parede perto do caixa. Tem uma estrela azul na parte de baixo, com as palavras impressas caprichosamente ao lado: *Los Angeles*.

E, simples assim, ele se dá conta de que já sabe qual vai ser sua primeira parada.

Mae

Mais tarde, quando todos os convidados já foram embora, os três desmoronam no sofá em meio a um oceano de taças de vinho vazias e pratos sujos.

— Bem — diz Papi, passando um dos braços ao redor de Papai, que se apoia nele —, acho que é isso, então.

Papai suspira.

— Ela teria odiado os bolinhos de siri.

— É, mas ela teria amado os *petit fours*.

— E o seu discurso.

— O seu também — diz Papi, dando-lhe um beijo. — Logo depois de matar você por contar aquela história sobre o burro.

— É uma ótima história — comenta Mae, e os dois olham para ela como se tivessem se esquecido de que estava ali.

— A gente já não tinha mandado você pra faculdade? — pergunta Papai com um sorrisinho.

Mae dá uma risada.

— É, mas não deu certo.

O celular vibra na mão dela. Quando Mae vê que é um e-mail de Hugo, ela ajeita a postura, sentindo o batimento estável do seu coração acelerar.

Papai ergue as sobrancelhas.

— É ele?

— Já não era sem tempo — comenta Papi. — O que ele disse?

— É, o que está rolando?

Mae ergue os olhos, ainda com um sorriso alarmantemente bobo, e encontra os dois observando com expectativa.

— Eu vou, hum... lá em cima rapidinho.

— Dê um olá por nós — implica Papai, acenando enquanto a filha se apressa para fora da sala. Mas Mae mal nota. Ela já está abrindo o e-mail de Hugo.

Tudo o que diz é: *Como eu vou conseguir agradecer você um dia?*

Abaixo disso, ele encaminhou um recado de alguém da Universidade de Surrey, e seu coração dá um salto ao lê-lo.

Ele realmente mandou o e-mail.

Ela ri, preenchida por uma súbita alegria, porque sabe quanto ele queria isso, quanto significa para ele. E deseja mais do que qualquer coisa que estivessem juntos. (Na verdade, ela vem desejando isso todos os dias.)

Ela passa para o e-mail que ele mandou, aquele que ela o pressionou para escrever, sentindo-se agitada por seu sucesso. Perto do fim, ele escreveu:

> Uma pessoa me falou recentemente que, se você quer alguma coisa de verdade, precisa fazer sua própria mágica, precisa colocar tudo em jogo. E, mais do que tudo, precisa ser corajoso. Quando você cresce como um de seis, pode ser difícil dizer o que quer. Mas essa pessoa estava certa. E é por isso que, não importa o que acabe acontecendo, eu precisei escrever este e-mail. Porque vale a pena lutar por algumas coisas; e esta é uma delas.

Não é exatamente uma carta de amor, mas a faz chorar mesmo assim.

Quando termina de ler, ela pega o computador e abre a versão não finalizada do seu filme, incluindo a parte que gravou de manhã. Então, antes que possa pensar melhor, Mae o manda para ele, porque parece que o mínimo que ela pode fazer é tentar seguir seu próprio conselho.

A nota que ela inclui é curta, apenas uma simples resposta à simples pergunta dele: *Você já conseguiu.*

Hugo

Hugo ainda está acordado quando o vídeo chega. Sua cabeça está agitada demais para dormir. Ele lê a mensagem dela com um sorriso, então abre o arquivo, esperando ver Ida, Ludovic, Katherine ou alguém que eles entrevistaram na semana passada. Esperando o tipo de documentário que ele pensou que os dois estivessem filmando o tempo todo.

Em vez disso, o filme começa com Mae.

Ele se senta na cama, agarrando a tela iluminada com mais força. *Ela realmente fez isso*, pensa ele, balançando a cabeça, maravilhado. Então ele a escuta dizer:

— Cinquenta anos depois, o mesmo aconteceu comigo.

Ele aperta pause, perguntando-se se poderia estar imaginando coisas. Então volta o vídeo para assistir àquela parte de novo.

— Muito tempo atrás, minha avó se apaixonou num trem — diz ela, com um olhar tão triste que ele deseja poder estar com ela. (Na verdade, ele vem desejando isso todos os dias.) Mae olha fixo para a câmera ao completar: — Cinquenta anos depois, o mesmo aconteceu comigo.

Hugo abaixa o celular e encara a escuridão do quarto do hotel com olhos arregalados, tentando absorver o que escutou. Ele espera que aconteça: aquela sensação agitada no seu peito que ocorreu da primeira vez que Margaret disse um conjunto de palavras parecido, como um animal tentando se esconder em plena vista.

Mas isso não acontece.

Para sua surpresa, ele se flagra rindo. Não porque é engraçado. E não porque é absurdo, por mais que seja. É absolutamente absurdo. Eles só se conhecem há uma semana. Mas não: ele está rindo porque está feliz.

E porque ele também a ama.

É uma alegria que se move por seu corpo como hélio, enchendo cada cantinho até que ele sinta como se pudesse sair flutuando. Ele fica imóvel por alguns segundos, estupefato, então se toca de que precisa assistir ao restante do filme.

Nada é como ele imaginou que seria, mas cada pedacinho parece exatamente certo. As entrevistas não são exibidas como um todo. São cortadas em clipes menores, que vão e voltam como se todas essas diversas pessoas, inclusive ele, estivessem tendo uma grande conversa sobre o que significa ser uma pessoa no mundo. E ainda mais do que isso, o que significa amar.

É brilhante. É emocionante. É engraçado, único e inspirador.

É, no fim das contas, exatamente igual à Mae.

Quando o filme termina, seus olhos estão cheios de lágrimas. Ele as seca, pensando que, se já não tivesse comprado uma passagem de trem, certamente estaria comprando uma agora.

Mas, como já comprou, Hugo só fica sentado no escuro e recomeça o filme.

Mae

Do lado de fora do avião, as nuvens se espalham como espuma na banheira, e o meio do país está dividido abaixo em quadriculados verdes e dourados.

No entanto, Mae não nota nada disso. Seus olhos estão fechados, sua mente em outro lugar. Ela está pensando na avó, e em quão feliz ela estaria se soubesse que Mae está partindo para a faculdade, algo que ficou um pouco perdido em meio a tudo que aconteceu naquela semana.

Mae está pensando sobre dar adeus de novo aos seus pais ("Parte dois", dissera Papi ao abraçá-la) e também à Priyanka, que embicara na entrada da casa dela bem cedinho ("Uma última vez") antes de pegar a estrada.

Ela está pensando na mensagem que mandou para Garrett (*Ok, ok, é possível que você estivesse certo*) e na maneira como o filme acabou ficando, o orgulho silencioso que sentiu ao assistir à edição final. No seu bolso, tem um pen drive que ela vai entregar ao reitor de admissões depois que o avião pousar essa tarde, e parece estranho carregá-lo por aí desse jeito, como um coração portátil.

Em grande parte, no entanto, ela está pensando em Hugo e no fato de que ele ainda não respondeu, o que deve significar que odiou o filme ou ficou assustado com o que ela disse.

De qualquer maneira, não pode ser bom.

Talvez eles só não tenham sido feitos para ter um final feliz. Talvez não seja esse tipo de filme.

Ela está determinada a não deixar isso impedir seus planos. Se a reunião com o reitor não for bem, ela vai voltar à sala dele no primeiro horário do dia seguinte. E se isso não funcionar, Mae vai tentar de novo no dia seguinte. E no próximo.

Ela vai continuar tentando. Mas também não está mais preocupada. Costumava sentir que a ideia de passar os dois anos seguintes tendo aulas de literatura, religião e ciência fosse como ficar de fora. Ela ficaria presa aprendendo sobre a Grécia Antiga ou a situação geopolítica do Tibete ou a poesia de W.B. Yeats enquanto, do outro lado do campus, os alunos de cinema estariam passando na sua frente.

Mas agora não tem tanta certeza disso.

Talvez Hugo estivesse certo, no fim das contas. Talvez não seja a pior coisa do mundo fazer alguns desvios pelo caminho. Ela ama o filme que fez. Ama mais do que qualquer coisa que já tenha feito, e ele nunca existiria se ela não tivesse entrado naquele trem.

Não importa o que aconteça em seguida, ela será sempre grata por ter feito isso.

Hugo

O oceano aparece de uma vez só, de um azul tão claro que parece falso. Hugo viu tantas paisagens incríveis na última semana, tantas montanhas e rios e campos, que parece improvável que haja espaço sobrando nele para se sentir tão comovido. Mas, no fim das contas, há.

Mesmo em seus sonhos, o Oceano Pacífico nunca foi exatamente dessa cor.

As encostas de terra e fileiras de árvores frutíferas deram espaço a dunas de areia, com a água surgindo em sua visão de tempos em tempos até, finalmente, ela estar livre de qualquer coisa exceto a costa. Ele deseja poder abrir uma janela e respirar fundo, deseja poder correr até a arrebentação e deixar a água passar por entre seus dedos, deseja que a pessoa ao seu lado não fosse um executivo de cara fechada com um laptop que não para de xingar toda vez que fica sem sinal de internet.

Ele deseja que fosse Mae.

O trem para ao longo da costa, e o condutor anuncia que é preciso esperar a passagem de outro trem. O executivo se levanta e carrega o laptop para outro vagão, e Hugo boceja e se mexe no assento. Esta é a primeira vez que a viagem parece longa, o que é um pouco bobo, visto que só se passaram doze horas, e ele e Mae percorreram muito mais do que isso num dia. Mas ainda faltam sete horas, e ele não consegue deixar de se sentir inquieto.

É como se as leis da física fossem diferentes agora. Doze horas com Mae de alguma forma são mais curtas do que doze horas sem ela. Especialmente quando esse tempo é gasto no caminho para encontrá-la.

Ele imagina que deveria ter algum tipo de plano para quando chegar, por mais que não saiba uma única coisa sobre Los Angeles exceto o que viu em filmes. Mas muitos dos filmes são sobre chegar com nada além de uma mala e um sonho, então ele imagina que pelo menos não é o primeiro idiota a tentar.

Só o que sabe é que Mae tem uma reunião com o reitor às quatro da tarde do primeiro dia de aula.

Que é hoje.

O trem volta a se mover, com hesitação desta vez, e Hugo se inclina para olhar por cima dos desfiladeiros. Seu celular vibra sobre a bandeja à sua frente, uma mensagem de Alfie que diz: *Milagres realmente acontecem*. Tem um link anexado. Quando Hugo o abre, encontra o blog da mãe, algo que normalmente tenta evitar.

No topo da página está o antigo desenho dos seis, com Hugo na retaguarda. Mas ele não se incomoda mais tanto. Não agora que se encontra tão longe do grupo. Na verdade, ver aquelas versões mais jovens dos seis o faz sorrir.

Ele rola a tela para o post mais recente, feito de manhã:

Aqueles que vêm acompanhando este blog há muito tempo sabem que costumávamos comparar Hugo — nosso sexto dos seis — ao Urso Paddington.

Começou por causa de um casaco que ele tinha, do tipo com botõezinhos no centro. Quando Hugo o usava com galochas, ficava igualzinho ao urso. Mas, conforme os anos se passavam e se tornava claro que Hugo precisava ser um pouco mais vigiado do que os outros — ele estava sempre se perdendo ou perdendo coisas, sempre ficando para trás e sonhando acordado —, a piada se tornou ainda mais apropriada.

Hugo passou a última semana viajando de trem pelos Estados Unidos. É o mais longe que qualquer um da nossa família já foi, e agora, ao que parece, ele pode estar prestes a se aventurar para ainda mais longe.

Nunca esperamos que todos os nossos seis filhos seguissem pelo mesmo caminho. Eles são únicos demais para isso, e será um privilégio vê-los decidir o que fazer com suas vidas. (Exceto talvez Alfie. Esse vai continuar nos dando preocupações.) Mas não imaginávamos que um deles iria se separar do bando tão cedo. Talvez devêssemos ter imaginado. E talvez devêssemos ter adivinhado qual deles seria.

Sempre haverá uma parte de mim que, a cada despedida, quer prender uma etiqueta nele dizendo "Por favor, cuide desse ursinho". Mas a verdade é que ele não precisa dela. Não mais. Hugo pode ser incorrigível quando se trata de não perder de vista a carteira, o celular ou as chaves. Mas, no fim, essas coisas não importam de verdade. O que ele consegue manter à vista é muito mais importante. Ele sabe quem é e o que quer da vida.

Hugo foi o último a chegar, e agora vai ser o primeiro a ir.

Não poderíamos estar mais orgulhosos.

Os olhos de Hugo vagam para o topo da tela quando o trem volta a se mexer. Ele passou grande parte da viagem sem sinal telefônico, mas agora algumas barras aparecem, e isso lhe parece um sinal. Ele olha a hora. São nove e meia da noite em casa, o que significa que seus pais estão provavelmente lado a lado no sofá, lendo um livro, como fazem toda noite antes de se deitarem.

Quando atendem à sua chamada de vídeo, ambos parecem surpresos com a ligação.

— Hugo? — diz seu pai, com o rosto muito perto da tela. — Onde você está?

— Na Califórnia.

Sua mãe pega o celular.

— Hugo, querido? Nós sabemos tudo o que está acontecendo. Alfie nos mostrou o e-mail que você mandou para a universidade, e é simplesmente tão adorável. Eu só queria dizer...

— Mãe, está tudo bem. Eu sei.

— Entendo que não somos sempre ótimos ouvintes, mas queria que pudesse ter contado tudo isso para nós dois. Lemos o seu texto juntos, seu pai e eu, Poppy, George e Isla e...

— Mãe.

— Não, escuta. Não entendíamos antes. Mas dá para ver quão feliz você está e, se é isso que deseja, então precisa saber que todos nós apoiamos. Eles vão sentir sua falta no ano que vem, você sabe, mesmo que não digam com todas as palavras. E seu pai e eu também. Mas se é isso que você precisa fazer...

— Mãe?

Ela para.

— Sim?

— Alfie me mandou o post do seu blog.

— Mandou?

— Mandou. Obrigado. Significou muito para mim.

— Nós deveríamos ter escutado você mais — diz ela. — Desculpa.

Hugo mordisca o lábio.

— Desculpa também.

— Pelo quê?

— Tem uma coisa que eu não contei a vocês...

Seu pai sorri.

— Sobre a garota?

— Vocês sabem? — pergunta Hugo, chocado.

— Alfie de novo — diz ele. — Ele sempre teve a língua um pouco solta, né?

Hugo ri.

— Vocês não estão bravos comigo?

— Considere que estamos quites — diz a mãe com pesar. — Onde ela está agora?

— Estou indo encontrá-la.

— Pensei que estivesse com ela.

— Eu estava, mas... É uma longa história. — Ele pausa. — Eu conto quando chegar em casa.

Seus rostos se iluminam na mesma hora.

— Vai ser bom ter você de volta — diz ela. — Mesmo que por pouco tempo.

O pai sorri também, um sorriso só para Hugo.

— Sim — diz ele. — Vamos nos certificar de ter um prato aqui esperando por você.

O trem faz uma curva e a costa escarpada volta a aparecer. As ondas têm as cristas brancas ao avançarem de encontro à areia e, mais próximo aos trilhos, a grama rala ondula ao vento. É tudo tão surreal, tão selvagem e lindo, que Hugo se esquece dos pais por um segundo. Quando escuta os dois o chamando, ele vira o celular.

— Olha — diz Hugo, movendo o aparelho de modo a mostrar a vista.

Sua mãe inala com força.

— Uau.

— Eu sei.

— É simplesmente tão azul — diz ela enquanto Hugo pressiona o celular contra a janela.

E, por um longo tempo, eles ficam assim, os três assistindo juntos.

Mae

No momento em que salta do ônibus do aeroporto, Mae se sente instantaneamente mais feliz. Tem alguma coisa no ar ali, algo que cheira levemente a flores. O céu está de um azul ofuscante, sem nuvens, e as palmeiras farfalham quando a brisa passa por elas.

Ela já está parada do outro lado da rua do escritório de admissões, já que seu voo atrasou. Sua reunião começa em breve e não há tempo de passar no dormitório primeiro. Suas caixas chegaram há alguns dias, e ela ficou sabendo por Piper — sua futura colega de quarto e companheira de viagem de mentira — que o quarto é minúsculo, porém bom. Ela mal pode esperar para vê-lo.

Sua mochila — que foi uma grande companheira nessa semana — está largada na calçada ao seu lado. Ao olhar para baixo, Mae sente uma onda de afeto por ela.

Ela a faz pensar em sua casa.

Ela a faz pensar em suas viagens.

Ela a faz pensar no futuro.

Mas, em grande parte, ela a faz pensar em Hugo, o que é ridículo, porque foi só uma semana que agora terminou. É Mae quem a está arrastando consigo para esse novo capítulo como se significasse mais do que significou.

Ela dá um chutinho na mochila, fazendo-a tombar. Então, com um suspiro, abaixa-se para pegá-la. Mas, antes que consiga, alguém se inclina para ajudá-la.

Para seu espanto, ela ergue os olhos e se depara com Hugo.

Seu primeiro instinto é rir, porque aquilo é impossível. Mas então ela vê a maneira como ele está sorrindo para ela e se pergunta se talvez não seja tão impossível assim.

Talvez fosse mesmo para acontecer desse jeito.

— Que coincidência! Eu estava pensando literalmente agora mesmo em quão mala você é — diz ela, e ele parece entretido.

— Eu?

— Sim, você. Não me responde nadica de nada, então simplesmente brota aqui bem na hora em que eu chego... Calma aí, como você sabia que eu estaria aqui?

— Você me contou. Além disso, quem mais teria uma reunião com o reitor bem no primeiro dia de aula?

Ela continua o encarando como se não tivesse total certeza de que é ele.

— Não acredito que esteja aqui. Pensei que já estaria na outra metade do mundo a essa altura.

— Bem, eu preciso voltar em algumas semanas para fazer umas entrevistas...

— E depois... vai viajar?

— Exatamente — diz ele com um sorriso radiante. — Eu não teria conseguido isso sem você.

— Não, aquele texto veio todo de você. E ficou incrível. Mas, ei — diz ela, dando um tapinha no braço dele, fazendo-o rir e desviar —, por que você não me respondeu sobre o filme?

— Porque achei que seria melhor dizer pessoalmente.

Ela franze a testa.

— Dizer o quê?

— Quanto eu amei.

— Amou mesmo? — pergunta Mae, animada. Os dois sorriem com tanta vontade que ficam à beira da risada. — Sério?

— Sim. Mas não importa o que eu penso. — Seus olhos estão brilhando, e Mae fica tonta de olhar para ele, perguntando-se se o que está acontecendo é mesmo real. — Importa se *você* o amou. E dá para ver que é o caso.

— Como?

— Eu simplesmente sei dizer quando você ama alguma coisa — explica ele.

Mae dá um passo para a frente. Hugo a abraça e seus lábios se encontram, e nesse momento não importa se eles estão dando olá ou adeus, se estão criando uma lembrança ou fazendo uma promessa. O importante é que estão juntos, e isso é o suficiente por enquanto.

— O que foi? — pergunta Hugo quando ela para e ergue os olhos para ele.

Mae sorri.

— Eu também sei dizer isso sobre você.

Agradecimentos

Qualquer diário de campo sobre gratidão precisa começar com minha agente, Jennifer Joel, que vem sendo uma incrível advogada e incrível amiga ao longo dos anos. Também sou imensamente grata à minha editora, Kate Sullivan, por ter ficado tão entusiasmada com esse livro desde o começo e por torná-lo melhor a cada passo do caminho.

Sinto muita sorte por ser publicada pela Delacorte Press, e sou especialmente afortunada por trabalhar com Beverly Horowitz e Barbara Marcus, que são maravilhosas. Também sou muito grata a todo mundo que desempenhou um papel na transformação de uma pilha bagunçada de palavras em um objeto duro e retangular: Alexandra Hightower, Judith Haut, Jillian Vandal, Barbara Bakowski, Colleen Fellingham, Tamar Schwartz, Alison Impey, Liz Casal Goodhue, Adrienne Waintraub, Kristin Schulz, Dominique Cimina, Kate Keating e Cayla Rasi, entre outros.

Como sempre, sou grata a todo mundo da ICM, em especial Binky Urban, Josie Freedman, John DeLaney, Heather Bushong e Nicolas Vivas. E a Stephanie Thwaites, Roxane Edouard, Georgina Simmonds e Isobel Gahan, da Curtis Brown. No Reino Unido foi uma alegria trabalhar com Rachel Petty, Sarah Hughes, George Lester, Venetia Gosling e Kat McKenna da Macmillan.

Um grande obrigada aos amigos que leram os primeiros rascunhos, que agiram como leitores cobaias ou só ofereceram de maneira geral uma grande quantidade de sabedoria e apoio durante esse processo: Jenny Han, Kelly Mitchell, Sarah Mlynowski, Jenni Henaux, Lauren Graham, Morgan Matson e Anna Carey.

E, por fim, para meu pai, minha mãe, Kelly, Errol, Andrew e Jack: o melhor grupo de entusiastas por trens que eu conheço.

Este livro foi composto na tipografia Fournier Std,
em corpo 11/16, e impresso em
papel off-white no Sistema Cameron da
Divisão Gráfica da Distribuidora Record.